我不哭，但是眼泪却流在肚子里去了，
悲哀沉重地压在心头，我想到了故乡里的母亲。

才到故乡的时候，树丛里还残留着一点浮翠，
离开的时候，就只有淡远的长天下一片凄凉的黄雾了。

纵化大浪中，不喜亦不惧。应尽便须尽，无复独多虑。

思乡之病，说不上是苦是乐，
其中有追忆，有惆怅，有留恋，有惋惜。
流光如逝，时不再来。在微苦中实有甜美在。

我怅望南天，心飞向故里……

看到窗外，浓绿一片，雨丝像玉帘一般，在这一片浓绿中画上了线。
新荷初露田田叶，垂柳摇曳丝丝烟，几疑置身非人间。

这些红艳耀目的荷花，高高地凌驾于莲叶之上，迎风弄姿，似乎在睥睨一切。

人生无常，无法抗御。
我在极端的快乐中，往往心头闪过一丝暗影：
天下无不散的筵席。

万榕

传播新知 优美表达

月是故乡明

季羡林——著

北方联合出版传媒(集团)股份有限公司
万卷出版公司

ⓒ 季羡林 2021

图书在版编目（CIP）数据

月是故乡明 / 季羡林著 . — 沈阳：万卷出版公司 ,2021.8（2022.1 重印）

ISBN 978-7-5470-5664-6

Ⅰ . ①月… Ⅱ . ①季… Ⅲ . ①散文集－中国－当代 Ⅳ . ① I267

中国版本图书馆 CIP 数据核字（2021）第 125656 号

出版发行：北方联合出版传媒（集团）股份有限公司
　　　　　万卷出版公司
　　　　　（地址：沈阳市和平区十一纬路 25 号　邮编：110003）
印 刷 者：河北赛文印刷有限公司
经 销 者：全国新华书店
幅面尺寸：145mm×210mm
字　　数：183 千字
印　　张：9.25
出版时间：2021 年 8 月第 1 版
印刷时间：2022 年 1 月第 2 次印刷
选题策划：王会鹏
责任编辑：李　明
版式设计：任展志
封面设计：任展志
责任校对：佟可竟
插画绘制：老　树
ISBN 978-7-5470-5664-6
定　　价：49.80 元

联系电话：024-23224481
邮购热线：024-23224481
E－m a i l：wanrongbook@163.com

目 录

一、他乡羁客　情系故土

二、人间百态　皆是滋味

三、心念万物　草木寄情

四、聚散无常　忆往述怀

一

他乡羁客　情系故土

回　忆

　　回忆很不好说，究竟什么才算是回忆呢？我们时时刻刻沿了人生的路向前走着，时时刻刻有东西映入我们的眼里。——即如现在吧，我一抬头就可以看到清浅的水在水仙花盆里反射的冷光，漫在水里的石子儿的晕红和翠绿，茶杯里的残茶在软柔的灯光下照出的几点金星。但是，一转眼，眼前的这一切，早跳入我的意想里，成轻烟，成细雾，成淡淡的影子，再看起来，想起来，说起来的话，就算是我的回忆了。

　　只说眼前这一步，只有这一点儿淡淡的影子，自然是迷离的。但是我自从踏到世界上来，走过不知多少的路。回望过去的茫茫里，有着我的足迹叠成的一条白线，一直引到现在，而且还要引上去。我走过都市的路，看尘烟缭绕在栉比的高屋顶上。我走过乡村的路，看似水的流云笼罩着远村，看金海似的麦浪。我走过其他许许多多的路，看红的梅，白的雪，激灂的流水，十里稷稷的松墅，死人的蜡黄的面色，小孩充满了生命力的踊跃。我在一条路上接触到种种面影，熟悉的，不熟悉的。这一切的一切都在我走着的时候，蓦地成轻烟，成细雾，成淡淡的影子，储在我的回忆里。有的也就被埋在回忆的暗陬里，忘了。当我转向另一条路的时候，随时又有新的东西，另有一群面影凑集在我的眼前。蓦地又成轻烟，成细雾，成淡淡的影子，移入我的回忆里，自然也有的被埋在暗陬里，忘了。新的影子挤入来，又有旧的被挤到不知什么地方去幻灭，有的简直就被挤了出去。以后，当另一群更新的影子挤进来的时候，这新的也就追踪了旧的命运。就这样，挤出，挤进，一直到现在。我的回忆里残留着各样的影子，色彩。分不清先先后后，紫混成一团了。

我就带着这紫混的一团从过去的茫茫里走上来。现在抬头就可以看到水仙花盆里反射的水的冷光，水里石子儿的晕红和翠绿，残茶在灯下照出的几点金星。自然，前面已经说过，这些都要倏地变成影子，移入回忆里，移入这紫混的一团里，但是在未移动以前，这紫混的一团影子说不定就在我的脑海里浮动起来，我就自然陷入回忆里去了——陷入回忆里去，其实是很不费力的事。我面对着当前的事物。不知怎的，迷离里忽然电光似的一掣，立刻有灰蒙蒙的一片展开在我的意想里，仿佛是空空的，没有什么，但随便我想到曾经见过的什么，立刻便有影子浮现出来。跟着来的还不止一个影子，两个，三个，多，更多了。影子在穿梭，在紫混。又仿佛电光似的一掣，我又顺着一条线回忆下去——比如回忆到故乡里的秋吧。先仿佛看到满场里乱摊着的谷子，黄黄的。再看到左右摆动的老牛的头，飘浮着云烟的田野，屋后银白的一片秋芦。再沉一下心，还仿佛能听到老牛的喘气声，柳树顶蝉的曳长了的鸣声。豆荚在日光下毕剥的炸裂声。蓦地，有如阴云漫过了田野，只在我的意想里一恍，在故乡里的这些秋的影子上面，又挤进来别的影子了——红的梅，白的雪，激滟的流水，十里稷稷的松塈，死人的蜡黄的面色，小孩充满了生命力的踊跃。同时，老牛的影，芦花的影，田野的影，也站在我的心里的一个角隅里。这许多的影子掩映着，混起来。我再不能顺着刚才的那条线想下去。又有许多别的历乱的影子在我的意念里跳动。如电光火石，炫了我的眼睛。终于我一无所见，一无所忆。仍然展开了灰蒙蒙的一片，空空的，什么也没有。我的回忆也就停止了。

我的回忆停止了，但是绝不能就这样停止下去的。我仍然说，我们时时刻刻沿着人生的路向前走着，时时刻刻就有回忆萦绕着我们。——再说到现在吧。灯光平流到我面前的桌上，书页映出了参差的黑影，看到这黑影，我立刻想到在过去不知什么时候看过的远山的淡影。玻璃杯反射着清光。看了这清光，我立刻想到月明下千里的积雪。我正写着字。看了这一颗颗的字，也使我想到阶下的蚁群……倘若再沉一下心，我可以想到过去在某处见过这样的山的淡影。在另一个地方也见过这样的影子，纷纷的一团。于是想了开去，想到同这影子差不多的影子。纷纷的一团。于是又想了开去，仍然是纷纷的一团影子。但是同这山的淡影，同这书页映出的参差的黑影却没有一点儿关系了。这些影子还没幻灭的时候，又有别的影子隐现在它们后面，朦胧，暗淡，有着各样的色彩。再往里看，又有一层影子隐现在这些影子后面，更朦胧，更暗淡，色彩也更繁复……一层，一层，看上去，没有完。越远越暗淡了下去。到最后，只剩了那么一点儿绰绰的形象。就这样，在我的回忆里，一层一层地，这许许多多的影子，色彩，分不清先先后后，又萦混成一团了。

我仍然带了这萦混的一团影子走上去。倘若要问：这些影子都在什么地方呢？我却说不清了。往往是这样，一闭眼，先是暗冥冥的一片，再一看，里面就有影子。但再问：这暗冥冥的一片在什么地方呢？恐怕只有天知道吧。当我注视着一件东西发愣的时候，这些影子往往就叠在我眼前的东西上。在不经意的时候，我常把母亲的面影叠在茶杯上。把忘记在什么时候看见的一条长长的伸到水里去的小路叠在 Hölderlin 的全集上。把一树灿烂的海棠花叠在盛着花的土盆上。把大明湖里的塔影叠在桌上铺着的晶莹的清玻璃上。把晚秋黄昏的一天暮鸦叠在墙角的蜘蛛网上，把夏天里烈日下的火红的花团叠在窗外草地上平铺着的白雪上……然而，只要一经意，这些影子立刻又水纹似的幻化开去。同了这茶杯的，这 Hölderlin 全集的，这土盆的，这清玻璃的，这蜘蛛网的，这白雪的，影子，跳入我们的回忆里，在将来的不知什么时候，又要叠在另一些放在我眼前的东西上了。

将来还没有来，而且也不好说。但是，我们眼前的路不正引向将来去吗？我看过了清浅的水在水仙花盆里反射的冷光，映在水里的石子儿的晕红和翠绿，残茶在软柔的灯光下照出的那几点金星。也看过了茶杯，Hölderlin 全集，土盆，清玻璃，蜘蛛网，白雪，第二天我自然看到另一些新的东西，第三天我自然看到另一些更新的东西。第四天，第五天……看到的东西多起来，这些东西都要倏地成轻烟，成细雾，成淡淡的影子，储在我的回忆里吧。这一团萦混的影子，也要更萦混了。等我不能再走、不能再看的时候，这一团也随了我走应当走的最后路。然而这时候，我却将一无所见，一无所忆。这一团影子幻失到什么地方去了呢？随了大明湖里的倒影飘散到茫迷里去了吗？随了远山的淡霭被吸入金色的黄昏里去了吗？说不清，而且也不必说。——反正我有过回忆了。我还希望什么呢？

1934 年 1 月 14 日旧历年元旦灯下

寻 梦

夜里梦到母亲，我哭着醒来。醒来再想捉住这梦的时候，梦却早不知道飞到什么地方去了。

我瞪大了眼睛看着黑暗，一直看到只觉得自己的眼睛在发亮。眼前飞动着梦的碎片，但当我想到把这些梦的碎片捉起来凑成一个整个的时候，连碎片也不知道飞到什么地方去了。眼前剩下的就只有母亲依稀的面影……

在梦里向我走来的就是这面影。我只记得，当这面影才出现的时候，四周灰蒙蒙的，母亲仿佛从云堆里走下来，脸上的表情有点儿同平常不一样，像笑，又像哭，但终于向我走来了。

我是在什么地方呢？这连我自己也有点儿弄不清楚。最初我觉得自己是在现在住的屋子里。母亲就这样一推屋角上的小门，走了进来，橘黄色的电灯罩的穗子就罩在母亲头上。于是我又想了开去，想到哥廷根的全城：我每天去上课走过的两旁有惊人的粗的橡树的古旧的城墙，斑驳陆离的灰黑色的老教堂，教堂顶上的高得有点儿古怪的尖塔，尖塔上面的晴空。

然而，我的眼前一闪，立刻闪出一片芦苇。芦苇的稀薄处还隐隐约约地射出了水的清光。这是故乡里屋后面的大苇坑。于是我立刻感觉到，不但我自己是在这苇坑的边上，连母亲的面影也是在这苇坑的边上向我走来了。我又想到，当我童年还没有离开故乡的时候，每个夏天的早晨，天还没亮，我就起来，沿了这苇坑走去，很小心地向水里面看着。当我看到暗黑的水面下有什么东西在发着白亮的时候，我伸下手去一摸，是一只白而且大的鸭蛋。我写不出当时快乐的心情。这时再抬头看，往往可以看到对岸空地里的大杨树顶上正有一抹淡红的朝阳——两年前的一个秋天，母亲就静卧在这杨树的下面，永远地，永远地。现在又在靠近杨树的坑旁看到她生前八年没见面的儿子了。

但随后这苇坑闪出的却是一枝白色灯笼似的小花，而且就在母亲的手里。我真想不出故乡里什么地方有过这样的花。我终于又想了回来，想到哥廷根，想到现在住的屋子。屋子正中的桌子上两天前房东曾给摆上这样一瓶花。那么，母亲毕竟是到哥廷根来过了，梦里的我也毕竟在哥廷根见过母亲了。

想来想去，眼前的影子渐渐乱了起来。教堂尖塔的影子套上了故乡的大苇坑，在这不远的后面又现出一朵朵灯笼似的白花，在这一些的前面若隐若现的是母亲的面影。我终于也不知道究竟在什么地方看到母亲了。我努力压住思绪，使自己的心静了下来，窗外立刻传来潺潺的雨声，枕上也觉得微微有寒意。我起来拉开窗幔，一缕清光透进来。我向外怅望，希望发现母亲的足迹。但看到的却是每天看到的那一排窗户，现在都沉浸在静寂中，里面的梦该是甜蜜的吧！

但我的梦却早飞得连影儿都没有了，只在心头有一线白色的微痕，蜿蜒出去，从这异域的小城一直到故乡大杨树下母亲的墓边，还在暗暗地替母亲担着心：这样的雨夜怎能跋涉这样长的路来看自己的儿子呢？此外，眼前只是一片空，什么东西也看不到了。

天哪！连一个清清楚楚的梦都不给我吗？我怅望灰天，在泪光里，幻出母亲的面影。

1936 年 7 月 11 日于哥廷根

母与子

　　一想到故乡，就想到一个老妇人。我自己也觉得奇怪：干皱的面纹，霜白的乱发，眼睛因为流泪多了镶着红肿的边，嘴瘪了进去。这样一张面孔，看了不是很该令人不适意的吗？为什么它总霸占住我的心呢？但是再一想到，我是在怎样的一个环境里遇到了这老妇人，便立刻知道，她不但现在霸占住我的心，而且要永远地霸占住了。

　　现在回忆起来，还恍如眼前的事。——去年的初秋，因为母亲的死，我在火车里闷了一天，在长途汽车里又颠荡了一天以后，又回到八年没曾回过的故乡去。现在已经不能确切地记得是什么时候，只记得才到故乡的时候，树丛里还残留着一点儿浮翠；当我离开的时候就只有淡远的长天下一片凄凉的黄雾了。就在这浮翠里，我踏上印着自己童年游踪的土地。当我从远处看到自己的在烟云笼罩下的小村的时候，想到死去的母亲就躺在这烟云里的某一个角落里，我不能描写我的心情。像一团烈焰在心里烧着，又像严冬的厚冰积在心头。我迷惘地撞进了自己的家。在泪光里看着一切都在浮动。我更不能描写当我看到母亲的棺材时的心情。几次在梦里接受了母亲的微笑，现在微笑的人却已经睡在这木匣子里了。有谁有过同我一样的境遇的吗？他大概知道我的心是怎样地绞痛了。我哭，我哭到一直不知道自己是在哭。渐渐地听到四周有嘈杂的人声围绕着我，似乎都在劝解我。都叫着我的乳名，自己听了，在冰冷的心里也似乎得到了点儿温热。又经过了许久，我才睁开眼。看到了许多以前熟悉现在都变了但也还能认得出来的面孔。除了自己家里的大娘婶子以外，我就看到了这个老妇人：干皱的面纹，霜白的乱发，眼睛因为流泪多了镶着红肿的边，嘴瘪了进去……

她就用这瘪了进去的嘴，一凹一凹地似乎对我说着什么话。我只听到絮絮地扯不断拉不断仿佛念咒似的低声，并没有听清她对我说的内容。等到阴影渐渐地从窗外爬进来，我从窗棂里看出去，小院里也织上了一层朦胧的暗色。我似乎比以前清楚了点儿。看到眼前仍然挤着许多人。在阴影里，每个人摆着一张阴暗苍白的面孔，却看不到这一凹一凹的嘴了。一打听，才知道，她就是同村的，算起来比我长一辈的，应该叫作大娘之流的，我小时候也曾抱我玩过的一个老妇人。

以后，我过的是一个极端痛苦的日子。母亲的死使我对一切都灰心。以前也曾自己吹起过幻影：怎样在十几年的漂泊生活以后，回到故乡来，听到母亲的一声含有温热的呼唤，仿佛饮一杯甘露似的，给疲惫的心加一点儿生气，然后再冲到人世里去。现在这幻影终于证实了是个幻影，我现在是处在怎样一个环境里呢？——寂寞冷落的屋里，墙上满布着灰尘和蛛网。正中放着一个大而黑的木匣子。这匣子装走了我的母亲，也装走了我的希望和幻影。屋外是一个用黄土堆成的墙围绕着的天井。墙上已经有了几处倾圮的缺口，上面长着乱草。从缺口里看出去是另一片黄土的墙，黄土的屋顶，黄土的街道，接连着枣树林里的一片淡淡的还残留着点儿绿色的黄雾，枣林的上面是初秋阴沉的也有点儿黄色的长天。我的心也像这许多黄的东西一样地黄，也一样地阴沉。一个丢掉希望和幻影的人，不也正该丢掉生趣吗？

我的心，虽然像黄土一样的黄，却不能像黄土一样的安定。我被圈在这样一个小的天井里：天井的四周都栽满了树。榆树最多，也有桃树和梨树。每棵树上都有母亲亲自砍伐的痕迹。在给烟熏黑了的小厨房里，还有母亲没死前吃剩的半个茄子，半棵葱。吃饭用的碗筷，随时用的手巾，都印有母亲的手泽和口泽。在地上的每一块砖上，每一块土上，母亲在活着的时候每天不知道要踏过多少次。这活着，并不邈远，一点儿都不；只不过是十天前。十天算是怎样短的一个时间呢？然而不管怎样短，就在十天后的现在，我却只看到母亲躺在这黑匣子里。看不到，永远也看不到，母亲的身影再在榆树和桃树中间，在这砖上，在黄的墙、黄的枣林、黄的长天下游动了。

虽然白天和夜仍然交替着来，我却只觉到有夜。在白天，我有颗夜的心。在夜里，夜长，也黑，长得莫名其妙，黑得更莫名其妙，更黑的还是我的心。我枕着母亲枕过的枕头，想到母亲在这枕头上想到她儿子的时候不知道流过多少泪，现在却轮到我枕着这枕头流泪了。凄凉零乱的梦萦绕在我的四周，我睡不熟。在朦胧里睁开眼睛，看到淡淡的月光从门缝里流进来，反射在黑漆的棺材上的清光。在黑影里，又浮起了母亲的凄冷的微笑。我的心在战栗，我渴望着天明。但夜更长，也更黑，这漫漫的长夜什么时候过去呢？我什么时候才能看到天光呢？

时间终于慢慢地走过去。——白天里悲痛袭击着我，夜间里黑暗压住了我的心。想到故都学校里的校舍和朋友，恍如回望云天里的仙阙，又像捉住了一个荒诞的古代的梦。眼前仍然是一片黄土色。每天接触到的仍然是一张张阴暗灰白的面孔。他们虽然都用天真又单纯的话和举动来对我表示亲热，但他们哪能了解我这一腔的苦水呢？我感觉到寂寞。

就在这时候，这老妇人每天总到我家里来看我。仍然是干皱的面纹，霜白的乱发，眼睛镶着红肿的边，嘴瘪了进去。就用瘪了进去的嘴一凹一凹地絮絮地说着话，以前我总以为她说的不过是同别人一样的劝解我的话，因为我并没曾听清她说的什么。现在听清了，才知道从这一凹一凹的嘴里发出的并不是我想的那些话。她老向我问着外面的事情，尤其很关心地问着军队的事情。对于我母亲的死却一句也不提。我很觉到奇怪。我不明了她的用意。我在当时那种心情之下，有什么心绪同她闲扯呢？当她絮絮地扯不断拉不断地仿佛念咒似的说着话的时候，我仍然看到母亲的面影在各处飘，在榆树旁，在天井里，在墙角的阴影里。寂寞和悲哀仍然霸占住我的心。我有时也答应她一两句。她于是就絮絮地说下去，说，她怎样有一个儿子，她的独子，三年前因为在家没有饭吃，偷跑了出去当兵。去年只接到了他的一封信，说是不久就要开到不知道哪里去打仗。到现在又一年没信了。留下一个媳妇和一个孩子（说着指了指偎她身旁的一个肮脏的拖着鼻涕的小孩）。家里又穷，几年来年成又不好，媳妇时常哭……问我知道不知道他在什么地方。说着，在叹了几口气以后，晶莹的泪点顺着干皱的面纹流下来，流过一凹一凹的嘴，落到地上去了。我知道，悲哀怎样啃噬着这老妇人的心。本来需要安慰的我也只好反过头来，安慰她几句，看她领着她的孙子沿着黄土的路踽踽地走去的渐渐消失的背影。

接连着几天的过午，她总领着她孙子来看我。她这孙子实在不高明，肮脏又淘气。他死死地缠住她。但是她却一点儿都不急躁。看着她孙子的拖着鼻涕的面孔，微笑就浮在她这瘪了进去的嘴旁。拍着他，嘴里哼着催眠曲似的歌。我知道，这单纯的老妇人怎样在她孙子身上发现了她儿子。她仍然絮絮地问着我。关于外面军队里的事情。问我知道她儿子在什么地方不。我也很想在谈话间隔的时候，问问她我母亲活着时的情形，好使我这八年不见面的渴望和悲哀的烈焰消熄一点儿。她却只"唔唔"两声支吾过去，仍然絮絮地扯不断拉不断地仿佛念咒似的自己低语着，说她儿子小的时候怎样淘气，有一次，他打碎一个碗，她打了他一掌，他哭得真凶呢。大了怎样不正经做活。说到高兴的地方，也有一线微笑掠过这干皱的脸。最后，又问我知道她儿子在什么地方不。我发现了这老妇人出奇的固执。我只好再安慰她两句。在黄昏的微光里，送她出去。眼看着她领着她的孙子在黄土道上踽踽地凄凉地走去。暮色压在她的微驼的背上。

就这样，有几个寂寞的过午和黄昏就度过了。间或有一两天，这老妇人因为有事没来看我。我自己也受不住寂寞的袭击，常出去走走。紧靠着屋后是一个大坑，汪洋一片水，有外面的小湖那样大。是秋天，前面已经说过。坑里丛生着的芦草都顶着白茸茸的花。望过去，像一片银海。芦花的里面是水。从芦花稀处，也能看到深碧的水面。我曾整个过午坐在这水边的芦花丛里，看水面反射的静静的清光。间或有一两条小鱼冲出水面来唼喋着。一切都这样静。母亲的面影仍然浮现在我眼前。我想到童年时候怎样在这里洗澡；怎样在夏天里，太阳出来以前，水面还发着蓝黑色的时候，沿着坑边去摸鸭蛋；倘若摸到一个的话，拿给母亲看的时候，母亲的微笑怎样在当时的童稚的心灵里开成一朵花；怎样又因为淘气，被母亲在后面追打着，当自己被逼紧了跳下水去站在水里回头看岸上的母亲的时候，母亲却因了这过分顽皮的举动，笑了，自己也笑……然而这些美丽的回忆，却随了母亲给死吞噬了去。只剩了一把两把的眼泪。我要问，母亲怎么会死了？我究竟是什么东西？但一切都这样静。我眼前闪动着各种的幻影。芦花流着银光，水面上反射着青光，夕阳的残晖照在树梢上发着金光：这一切都混杂地搅动在我眼前，像一串串的金星，又像迸发的火花。里面仍然闪动着母亲的面影，也是一串串地，——我忘记了自己，忘记了一切，像浮在一个荒诞的神话里，踏着暮色走回家了。

有时候，我也走到场里去看看。豆子谷子都从田地里用牛车拖了来，堆成一个个小山似的垛。有的也摊开来在太阳下晒着。老牛拖着石碾在上面转，有节奏地摆动着头。驴子也摇着长耳朵在拖着车走。在正午的沉默里，只听到豆荚在阳光下开裂时毕剥的响声和柳树下老牛的喘气声。风从割净了庄稼的田地里吹了来，带着土的香味。一切都沉默。这时候，我又往往遇到这个老妇人，领着她的孙子，从远远的田地里顺着一条小路走了来，手里间或拿着几支玉蜀黍秸。霜白的发被风吹得轻微地颤动着。一见了我，立刻红肿的眼睛里也仿佛有了光辉。站住便同我说起话来。嘴一凹一凹地说过了几句话以后，立刻转到她的儿子身上。她自己又低着头絮絮地扯不断拉不断地仿佛念咒似的说起来。又说到她儿子小的时候怎样淘气。有一次他摔碎了一个碗。她打了他一掌，他哭得真凶呢。他大了又怎样不正经做活。说到高兴的地方，干皱的脸上仍然浮起微笑。接着又问我外面军队上的情形，问我知道他在什么地方、见过他没有。她还要我保证，他不会被人打死的。我只好再安慰安慰她，说我可以带信给他，叫他家来看她。我看到她那一凹一凹的干瘪的嘴旁又浮起了微笑。旁边看的人，一听到她又说这一套，早走到柳荫下看牛去了。我打发她走回家去，仍然让沉默笼罩着这正午的场。

这样也终于没能延长多久，在由一个乡间的阴阳先生按照什么天干地支找出的所谓"好日子"的一天，我从早晨就穿了白布袍子，听着一个人的暗示。他暗示我哭，我就伏在地上咧开嘴号啕地哭一阵，正哭得淋漓的时候，他忽然暗示我停止，我也只好立刻收了泪。在收了泪的时候，就又可以从泪光里看来来往往的各样的吊丧的人，也就号啕过几场，又被一个人牵着东走西走。跪下又站起，一直到自己莫名其妙，这才看到有几十个人去抬母亲的棺材了。——这里，我不愿意，实在是不可能，说出我看到母亲的棺材被人抬动时的心痛。以前母亲的棺材在屋里，虽然死仿佛离我很远，但只隔一层木板里面就躺着母亲。现在却被抬到深的永恒黑暗的洞里去了。我脑筋里有点儿糊涂。跟了棺材沿着坑走过了一段长长的路，到了墓地。又被拖着转了几个圈子……不知怎样脑筋里一闪，却已经给人拖到家里来了。又像我才到家时一样，渐渐听到四周有嘈杂的人声围绕着我，似乎又在说着同样的话。过了一会儿，我才听到有许多人都说着同样的话，里面杂着絮絮地扯不断拉不断的仿佛念咒似的低语。我听出是这老妇人的声音，但却听不清她说的什么，也看不到她那一凹一凹的嘴了。

在我清醒了以后，我看到的是一个变过的世界。尘封的屋里，没有了黑亮的木匣子。我觉得一切都空虚寂寞。屋外的天井里，残留在树上的一点儿浮翠也消失到不知哪儿去了。草已经都转成黄色，耸立在墙头上，在秋风里打战。墙外一片黄土的墙更黄；

黄土的屋顶，黄土的街道也更黄；尤其黄的是枣林里的一片黄雾，接连着更黄更黄的阴沉的秋的长天。但顶黄顶阴沉的却仍然是我的心。一个对一切都感到空虚和寂寞的人，不也正该丢掉希望和幻影吗？

　　又走近了我的行期。在空虚和寂寞的心上，加上了一点儿绵绵的离情。我想到就要离开自己漂泊的心所寄托的故乡。以后，闻不到土的香味，看不到母亲住过的屋子、母亲的墓，也踏不到母亲曾经踏过的地。自己心里说不出是什么味。在屋里觉得窒息，我只好出去走走。沿着屋后的大坑踱着。看银耀的芦花在过午的阳光里闪着光，看天上的流云，看流云倒在水里的影子。一切又都这样静。我看到这老妇人从穿过芦花丛的一条小路上走了来。霜白的乱发，衬着霜白的芦花，一片辉耀的银光。极目苍茫微明的云天在她身后伸展出去，在云天的尽头，还可以看到一点点的远村。这次没有领着她的孙子。神气也有点儿匆促，但掩不住干皱的面孔上的喜悦。手里拿着有一点儿红颜色的东西，递给我，是一封信。除了她儿子的信以外，她从没接到过别人的信。所以，她虽然不认字，也可以断定这是她儿子的信。因为村里人没有能念信的，于是赶来找我。她站在我面前，脸上充满了微笑，红肿的眼里也射出喜悦的光，瘪了进去的嘴仍然一凹一凹地动着，但却没有絮絮地念咒似的低语了。信封上的红线因为淋过雨扩成淡红色的水痕。看邮戳，却是半年前在河南南部一个做过战场的县城里寄出的。地址也没写对，所以经过许多时间的辗转。但也居然能落到这老妇人手里。我的空虚的心里，也因了这奇迹，有了点儿生气。拆开看，寄信人却不是她儿子，是另一个同村的跑去当兵的。大意说，她儿子已经阵亡了，请她找一个人去运回他的棺材。——我的手战栗起来。这不正给这老妇人一个致命的打击吗？我抬眼又看到她脸上抑压不住的微笑。我知道这老人是怎样切望得到一个好消息。我也知道，倘若我照实说出来，会有怎样一幅悲惨的景象展开在我眼前。我只好对她说，她儿子现在很好，已经升了官，不久就可以回家来看她。她喜欢得流下眼泪来。嘴一凹一凹地动着，她又扯不断拉不断地絮絮地对我说起来。不厌其详地说到她儿子各样的好处；怎样她昨天夜里还做了一个梦，梦着他回来。我看到这老妇人把信揣在怀里转身走去的渐渐消失的背影，我再能说什么话呢？

第二天，我便离开了我故乡里的小村。临走，这老妇人又来送我。领着她的孙子，脸上堆满了笑意。她不管别人在说什么话，总絮絮地扯不断拉不断地仿佛念咒似的自己低语着。不厌其详地说到她儿子的好处，怎样她昨天夜里还做了一个梦，梦见她儿子回来，她儿子已经升成了官了。嘴一凹一凹地急促地动着。我身旁的送行人的脸色渐渐有点儿露出不耐烦，有的也就躲开了。我偷偷地把这信的内容告诉别人，叫他在我走了以后慢慢地转告给这老妇人。或者简直就不告诉她。因为，我想，好在她不会再有许多年的活头，让她抱住一个希望到坟墓里去吧。当我离开这小村的一刹那，我还看到这老妇人的眼睛里的喜悦的光辉，干皱的面孔上浮起的微笑……

不一会儿，回望自己的小村，早在云天苍茫之外，触目尽是长天下一片凄凉的黄雾了。

在颠簸的汽车里，在火车里，在驴车里，我仍然看到这圣洁的光辉，圣洁的微笑，那老妇人手里拿着那封信。我知道，正像装走了母亲的大黑匣子装走了我的希望和幻影，这封信也装走了她的希望和幻影。我却又把这希望和幻影替她拴在上面，虽然不知道能拴得久不。

经过了萧瑟的深秋，经过了阴暗的冬，看死寂凝定在一切东西上。现在又来了春天。回想故乡的小村，正像在故乡里回想到故都一样。恍如回望云天里的仙阙，又像捉住了一个荒诞的古代的梦了。这个老妇人的面孔总在我眼前盘桓：干皱的面纹，霜白的乱发，眼睛因为流泪多了镶着红肿的边，嘴瘪了进去。又像看到她站在我面前，絮絮地扯不断拉不断地仿佛念咒似的低语着，嘴一凹一凹地在动。先仿佛听到她向我说，她儿子小的时候怎样淘气，怎样有一次他摔碎了一个碗，她打了他一巴掌，他哭。又仿佛看到她手里拿着一封雨水渍过的信，脸上堆满了微笑，说到她儿子的好处，怎样她做了一个梦，梦着他回来……然而，我却一直没接到故乡里的来信。我不知道别人告诉她她儿子已经死了没有，倘若她仍然不知道的话，她愿意把自己的喜悦说给别人，却没有人愿意听。没有我这样一个忠实的听者，她不感到寂寞吗？倘若她已经知道了，我能想象，大的晶莹的泪珠从干皱的面纹里流下来，她这瘪了进去的嘴一凹一凹地，她在哭，她又哭晕了过去……不知道她现在还活在人间没有？——我们同样都是被厄运踏在脚下的苦人，当悲哀正在啃噬着我的心的时候，我怎忍再看你那老泪浸透你的面孔呢？请你不要怨我骗你吧，我为你祝福！

1934 年 4 月 1 日

怀念母亲

我一生有两个母亲：一个是生我的那个母亲；一个是我的祖国母亲。

我对这两个母亲怀着同样崇高的敬意和同样真挚的爱慕。

我六岁离开我的生母，到城里去住。中间曾回故乡两次，都是奔丧，只在母亲身边待了几天，仍然回到城里。最后一别八年，在我读大学二年级的时候，母亲弃养，只活了四十多岁。我痛哭了几年，食不下咽，寝不安席。我真想随母亲于地下。我的愿望没能实现。从此，我就成了没有母亲的孤儿。一个缺少母爱的孩子，是灵魂不全的人。我怀着不全的灵魂，抱终天之恨。一想到母亲，就泪流不止，数十年如一日。如今到了德国，来到哥廷根这座孤寂的小城，不知道是为什么，母亲频来入梦。

我的祖国母亲，我这是第一次离开她。离开的时间只有短短几个月，不知道是为什么，我这个母亲也频来入梦。

为了保存当时真实的感情，避免用今天的情感篡改当时的感情，我现在不加叙述，不作描绘，只从初到哥廷根的日记中摘抄几段：

1935 年 11 月 16 日

不久外面就黑起来了。我觉得这黄昏的时候最有意思。我不开灯。只沉默地站在窗前，看暗夜渐渐织上天空，织上对面的屋顶。一切都沉在朦胧的薄暗中。我的心往往在沉静到不能再沉静的氛围里，活动起来。这活动是轻微的，我简直不知道有这样的活动。我想到故乡。故乡里的老朋友，心里有点酸酸的，有点凄凉。然而这凄凉却并不同普通的凄凉一样，是甜蜜的，浓浓的，有说不出的味道，浓浓地糊在心头。

11 月 18 日

从好几天以前，房东太太就对我说，她的儿子今天回家来，从学校回家来，她高兴得不得了……但儿子只是不来，她的神色有点沮丧。她又说，晚上还有一趟车，说不定他会来的。我看了她的神气，想到自己的在故乡地下卧着的母亲，我真想哭！我现在才知道，古今中外的母亲都是一样的！

11 月 20 日

我现在还真是想家，想故国，想故国里的朋友。我有时简直想得不能忍耐。

11 月 28 日

我仰在沙发上，听风声在窗外过路。风里夹着雨。

天色阴得如黑夜。心里思潮起伏，又想起故国了。

12月6日

近几天来，心情安定多了。以前我真觉得两年太长；同时，在这里无论衣食住行哪一方面都感到不舒服，所以这两年简直似乎无论如何也忍受不下来了。

从初到哥廷根的日记里，我暂时引用这几段。实际上，类似的地方还有不少，从这几段中也可见一斑了。总之，我不想在国外待。一想到我的母亲和祖国母亲，就心潮腾涌，惶惶不可终日，留在国外的念头连影儿都没有。几个月以后，在1936年7月11日，我写了一篇散文，题目叫《寻梦》。开头一段是：

夜里梦到母亲，我哭着醒来。醒来再想捉住这梦的时候，梦却早不知道飞到什么地方去了。

下面描绘在梦里见到母亲的情景。最后一段是：

天哪！连一个清清楚楚的梦都不给我吗？我怅望灰天，在泪光里，幻出母亲的面影。

我在国内的时候，只怀念，也只有可能怀念一个母亲。现在到国外来了，在我的怀念中就增添了一个祖国母亲。这种怀念，在初到哥廷根的时候，异常强烈。以后也没有断过。对这两位母亲的怀念，一直伴随着我度过了在德国的十年，在欧洲的十一年。

海棠花

　　早晨到研究所去的路上，抬头看到人家园子里正开着海棠花，缤纷烂漫地开成一团。这使我想到自己在故乡院子里的那两棵海棠花，现在想也正是开花的时候了。

　　我虽然喜欢海棠花，但却似乎与海棠花无缘。自家院子里虽然就有两棵，枝干都非常粗大，最高的枝子竟高过房顶，秋后叶子落光了的时候，看到尖尖的顶枝直刺着蔚蓝悠远的天空，自己的幻想也仿佛跟着高爬上去，常常默默地看上半天；但是要到记忆里去搜寻开花时的情景，却只能搜到很少几个断片。搬过家来以前，曾在春天到原来住在这里的亲戚家里去讨过几次折枝，当时看了那开得团团滚滚的花朵，很羡慕过一番。但这已经是很久很久以前的事情，现在回忆起来都有点渺茫了。

　　家搬过来以后，自己似乎只在家里待过一个春天。当时开花时的情景，现在已想不真切。记得有一个晚上同几个同伴在家南边一个高崖上游玩。向北看，看到一片屋顶，其中纵横穿插着一条条的空隙，是街道。虽然也可以幻想出一片海浪，但究竟单调得很。可是在这片单调的房顶中却蓦地看到一树繁花的尖顶，绚烂得像是西天的晚霞。当时我真有说不出的高兴，其中还夹杂着一点渴望，渴望自己能够走到这树下去看上一看。于是我就按照这一条条的空隙数起来，终于发现，那就是自己家里那两棵海棠树。我立刻跑下崖头，回到家里，站在海棠树下，一直站到淡红的花团渐渐消逝到黄昏里去，只朦胧留下一片淡白。

但是这样的情景只有过一次，其余的春天我都是在北京度过的。北京是古老的都城，尽有许多机会可以做赏花的韵事。但是自己却很少有这福气，我只到中山公园去看过芍药，到颐和园去看过一次木兰。此外，就是同一个老朋友在大毒日头下面跑过许多条窄窄的灰土街道到崇效寺去看过一次牡丹；又因为去得太晚了，只看到满地残英。至于海棠，不但是很少看到，连因海棠而出名的寺院似乎也没有听说过。北京的春天是非常短的，短到几乎没有。最初还是残冬，要是接连吹上几天大风，再一看树木都长出了嫩绿的叶子，天气陡然暖了起来，已经是夏天了。

夏天一来，我就又回到故乡去。院子里的两棵海棠已经密密层层地盖满了大叶子，很难令人回忆起这上面曾经开过团团滚滚的花。长昼无聊，我躺在铺在屋里面地上的席子上睡觉，醒来往往觉得一枕清凉，非常舒服。抬头看到窗纸上历历乱乱地布满了叶影。我间或也坐在窗前看点书，满窗浓绿，不时有一只绿色的虫子在上面慢慢地爬过去，令我幻想深山大泽中的行人。蜗牛爬过的痕迹就像是山间林中的蜿蜒的小路。就这样，自己可以看上半天。晚上吃过饭后，就搬了椅子坐在海棠树下乘凉，从叶子的空隙处看到灰色的天空，上面嵌着一颗一颗的星。结在海棠树与檐边中间的蜘蛛网，借了星星的微光，把影子投在天幕上。一切都是这样静。这时候，自己往往什么都不想，只让睡意轻轻地压上眉头。等到果真睡去，半夜里再醒来的时候，往往听到海棠叶子窸窸窣窣地直响，知道外面下雨了。

似乎这样的夏天也没有能过几个，六年前的秋天，当海棠树的叶子渐渐地转成淡黄的时候，我离开故乡，来到了德国。一转眼，在这个小城里，就住了这么久。我们天天在过日子，却往往不知道日子是怎样过的。以前在一篇什么文章里读到这样一句话："我们从现在起要仔仔细细地过日子了。"当时颇有同感，觉得自己也应立刻从即时起仔仔细细地过日子了。但是过了一些时候，再一回想，仍然是有些捉摸不住，不知道日子是怎样过去的。到了德国，更是如此。我本来是下定了决心用苦行者的精神到德国来念书的，所以每天除了钻书本以外，很少想到别的事情。可是现实的情况又不允许我这样做。而且祖国又时来入梦，使我这万里外的游子心情不能平静。就这样，在幻想和现实之间，在祖国和异域之间，我的思想在挣扎着。不知道这样一来，一下子就过了六年。

哥廷根是有名的花城。来到的第一个春天，这里花之多就让我吃惊。雪刚融化，就有白色的小花从地里钻出来。以后，天气逐渐转暖。一转眼，家家园子里都挤满了花。红的、黄的、蓝的、白的，大大小小，五颜六色，锦似的一片，都不知道是什么时候开放的。山上树林子里，更有整树的白花，我常常一个人在暮春五月到山上去散步。暖烘烘的香气飘拂在我的四周。人同香气仿佛融而为一，忘记了花，也忘记了自己。直到黄昏才慢慢回家。但是我却似乎一直没注意到这里也有海棠花。原因是，我最初只看到满眼繁花，多半是叫不出名字。"看花苦为译秦名"，我也就不译了。因而也就不分什么花什么花，只是眼花缭乱而已。

但是，真像一个奇迹似的，今天早晨我竟在人家园子里看到盛开的海棠花。我的心一动，仿佛刚睡了一大觉醒来似的，蓦地发现，自己在这个异域的小城里住了六年了。乡思浓浓地压上心头，无法排解。

我前面说，我同海棠花无缘。现在我不知道应该怎样说好了。乡思并不是很舒服的事情。但是在这垂尽的五月天，当自己心里填满了忧愁的时候，有这么一团十分浓烈的乡思压在心头，令人感到痛苦。同时我却又有点爱惜这一点乡思，欣赏这一点乡思。它使我想到：我是一个有故乡和祖国的人。故乡和祖国虽然远在天边，但是现在它们却近在眼前。我离开它们的时间愈远，它们却离我愈近。我的祖国正在苦难中，我是多么想看到它呀！把祖国召唤到我眼前来的，似乎就是这海棠花，我应该感激它才是。

想来想去，我自己也糊涂了。晚上回家的路上，我又走过那个园子去看海棠花。它依旧同早晨一样，缤纷烂漫地开成一团。它似乎一点也不理会我的心情。我站在树下，待了半天，抬眼看到西天正亮着同海棠花一样红艳的晚霞。

1941 年 5 月 29 日于德国哥廷根

月是故乡明

每个人都有个故乡，人人的故乡都有个月亮。人人都爱自己故乡的月亮。事情大概就是这个样子。

但是，如果只有孤零零一个月亮，未免显得有点儿孤单。因此，在中国古代诗文中，月亮总有什么东西当陪衬，最多的是山和水，什么"山高月小""三潭印月"等，不可胜数。

我的故乡是在山东西北部大平原上。我小的时候，从来没有见过山，也不知山为何物，我曾幻想，山大概是一个圆而粗的柱子吧，顶天立地，好不威风。以后到了济南，才见到山，恍然大悟：山原来是这个样子呀。因此，我在故乡里望月，从来不同山联系。像苏东坡说的"月出于东山之上，徘徊于斗牛之间"，完全是我无法想象的。

至于水，我的故乡小村却大大地有。几个大苇坑占了小村面积一多半。在我这个小孩子眼中，虽不能像洞庭湖"八月湖水平"那样有气派，但也颇有一点儿烟波浩渺之势。到了夏天，黄昏以后，我在坑边的场院里躺在地上，数天上的星星。有时候在古柳下面点起篝火，然后上树一摇，成群的知了飞落下来。比白天用嚼烂的麦粒去粘要容易得多。我天天晚上乐此不疲，天天盼望黄昏早早来临。

到了更晚的时候，我走到坑边，抬头看到晴空一轮明月，清光四溢，与水里的那个月亮相映成趣。我当时虽然还不懂什么叫诗兴，但也顾而乐之，心中油然有什么东西在萌动。有时候在坑边玩很久，才回家睡觉。在梦中见到两个月亮叠在一起，清光更加晶莹澄澈。第二天一早起来，到坑边苇子丛里去捡鸭子下的蛋，白白的一闪光，手伸向水中，一摸就是一个蛋。此时更是乐不可支了。

我只在故乡待了六年，以后就背井离乡，漂泊天涯。在济南住了十多年，在北京度过四年，又回到济南待了一年。然后在欧洲住了近十一年，重又回到北京，到现在已经四十多年了。在这期间，我曾到过世界上将近三十个国家。我看过许许多多的月亮。在风光旖旎的瑞士莱芒湖上，在平沙无垠的非洲大沙漠中，在碧波万顷的大海中，在巍峨雄奇的高山上，我都看到过月亮，这些月亮应该说都是美妙绝伦的，我都异常喜欢。但是，看到它们，我立刻就想到我故乡中那个苇坑上面和水中的那个小月亮。对比之下，无论如何我也感到，这些广阔世界的大月亮，万万比不上我那心爱的小月亮。不管我离开我的故乡多少万里，我的心立刻就飞来了。我的小月亮，我永远忘不掉你！

我现在已经年近耄耋。住的朗润园是燕园胜地。夸大一点儿说，此地有茂林修竹，绿水环流，还有几座土山，点缀其间。风光无疑是绝妙的。前几年，我从庐山休养回来，一个同在庐山休养的老朋友来看我。他看到这样的风光，慨然说："你住在这样的好地方，还到庐山去干吗呢！"可见朗润园给人印象之深。此地既然有山，有水，有树，有竹，有花，有鸟，每逢望夜，一轮当空，月光闪耀于碧波之上，上下空蒙，一碧数顷，而且荷香远溢，宿鸟幽鸣，真不能不说是赏月胜地。荷塘月色的奇景，就在我的窗外。不管是谁来到这里，难道还能不顾而乐之吗？

然而，每值这样的良辰美景，我想到的却仍然是故乡苇坑里的那个平凡的小月亮。见月思乡，已经成为我经常的经历。思乡之病，说不上是苦是乐，其中有追忆，有惆怅，有留恋，有惋惜。流光如逝，时不再来。在微苦中实有甜美在。

月是故乡明。我什么时候能够再看到我故乡里的月亮呀！我怅望南天，心飞向故里。

1989 年 11 月 3 日

烽火连八岁　家书抵亿金

逸趣虽然有，但环境日益险恶，也是不可否认的事实。

随着形势的日益险恶，我的怀乡之情也日益腾涌。这比刚到哥廷根时的怀念母亲之情，其剧烈的程度不可同日而语了。

这种怀乡之情并不是由于受了德国方面的什么刺激而产生的。正相反，看了德国人的沉着冷静的神态，使我颇感到安慰。他们该干什么，就干什么，看不出什么紧张。就拿轰炸来说吧。我原以为，轰炸到了铺地毯的程度，已经是蔑以复加矣。然而不然。原来还有更高的层次。最初，敌机飞临德国上空时，总要拉响警笛的。警笛也有不同的层次，以敌机距离本城的远近来划分。敌机一飞走，警报立即解除。我们都绝对要听从警笛的指挥，不敢稍有违反。在这里也表现出德国人遵守纪律、热爱秩序的特点。但是，到了后来，东线战争毫无进展，德国从四面受到包围。防空能力一度吹嘘得像神话一般，现在则完全垮了台。敌机随时可以飞临上空，也不论白天和夜晚，愿意投弹则投弹；不愿意投弹，则以机关枪向地面扫射。警笛无法拉响，警报无法发出。因为一天二十四小时，时时刻刻都在警报中，警笛已经是英雄无用武之地了。到了此时，我们出门，先抬头看一看天空，天上有飞机，则到街道旁边的房檐下躲一躲。飞机一过，立即出来，该干什么干什么。常常听到人说，什么地方的村庄和牛被敌机上的机关枪扫射了，子弹比平常的枪弹要大得多。听到这些消息，再加上空中的飞机声，然而人们也丝毫不紧张，而有点处之泰然了。

再拿食品来说吧。日益短缺，这自在意料之中，不足为怪。奇怪的倒是德国人，他们也是处之泰然的，不但没有怪话，而且有时还颇有些幽默感。我曾在一张报纸上看到一幅漫画，画的是一家在吃饭。舅舅用叉子叉着一块兔子肉，嘴里连声称赞："真好吃呀！"而坐在对面的小外甥，则低头垂泪。这兔子显然是小孩豢养大的。从城里来的舅舅只知道肉好吃，全然不理解小孩的心情。德国人给人的印象是严肃、认真、淳朴，他们的彻底性是有口皆碑的。他们似乎不像英国人那样欣赏幽默。然而在食品缺乏到可怕的程度的时候，他们居然并不缺少幽默。我提到的这幅漫画不是一个绝好的证明吗？

德国人这种对待轰炸和饥饿的超然泰然的态度，当然会感染了我。但是我身处异域，离开自己的祖国和亲人有千山万水之遥。比起德国人祖国和亲人就在眼前，当然感受完全不同。我是一个"老外"，是在异域受"洋罪"。自己的一些牢骚、一些想法，平常日子无法宣泄，自然而然地就在梦中表现出来。我不是庄子所谓的"至人无梦"的"至人"，我的梦非常多。我的一些希望在梦中肆无忌惮地得到了满足。我梦的最多的是祖国的食品。我这个人素无大志，在食品方面亦然。我从来没有梦到过什么燕窝、鱼翅、猴头、熊掌，这些东西本来就与我缘分不大。我做梦梦到最多的是吃炒花生米和锅饼（北京人叫"锅盔"）。这都是小时候常吃而直到今天耄耋之年仍然经常吃的东西。每天平旦醒来，想到梦中吃的东西，怀乡之情如大海怒涛，奔腾汹涌，无论如何也抑制不住。

此时，大学的情况，也真让人触目伤心。大战爆发以后，有几年的时间，男生几乎都被征从军，只剩下了女生，奔走于全城各研究所之间，哥廷根大学变成一所女子大学。无论走进哪一间教室或实验室，都是粉白黛绿，群雌粥粥，仿佛到了女儿国一般。等到战争越过了最高峰逐渐走向结束的时候，从东部俄国前线上送回来了大量的德国伤兵，一部分就来到了哥廷根。这时候，在大街上奔走于全城各研究所之间的，除了女生以外，就是缺胳膊断腿的拄着双拐或单拐，甚至乘坐轮椅的伤残大学生。在上课的大楼中，在洁净明亮的走廊上，拐杖触地的清脆声，处处可闻。这种声音回荡在粉白黛绿之间，让人听了，不知应当做何感想。德国的大音乐家还没有哪一个谱过拐声交响乐。我这个外乡人听了，真是欲哭无泪。

同德国伤兵差不多同时涌进哥廷根城的是苏联、波兰、法国等国的俘虏，人数也是很多的。既然是俘虏，最初当然有德国人看管。后来大概是由于俘虏太多，而派来看管的德国男人又太少了，我看到好多俘虏自由自在地在大街上闲逛。我也曾在郊外农田里碰到过苏联俘虏，没有看管人员，他们就带了锅，在农田挖掘收割剩下的土豆，挖出来，就地解决，找一些树枝，在锅里一煮，就狼吞虎咽地吃开了。他们显然是饿得够呛的。俘虏中是有等级的，苏联和法国俘虏级别似乎高一点，而波兰的战俘和平民，在法西斯眼中是亡国之民，受到严重的侮辱性的歧视，每个人衣襟上必须缝上一个写着 P 字的布条，有如印度的不可接触者，让人一看就能够分别。法显《佛国记》中说是"击木以自异"，在现代德国是"挂条以自异"。有一天，我忽然在一个我每天必须走过的菜园子里，看到一个襟缝 P 字的波兰少女在那里干活，圆圆的面孔，大大的眼睛，非常像八九年前我在波兰火车上碰到的 Wala。难道真会是她吗？我不敢贸然搭话。从此，我每天必然看到她在菜地里忙活。"同是天涯沦落人"，我首先想到的就是这句话。我心里痛苦万端，又是欲哭无泪。经过长期酝酿，我写成了那一篇 Wala，表达了我的沉痛心情。

我当时的心情就是这个样子。

此时，我同家里早已断了书信。祖国抗日战争的情况也几乎完全不清楚。偶尔从德国方面听到一点消息，由于日本是德国盟国，也是全部谎言。杜甫的诗说："烽火连三月，家书抵万金"；我想把它改为"烽火连八岁，家书抵亿金"，这样才真能符合我的情况。日日夜夜，不知道有多少事情揪住了我的心。祖国是什么样子了？家里又怎样了？叔父年事已高，家里的经济来源何在？婶母操持这样一个家，也真够她受的。德华带着两个孩子，日子不知是怎样过的？"可怜小儿女，未解忆长安。"我想，他们是能够忆长安的。他们大概知道，自己有一个爸爸在很远很远的地方。家里还有一条名叫"憨子"的小狗，在国内时，我每次从北京回家，一进门就听到汪汪的吠声；但一看到是我，立即摇起了尾巴，憨态可掬。这一切都是我时刻想念的。连院子里那两棵海棠花也时来入梦。这些东西都使我难以摆脱。真正是抑制不住的离愁别恨，数不尽的不眠之夜！

我特别经常想到母亲。初到哥廷根时思念母亲的情景，上面已经谈过了。当我同祖国和家庭完全断掉联系的时候，我思母之情日益剧烈。母亲入梦，司空见惯。但可恨的是，即使在梦中看到母亲的面影，也总是模模糊糊的。原因很简单，我的家乡是穷乡僻壤，母亲一生没照过一张相片。我脑海里那一点母亲的影子，是我在十几岁离开她时用眼睛摄取的，是极其不可靠的。可怜我这个失母的孤儿，连在梦中也难以见到母亲的真面目，老天爷不是对我太残酷了吗？

重返哥廷根

我真是万万没有想到，经过了三十五年的漫长岁月，我又回到这个离开祖国几万里的小城里来了。

我坐在从汉堡到哥廷根的火车上，我简直不敢相信这是事实。难道是一个梦吗？我频频问着自己。这当然是非常可笑的，这毕竟就是事实。我脑海里印象历乱，面影纷呈。过去三十多年来没有想到的人，想到了；过去三十多年来没有想到的事，想到了。我那些尊敬的老师，他们的笑容又呈现在我眼前。我那像母亲一般的女房东，她那慈祥的面容也呈现在我眼前。那个宛宛婴婴的女孩子伊尔穆嘉德，也在我眼前活动起来。那窄窄的街道、街道两旁的铺子、城东小山的密林、密林深处的小咖啡馆、黄叶丛中的小鹿，甚至冬末春初时分从白雪中钻出来的白色小花雪钟，还有很多别的东西，都一起争先恐后地呈现到我眼前来。一霎时，影像纷乱，我心里也像开了锅似的激烈地动荡起来了。

火车停，我飞也似的跳了下去，踏上了哥廷根的土地。忽然有一首诗涌现出来：

少小离家老大回，乡音无改鬓毛衰。

儿童相见不相识，笑问客从何处来。

怎么会涌现这样一首诗呢？我一时有点儿茫然、懵然。但又立刻意识到，这座只有十来万人的异域小城，在我的心灵深处，早已成为我的第二故乡了。我曾在这里度过整整十年，是风华正茂的十年。我的足迹印遍了全城的每一寸土地。我曾在这里快乐过，苦恼过，追求过，幻灭过，动摇过，坚持过。这座小城实际上决定了我一生要走的道路。这一切都不可避免地要在我的心灵上打上永不磨灭的烙印。我在下意识中把它看作第二故乡，不是非常自然的吗？

我今天重返第二故乡，心里面思绪万端，酸甜苦辣一齐涌上心头。感情上有一种莫名其妙的重压，压得我喘不过气来，似欣慰，似惆怅，似追悔，似向往。小城几乎没有变。市政厅前广场上矗立的有名的抱鹅女郎的铜像，同三十五年前一模一样。一群鸽子仍然像从前一样在铜像周围徘徊，悠然自得。说不定什么时候一声呼哨，飞上了后面大礼拜堂的尖顶。我仿佛昨天才离开这里，今天又回来了。我们走下地下室，到地下餐厅去吃饭。里面陈设如旧，座位如旧，灯光如旧，气氛如旧。连那年轻的服务员也仿佛是当年的那一位。我仿佛昨天晚上才在这里吃过饭。广场周围的大小铺子都没有变。那几家著名的餐馆，什么"黑熊""少爷餐厅"等，都还在原地。那两家书店也都还在原地。总之，我看到的一切都同原来一模一样。我真的离开这座小城已经三十五年了吗？

　　但是，正如中国古人所说的，江山如旧，人物全非。环境没有改变，然而人物却已经大大地改变了。我在火车上回忆到的那些人，有的如果还活着的话年龄已经过了一百岁。这些人的生死存亡就用不着去问了。那些计算起来还没有这样老的人，我也不敢贸然去问，怕从被问者的嘴里听到我不愿意听的消息。我只绕着弯子问上那么一两句，得到的回答往往不得要领，模糊得很。这不能怪别人，因为我的问题就模糊不清。我现在非常欣赏这种模糊，模糊中包含着希望。可惜就连这种模糊也不能完全遮盖住事实。结果是"访旧半为鬼，惊呼热中肠"。我只能在内心里用无声的声音来惊呼了。

　　在惊呼之余，我仍然坚持怀着沉重的心情去访旧。首先我要去看一看我住过整整十年的房子。我知道，我那母亲般的女房东欧朴尔太太早已离开了人世。但是房子却还存在，那条整洁的街道依旧整洁如新。从前我经常看到一些老太太用肥皂来洗刷人行道，现在这人行道仍然像是刚才洗刷过似的，躺下去打一个滚，绝不会沾上一点儿尘土。街拐角处那家食品商店仍然开着，明亮的大玻璃窗子里面陈列着五光十色的食品。主人却不知道已经换了第几代了。我走到我住过的房子外面，抬头向上看，看到三楼我那间房子的窗户，仍然同以前一样摆满了红红绿绿的花草，当然不是出自欧朴尔太太之手。我蓦地一阵恍惚，仿佛我昨晚才离开，今天又回家了。我推开大门，大步流星地跑上三楼。我没有用钥匙去开门，因为我意识到，现在里面住的是另外一家人了。从前这座房子的女主人恐怕早已安息在什么墓地里了，墓上大概也栽满了玫瑰花吧。我经常梦见这所房子，梦见房子的女主人，如今却是人去楼空了。我在这里度过的十年中，有愉快，有痛苦，经历过轰炸，忍受过饥饿。男房东逝世后，我多次陪着女房东去扫墓。我这个异邦的青年成了她身边的唯一的亲人。无怪我离开时她号啕痛哭。我回国以后，最初若干年，还经常通信。后来时移事变，就断了联系。我曾痴心妄想，还想再见她一面。而今我确实又来到了哥廷根，然而她却再也见不到，永远永远地见不到了。

我徘徊在当年天天走过的街头，这里什么地方都有过我的足迹。家家门前的小草坪上依然绿草如茵。今年冬雪来得早了一点儿。十月中，就下了一场雪。白雪、碧草、红花，相映成趣。鲜艳的花朵赫然傲雪怒放，比春天和夏天似乎还要鲜艳。我在一篇短文《海棠花》里描绘的那海棠花依然威严地站在那里。我忽然回忆起当年的冬天，日暮天阴，雪光照眼，我扶着我的吐火罗文和吠陀语老师西克教授，慢慢地走过十里行街。心里面感到凄清，但又感到温暖。回到祖国以后，每当下雪的时候，我便想到这位像祖父一般的老人。回首前尘，已经有四十多年了。

我也没有忘记当年几乎每一个礼拜天都到的席勒草坪。它就在小山下面，是进山必由之路。当年我常同中国学生或者德国学生，在席勒草坪散步之后，就沿着弯曲的山径走上山去。曾登上俾斯麦塔，俯瞰哥廷根全城；曾在小咖啡馆里流连忘返；曾在大森林中茅亭下躲避暴雨；曾在深秋时分惊走觅食的小鹿，听它们脚踏落叶一路窸窸窣窣地逃走。甜蜜的回忆是写也写不完的，今天我又来到这里。碧草如旧，亭榭犹新。但是当年年轻的我已颓然一翁，而旧日游侣早已荡若云烟，有的离开了这个世界，有的远走高飞，到地球的另一半去了。此情此景，人非木石，能不感慨万端吗？

我在上面讲到江山如旧，人物全非。幸而还没有真正地全非。几十年来我昼思梦想最希望还能见到的人，最希望他们还能活着的人，我的"博士父亲"，瓦尔德施米特教授和夫人居然还都健在。教授已经是83岁高龄，夫人比他寿更高，是86岁。一别三十五年，今天重又会面，真有相见疑梦之感。老教授夫妇显然非常激动，我心里也如波涛翻滚，一时说不出话来。我们围坐在不太亮的电灯光下，杜甫的名句一下子涌上我的心头：

人生不相见，动如参与商。

今夕复何夕？共此灯烛光。

四十五年前我初到哥廷根，我们初次见面，以及以后长达十年相处的情景，历历展现在眼前。那十年是剧烈动荡的十年，中间插上了一个第二次世界大战，我们没有能过上几天好日子。最初几年，我每次到他们家去吃晚饭时，他那个十几岁的独生儿子都在座。有一次教授同儿子开玩笑："家里有一个中国客人，你明天到学校去又可以张扬吹嘘一番了。"哪里知道，大战一爆发，儿子就被征从军，一年冬天战死在北欧战场上。这对他们夫妇俩的打击是无法形容的。不久，教授也被征从军。他心里怎样想，我不好问，他也不好说。看来是默默地忍受痛苦。他预定了剧院的票，到了冬天，剧院开演，他不在家，每周一次陪他夫人看戏的任务，就落到我肩上。深夜，演出结束后，我要走很长的道路，把师母送到他们山下林边的家中，然后再摸黑走回自己的住处。在很长的时间内，他们那座漂亮的三层楼房里，只住着师母一个人。

他们的处境如此，我的处境更要糟糕。烽火连年，家书亿金。我的祖国在受难，我的全家老老小小在受难，我自己也在受难。中夜枕上，思绪翻腾，往往彻夜不眠。而且头上有飞机轰炸，肚子里没有食品充饥。做梦就梦到祖国的花生米。有一次我下乡去帮助农民摘苹果，报酬是几个苹果和五斤土豆。回家后一顿就把五斤土豆吃了个精光，还并无饱意。

大概有六七年的时间，情况就是这个样子。我的学习、写论文、参加口试、获得学位，就是在这种情况下进行的。教授每次回家度假，都听我的汇报，看我的论文，提出他的意见。今天我会的这一点点东西，哪一点不包含着教授的心血呢？不管我今天的成就还是多么微小，如果不是他怀着毫不利己的心情对我这个素昧平生的异邦的青年加以诱掖教导的话，我能够有什么成就呢？所有这一切能够忘记得了吗？

现在我们又会面了。会面的地方不是在我所熟悉的那所房子里，而是在一所豪华的养老院里。别人告诉我，他已经把房子赠给哥廷根大学印度学和佛教研究所，把汽车卖掉，搬到这所养老院里来了。院里富丽堂皇，应有尽有，健身房、游泳池，无不齐备。据说，饭食也很好。但是，说句不好听的话，到这里来的人都是七老八十的人，多半行动不便。对他们来说，健身房和游泳池实际上等于聋子的耳朵。他们不是来健身，而是来等死的。头一天晚上还在一起吃饭、聊天，第二天早晨说不定就有人见了上帝。一个人生活在这样的环境中，心情如何，概可想见。话又说了回来，教授夫妇孤苦伶仃，不到这里来，又到哪里去呢？

就是在这样一个地方，教授又见到了自己几十年没有见面的弟子。他的心情是多么激动，又是多么高兴，我无法加以描绘。我一下汽车就看到在高大明亮的玻璃门里面，教授端端正正地坐在圈椅上。他可能已经等了很久，正望眼欲穿哩。他瞪着慈祥昏花的双目瞧着我，仿佛想用目光把我吞了下去。握手时，他的手有点儿颤抖。他的夫人更是老态龙钟，耳朵聋，头摇摆不停，同三十多年前完全判若两人了。师母还专为我烹制了当年我在她家常吃的食品。两位老人齐声说："让我们好好地聊一聊老哥廷根的老生活吧！"他们现在大概只能用回忆来填充日常生活了。我问老教授还要不要中国关于佛教的书，他反问我："那些东西对我还有什么用呢？"我又问他正在写什么东西。他说："我想整理一下以前的旧稿；我想，不久就要打住了！"从一些细小的事情来看，老两口儿的意见还是有一些矛盾的。看来这相依为命的一双老人的生活是阴沉的、郁闷的。在他们前面，正如鲁迅在《过客》中所写的那样："前面？前面，是坟。"

我心里陡然凄凉起来，老教授毕生勤奋，著作等身，名扬四海，受人尊敬，晚年就这样度过吗？我今天来到这里，显然给他们带来了极大的快乐。一旦我离开这里，他们又将怎样呢？可是，我能永远在这里待下去吗？我真有点儿依依难舍，尽量想多待些时候。但是，千里凉棚，没有不散的筵席。我站起来，想告辞离开。老教授带着乞求的目光说："才十点多钟，时间还早嘛！"我只好重又坐下。最后到了深夜，我狠了狠心，向他们说了声："夜安！"站起来，告辞出门。老教授一直把我送下楼，送到汽车旁边，样子是难舍难分。此时我心潮翻滚，我明确地意识到，这是我们最后一面了。但是，为了安慰他，或者欺骗他，也为了安慰我自己，或者欺骗我自己，我脱口说了一句话："过一两年，我再回来看你！"声音从自己嘴里传到自己耳朵，显得空荡、虚伪，然而却又真诚。这真诚感动了老教授，他脸上现出了笑容："你可是答应了我了，过一两年再回来！"我还有什么话好说呢？我噙着眼泪，钻进了汽车。汽车开走时，回头看到老教授还站在那里，一动也不动，活像是一座塑像。

过了两天，我就离开了哥廷根。我乘上了一辆开到另一个城市去的火车。坐在车上，同来时一样，我眼前又是面影迷离，错综纷杂。我这两天见到的一切人和物，一一奔凑到我的眼前来；只是比来时在火车上看到的影子清晰多了，具体多了。在这些迷离错乱的面影中，有一个特别清晰、特别具体、特别突出，它就是我在前天夜里看到的那座塑像。愿这座塑像永远停留在我的眼前，永远停留在我的心中。

1980 年 11 月在西德开始

1987 年 10 月在北京写完

听 雨

从一大早就下起雨来。下雨，本来不是什么稀罕事儿，但这是春雨，俗话说："春雨贵似油。"而且又在罕见的大旱之中，其珍贵就可想而知了。

"润物细无声"，春雨本来是声音极小极小的，小到了"无"的程度。但是，我现在坐在隔成了一间小房子的阳台上，顶上有块大铁皮。楼上滴下来的檐溜就打在这铁皮上，打出声音来，于是就不"细无声"了。按常理说，我坐在那里，同一种死文字拼命，本来应该需要极静极静的环境，极静极静的心情，才能安下心来，进入角色，来解读这天书般的玩意儿。这种雨敲铁皮的声音应该是极为讨厌的，是必欲去之而后快的。

然而，事实却正相反。我静静地坐在那里，听到头顶上的雨滴声，此时有声胜无声，我心里感到无量的喜悦，仿佛饮了仙露，吸了醍醐，大有飘飘欲仙之概了。这声音时慢时急，时高时低，时响时沉，时断时续，有时如金声玉振，有时如黄钟大吕，有时如大珠小珠落玉盘，有时如红珊白瑚沉海里，有时如弹素琴，有时如舞霹雳，有时如百鸟争鸣，有时如兔落鹘起，我浮想联翩，不能自已，心花怒放，风生笔底。死文字仿佛活了起来，我也仿佛又溢满了青春活力。我平生很少有这样的精神境界，更难为外人道也。

在中国，听雨本来是雅人的事。我虽然自认还不是完全的俗人，但能否就算是雅人，却还很难说。我大概是介乎雅俗之间的一种动物吧。中国古代诗词中，关于听雨的作品是颇有一些的。顺便说上一句：外国诗词中似乎少见。我的朋友章用回忆表弟的诗中有"频梦春池添秀句，每闻夜雨忆联床"是颇有一点儿诗意的。连《红楼梦》中的林妹妹都喜欢李义山的"留得残荷听雨声"之句。最有名的一首听雨的词当然是宋蒋捷的《虞美人》，词不长，我索性抄它一下：

> 少年听雨歌楼上，
>
> 红烛昏罗帐。
>
> 壮年听雨客舟中，
>
> 江阔云低，断雁叫西风。
>
> 而今听雨僧庐下，
>
> 鬓已星星也。
>
> 悲欢离合总无情，
>
> 一任阶前，点滴到天明。

蒋捷听雨时的心情，是颇为复杂的。他是用听雨这件事来概括自己的一生的，从少年、壮年一直到老年，达到了"悲欢离合总无情"的境界。但是，古今对老的概念，有相当大的悬殊。他是"鬓已星星也"，有一些白发，看来最老也不过五十岁左右。用今天的眼光看，他不过是介乎中、老之间，用我自己比起来，我已经到了望九之年，鬓边早已不是"星星也"，顶上已是"童山濯濯"了。要讲达到"悲欢离合总无情"的境界，我比他有资格。我已经能够"纵浪大化中，不喜亦不惧"了。

可我为什么今天听雨竟也兴高采烈呢？这里面并没有多少雅味，我在这里完全是一个"俗人"。我想到的主要是麦子，是那辽阔原野上的青春的麦苗。我生在乡下，虽然六岁就离开，谈不上干什么农活，但是我拾过麦子，捡过豆子，割过青草，擗过高粱叶。我血管里流的是农民的血，一直到今天垂暮之年，毕生对农民和农村怀着深厚的感情。农民最高希望是多打粮食。天一旱，就威胁着庄稼的成长。即使我长期住在城里，下雨一少，我就望云霓，自谓焦急之情，绝不下于农民。北方春天，十年九旱。今年似乎又旱得邪行。我天天听天气预报，时时观察天上的云气。忧心如焚，徒唤奈何。在梦中也看到的是细雨蒙蒙。

今天早晨，我的梦竟实现了。我坐在这长宽不过几尺的阳台上，听到头顶上的雨声，不禁神驰千里，心旷神怡。在大大小小、高高低低，有的方正、有的歪斜的麦田里，每一个叶片都仿佛张开了小嘴，尽情地吮吸着甜甜的雨滴，有如天降甘露，本来有点儿黄萎的，现在变青了。本来是青的，现在更青了。宇宙间凭空添了一片温馨，一片祥和。

我的心又收了回来，收回到了燕园，收回到了我楼旁的小山上，收回到了门前的荷塘内。我最爱的二月兰正在开着花。它们拼命从泥土中挣扎出来，顶住了干旱，无可奈何地开出了红色的、白色的小花，颜色如故，而鲜亮无踪，看了给人以孤苦伶仃的感觉。在荷塘中，冬眠刚醒的荷花，正准备力量向水面冲击。水当然是不缺的。但是，细雨滴在水面上，画成了一个个的小圆圈，方逝方生，方生方逝。这本来是人类中的诗人所欣赏的东西，小荷花看了也高兴起来，劲头更大了，肯定会很快地钻出水面。

　　我的心又收近了一层，收到了这个阳台上，收到了自己的腔子里，头顶上叮当如故，我的心情怡悦有加。但我时时担心，它会突然停下来。我潜心默祷，祝愿雨声长久响下去，响下去，永远也不停。

1995 年 4 月 13 日

二

人间百态　皆是滋味

我的童年

回忆起自己的童年来，眼前没有红，没有绿，是一片灰黄。

七十多年前的中国，刚刚推翻了清代的统治，神州大地，一片混乱，一片黑暗。我最早的关于政治的回忆，就是"朝廷"二字，当时的乡下人管当皇帝叫坐朝廷，于是"朝廷"二字就成了皇帝的别名。我总以为朝廷这种东西似乎不是人，而是有极大权力的玩意儿。乡下人一提到它，好像都肃然起敬。我当然更是如此。总之，当时皇威犹在，旧习未除，是大清帝国的继续，毫无万象更新之象。

我就是在这新旧交替的时刻，于 1911 年 8 月 6 日，生于山东省清平县（现改临清市）的一个小村庄——官庄。当时全中国的经济形势是南方富而山东（也包括北方其他省份）穷。专就山东论，是东部富而西部穷。我们县在山东西部又是最穷的县，我们村在穷县中是最穷的村，而我们家在全村中又是最穷的家。

我们家据说并不是一向如此。在我诞生前似乎也曾有过比较好的日子。可是我降生时祖父、祖母都已去世。我父亲的亲兄弟共有三人，最小的一个（大排行是第十一，我们把他叫十一叔）送给了别人，改了姓。我父亲同另外的一个弟弟（九叔）孤苦伶仃，相依为命，房无一间，地无一垄，两个无父无母的孤儿，活下去是什么滋味，活着是多么困难，概可想见。他们的堂伯父是一个举人，是方圆几十里最有学问的人物，做官做到一个什么县的教谕，也算是最大的官。他曾养育过我父亲和叔父，据说待他们很不错。可是家庭大，人多是非多。他们俩有几次饿得到枣林里去捡落到地上的干枣充饥。最后还被迫弃家（其实已经没了家）出走，兄弟俩逃到济南去谋生。"文化大革命"中我自己"跳出来"反对那位臭名昭著的"第一张马列主义大字报"的作者，惹得她大发雌威，两次派人到我老家官庄去调查，一心一意要把我"打成"地主。老家的人告诉那几个"革命"小将，说如果开诉苦大会，季羡林是官庄的第一名诉苦者，他连贫农都不够。

我父亲和叔父到了济南以后，人地生疏，拉过洋车，扛过大件，当过警察，卖过苦力。叔父最终站住了脚。于是兄弟俩一商量，让我父亲回老家，叔父一个人留在济南挣钱，寄钱回家，供我的父亲过日子。

我出生以后，家境仍然是异常艰苦。一年吃白面的次数有限，平常只能吃红高粱面饼子；没有钱买盐，把盐碱地上的土扫起来，在锅煎煮水，腌咸菜，什么香油，根本见不到。一年到头，就吃这种咸菜。举人的太太，我管她叫奶奶，她很喜欢我。我三四岁的时候，每天一睁眼，抬腿就往村里跑（我们家在村外），跑到奶奶跟前，只见她把手一卷，卷到肥大的袖子里面，手再伸出来的时候，就会有半个白面馒头拿在手中，递给我。我吃起来，仿佛是龙胆凤髓一般，我不知道天下还有比白面馒头更好吃的东西。这白面馒头是她的两个儿子（每家有几十亩地）特别孝敬她的。她喜欢我这个孙子，每天总省下半个，留给我吃。在长达几年的时间内，这是我每天最高的享受，最大的愉快。

大概到了四五岁的时候，对门住的宁大婶和宁大姑，每到夏秋收割庄稼的时候，总带我走出去老远到别人割过的地里去拾麦子或者豆子、谷子。一天辛勤之余，可以捡到一小篮麦穗或者谷穗。晚上回家，把篮子递给母亲，看样子她是非常欢喜的。有一年夏天，大概我拾的麦子比较多，她把麦粒磨成面粉，贴了一锅白面饼子。我大概是吃出味道来了，吃完了饭以后，我又偷了一块吃，让母亲看到了，赶着我要打。我当时是赤条条浑身一丝不挂，我逃到房后，往水坑里一跳。母亲没有法子下来捉我，我就站在水中把剩下的白面饼子尽情地享受了。

现在写这些事情还有什么意义呢？这些芝麻绿豆般的小事是不折不扣的身边琐事，使我终生受用不尽。它有时候能激励我前进，有时候能鼓舞我振作。我一直到今天对日常生活要求不高，对吃喝从不计较，难道同我小时候的这些经历没有关系吗？我看到一些独生子女的父母那样溺爱子女，也颇不以为然。儿童是祖国的花朵，花朵当然要爱护；但爱护要得法，否则无疑是坑害子女。

不记得是从什么时候起我开始学着认字，大概也总在四岁到六岁之间。我的老师是马景功先生。现在我无论如何也记不起有什么类似私塾之类的场所，也记不起有什么《百家姓》《千字文》之类的书籍。我那个家徒四壁的家就没有一本书，连带字的什么纸条子也没有见过。反正我总是认了几个字，否则哪里来的老师呢？马景功先生的存在是不能怀疑的。

　　虽然没有私塾，但是小伙伴是有的。我记得最清楚的有两个：一个叫杨狗，我前几年回家，才知道他的大名，他现在还活着，一字不识；另一个叫哑巴小（意思是哑巴的儿子），我到现在也没有弄清楚他姓甚名谁。我们三个天天在一起玩，洑水，打枣，捉知了，摸虾，不见不散，一天也不间断。后来听说哑巴小当了山大王，练就了一身蹿房越脊的惊人本领，能用手指抓住大庙的椽子，浑身悬空，围绕大殿走一周。有一次被捉住，是十冬腊月，赤身露体，浇上凉水，被捆起来，倒挂一夜，仍然能活着。据说他从来不到官庄来作案，"兔子不吃窝边草"，这是绿林英雄的义气。后来终于被捉杀掉。我每次想到这样一个光着屁股游玩的小伙伴竟成为这样一个"英雄"，就颇有骄傲之意。

　　我在故乡只待了六年，我能回忆起来的事情还多得很，但是我不想再写下去了。已经到了同我那个一片灰黄的故乡告别的时候了。

　　我六岁那一年，是在春节前夕，公历可能已经是1917年，我离开父母，离开故乡，是叔父把我接到济南去的。叔父此时大概日子已经可以了，他兄弟俩只有我一个男孩子，想把我培养成人，将来能光大门楣，只有到济南去一条路。这可以说是我一生中最关键的一个转折点，否则我今天仍然会在故乡种地（如果我能活着的话），这当然算是一件好事。但是好事也会有成为坏事的时候。"文化大革命"期间，我曾有几次想到：如果我叔父不把我从故乡接到济南的话，我总能过一个浑浑噩噩但却舒舒服服的日子，哪能被"革命家"打倒在地，身上踏上一千只脚还要永世不得翻身呢？呜呼，世事多变，人生易老，真叫作没有法子！

到了济南以后，过了一段难过的日子。一个六七岁的孩子离开母亲，他心里会是什么滋味，非有亲身经历者，实难体会。我曾有几次从梦里哭着醒来。尽管此时不但能吃上白面馒头，而且能吃上肉；但是我宁愿再啃红高粱饼子吃苦咸菜。这种愿望当然只是一个幻想。我毫无办法，久而久之，也就习以为常了。

叔父望子成龙，对我的教育十分关心。先安排我在一个私塾里学习。老师是一个白胡子老头，面色严峻，令人见而生畏。每天入学，先向孔子牌位行礼，然后才是"赵钱孙李"。大约就在同时，叔父又把我送到一师附小去念书，这个地方在旧城墙里面，街名叫升官街，看上去很堂皇，实际上"官"者"棺"也，整条街都是做棺材的。此时"五四"运动大概已经起来了。校长是一师校长兼任，他是山东得风气之先的人物，在一个小学生眼里，他是一个大人物，轻易见不到面。想不到在十几年以后，我大学毕业到济南高中去教书的时候，我们俩竟成了同事，他是历史教员。

我执弟子礼甚恭，他则再三逊谢。我当时觉得，人生真是变幻莫测啊！

因为校长是维新人物，我们的国文教材就改用了白话。教科书里面有一段课文，叫作《阿拉伯的骆驼》。故事是大家熟知的。但当时对我却是陌生而又新鲜，我读起来感到非常有趣味，简直是爱不释手。然而这篇文章却惹了祸。有一天，叔父翻看我的课本，我只看到他蓦地勃然变色。"骆驼怎么能说人话呢?"他愤愤然了。"这个学校不能念下去了，要转学!"

于是我转了学。转学手续比现在要简单得多，只经过一次口试就行了。而且口试也非常简单，只出了几个字叫我们认。我记得字中间有一个"骡"字。我认出来了，于是定为高一。另一个比我大两岁的亲戚没有认出来，于是定为初三。为了一个字，我占了一年的便宜，这也算是逸事吧。

这个学校靠近南圩子墙，校园很空阔，树木很多。花草茂密，景色算是秀丽的。在用木架子支撑起来的一座柴门上面，悬着一块木匾，上面刻着四个大字：循规蹈矩。我当时并不懂这四个字的含义，只觉得笔画多得好玩而已。我就天天从这个木匾下出出进进，上学，游戏。当时立匾者的用心到了后来我才了解，无非是想让小学生规规矩矩做好孩子而已。但是用了四个古怪的字，小孩子谁也不懂，结果形同虚设，多此一举。

我循规蹈矩了没有呢? 大概是没有。我们有一个珠算教员，眼睛长得凸了出来，我们给他起了一个绰号，叫作 shao-qianr（济南话,意思是知了)。他对待学生特别蛮横。打算盘,错一个数,打一板子。打算盘错上十个八个数,甚至上百个数,是很难避免的。我们都挨了不少板子。不知是谁一嘀咕:"我们架(小学生的行话,意思是赶走)他!"立刻得到大家的同意。我们这群十岁左右的小孩子也要"造反"了。大家商定:他上课时,我们把教桌弄翻,然后一起离开教室,躲在假山背后。我们自己认为这个锦囊妙计实在非常高明;如果成功了,这位教员将无颜见人,非卷铺盖回家不可。然而我们班上出了"叛徒",虽然只有几个人,他们想拍老师的马屁,没有离开教室。这一来,大大助长了老师的气焰,他知道自己还有"群众",于是威风大振,把我们这群不知天高地厚的"叛逆者"狠狠地用大竹板打手心打了一阵,我们每个人的手都肿得像发面馒头。然而没有一个人掉泪。我以后每次想到这件事,觉得很可以写进我的"优胜纪略"中去。"革命无罪,造反有理",如果当时就有那位伟大的"革命家"创造了这两句口号,那该有多么好呀!

谈到学习,我记得在三年之内,我曾考过两个甲等第三(只有三名甲等),两个乙等第一,总起来看,属于上等;但是并不拔尖。实际上,我当时并不用功,玩的时候多,念书的时候少。我们班上考甲等第一的叫李玉和,年年都是第一。他比我大五六岁,好像已经很成熟了,死记硬背,刻苦努力,天天皱着眉头,不见笑容,也不同我们打闹。我从来就是少无大志,一点也不想争那个状元。但是我对我这位老学长并无敬意,还有点瞧不起的意思,觉得他非我族类。

我虽然对正课不感兴趣，但是也有我非常感兴趣的东西，那就是看小说。我叔父是古板人，把小说叫作"闲书"，闲书是不许我看的。在家里的时候，我书桌下面有一个盛白面的大缸，上面盖着一个用高粱秆编成的"盖垫"（济南话）。我坐在桌旁，桌上摆着《四书》，我看的却是《彭公案》《济公传》《西游记》《三国志演义》等旧小说。《红楼梦》大概太深，我看不懂其中的奥妙，黛玉整天价哭哭啼啼，为我所不喜，因此看不下去。其余的书都是看得津津有味。冷不防叔父走了进来，我就连忙掀起盖垫，把闲书往里一丢，嘴巴里念起"子曰""诗云"来。

到了学校里，用不着防备什么，一放学，就是我的天下。我往往躲到假山背后，或者一个盖房子的工地上，拿出闲书，狼吞虎咽似的大看起来。常常是忘记了时间，忘记了吃饭，有时候到了天黑，才摸回家去。我对小说中的绿林好汉非常熟悉，他们的姓名背得滚瓜烂熟，连他们用的兵器也如数家珍，比教科书熟悉多了。自己当然也希望成为那样的英雄。有一回，一个小朋友告诉我，把右手五个指头往大米缸里猛戳，一而再，再而三，一直到几百次，上千次。练上一段时间以后，再换上砂砾，用手猛戳，最终可以练成铁砂掌，五指一戳，能够戳断树木。我颇想有一个铁砂掌，信以为真，猛练起来，结果把指头戳破了，鲜血直流。知道自己与铁砂掌无缘，遂停止不练。

学习英文，也是从这个小学开始的。当时对我来说，外语是一种非常神奇的东西。我认为，方块字是天经地义，不用方块字，只弯弯曲曲像蚯蚓爬过的痕迹一样，居然能发出音来，还能有意思，简直是不可思议。越是神秘的东西，便越有吸引力。英文对于我就有极大的吸引力。我万没有想到望之如海市蜃楼般的可望而不可即的东西竟然唾手可得了。我现在已经记不清楚学习的机会是怎么来的。大概是有一位教员会一点英文，他答应晚上教一点，可能还要收点学费。总之，一个业余英文学习班很快就组成了，参加的大概有十几个孩子。究竟学了多久，我已经记不清楚，时间好像不太长，学的东西也不太多，二十六个字母以后，学了一些单词。我当时有一个非常伤脑筋的问题：为什么"是"和"有"算是动词，它们一点也不动吗？当时老师答不上来；到了中学，英文老师也答不上来。当年用"动词"来译英文的 verb 的人，大概不会想到他这个译名惹下的祸根吧。

每次回忆学习英文的情景时，我眼前总有一团零乱的花影，是绛紫色的芍药花。原来在校长办公室前的院子里有几个花畦，春天一到，芍药盛开，都是绛紫色的花朵。白天走过那里，紫花绿叶，极为分明。到了晚上，英文课结束后，再走过那个院子，紫花与绿花化成一个颜色，朦朦胧胧的一堆一团，因为有白天的印象，所以还知道它们的颜色。但夜晚眼前却只能看到花影，鼻子似乎有点花香而已。这幅情景伴随了我一生，只要是一想起学习英文，这幅美妙无比的情景就浮现到眼前来，带给我无量的幸福与快乐。

然而时光像流水一般飞逝，转瞬三年已过：我小学该毕业了，我要告别这个美丽的校园了。我十三岁那一年，考上了城里的正谊中学。我本来是想考鼎鼎大名的第一中学的，但是我左衡量，右衡量，总觉得自己这一块料分量不够，还是考与"烂育英"齐名的"破正谊"吧。我上面说到我幼无大志，这又是一个证明。正谊虽"破"，风景却美。背靠大明湖，万顷苇绿，十里荷香，不啻人间乐园。然而到了这里，我算是已经越过了童年，不管正谊的学习生活多么美妙，我也只好搁笔，且听下回分解了。

纵观我的童年，从一片灰黄开始，到了正谊算是到达了一片浓绿的境界——我进步了。但这只是从表面上来看，从生活的内容上来看，依然是一片灰黄。即使到了济南，我的生活也难找出什么有声有色的东西。我从来没有什么玩具，自己把细铁条弄成一个圈，再弄个钩一推，就能跑起来，自己就非常高兴了。贫困、单调、死板、固执，是我当时生活的写照。接受外面信息，仅凭五官。什么电视机、收录机，连影都没有。我小时连电影也没有看过，其余概可想见了。

今天的儿童有福了。他们有多少花样翻新的玩具呀！他们有多少儿童乐园、儿童活动中心呀！他们饿了吃面包，渴了喝这可乐、那可乐，还有牛奶、冰激凌。电影看厌了，看电视。广播听厌了，听收录机。信息从天空、海外，越过高山大川，纷纷蜂拥而来。他们才真是"儿童不出门，便知天下事"。可是他们偏偏不知道旧社会。就拿我来说，如果不认真回忆，我对旧社会的情景也逐渐淡漠，有时竟淡如云烟了。

今天我把自己的童年尽可能真实地描绘出来，不管还多么不全面，不管怎样挂一漏万，也不管我的笔墨多么拙笨，就是上面写出来的那一些，我们今天的儿童读了，不是也可以从中得到一点启发、从中悟出一些有用的东西来吗？

1986 年 6 月 6 日

寂　寞

寂寞像大毒蛇，盘住了我整个的心，我自己也奇怪：几天前喧腾的笑声现在还萦绕在耳际，我竟然给寂寞克服了吗？

但是，克服了，是真的，奇怪又有什么用呢？笑声虽然萦绕在耳际，早已恍如梦中的追忆了，我只有一颗心，空虚寂寞的心被安放在一个长方形的小屋里。我看四壁，四壁冰冷像石板，书架上一行行排列着的书，都像一行行的石块，床上棉被和大衣的折纹也都变成雕刻家手下的作品了，死寂，一切死寂，更死寂的却是我的心，——我到了庞培（Pompeii）了吗？不，我自己证明没有，隔了窗子，我还可以看见袅动的烟缕，虽然还在袅动，但是又是怎样的微弱呢，——我到了西敏寺（Westminster Abbey）了吗？我自己又证明没有，我看不到阴森的长廊，看不到诗人的墓圹，我只是被装在一个长方形的小屋里，四周圈着冰冷的石板似的墙壁，我究竟在什么地方呢？桌子上那两盆草的曼长嫩绿的枝条，反射在镜子里的影子，我透过玻璃杯看到的淡淡的影子；反射在电镀过的小钟座上的影子，在平常总轻轻地笼罩上一层绿雾，不是很美丽有生气的吗？为什么也变成浮雕般呆僵不动呢？——一切完了，一切都给寂寞吞噬了，寂寞凝定在墙上挂的相片上，凝定在屋角的蜘蛛网上，凝定在镜子里我自己的影子上……

一切都真的给寂寞吞噬了吗？不，还有我自己，我试着抬一抬胳膊，还能抬得起，我摆了摆头，镜子里的影子也还随着动，我自己问：是谁把我放在这里的呢？是我自己，现在我才发现，就是自己，我能逃……

我能逃，然而，寂寞又跟上我了呀！在平常我们跑着百米抢书的图书馆，不是很热闹的吗？现在为什么也这样冷清呢？我从这头看到那头，像看到一个朦胧的残梦，淡黄的阳光从窗子里穿进来造成一条光的路，又射在光滑的桌面上，不耀眼，不辉腾，只是死死地贴在桌上，像——像什么呢？我不愿意说，像乡间黑漆棺材上贴的金边，寥寥的几个看书的，错落地散坐着，使我想到月明夜天空的星子，但也都石像似的坐着，不响也不动，是人吗？不是，我左右看全不像，像木乃伊？又不像，因为我闻不到木乃伊应该有的那种香味，像死尸？有点，但也不全像，——我看到他们僵坐的姿势了；我看到他们一个个地翻着死白的眼了，我现在知道他们像什么，像鱼市里的死鱼，一堆堆地排列着，鼓着肚皮，翻着白眼，可怕！然而我能逃，然而寂寞又跟上了我，我向哪里逃呢？

到了世界的末日了吗？世界的末日，多可怕！以前我曾自己想象，自己是世界上最后的一个生物，因了这无谓的想象，我流过不知多少汗，但是现在却真教我尝到这个滋味了，天空倒挂着，像个盆，远处的西山，近处的楼台，都仿佛剪影似的贴在这灰白盆底上。小鸟缩着脖子站在土山上，不动，像博物馆里的标本，流水在冰下低缓地唱着丧歌，天空里破絮似的云片，看来像一贴贴的膏药，糊在我这寂寞的心上，枯枝丫杈着，看来像鱼刺，也刺着我这寂寞的心。

但是，我在身旁发现有人影在游动了，我知道，我自己不是世界上最后的生物，我在内心浮起一丝笑意，但是（又是但是）却怪没等这好意浮到脸上，我又看到我身旁的人也同样翻着死白的眼，像木乃伊？像僵尸？像鱼市上陈列的死鱼？谁耐心去管，战栗通过了我全身，我想逃，寂寞驱逐着我，我想逃，向哪里逃呢？——天哪！我不知道向哪里逃了。

夜来了，随了夜来的是更多的寂寞，当我从外面走回宿舍的时候，四周死一般沉寂，但总仿佛有窸窣的脚步声绕在我四围。说声，其实哪里有什么声呢？只是我觉得有什么东西跟着我而已，倘若在白天，我一定说这是影子；倘若睡着了，我一定说这是梦，究竟是什么呢？我知道，这是寂寞，从远处我看到压在黑暗的夜色下面的宿舍，以前不是每个窗子都射出温热的软光来吗？但是，变了，一切变了，大半的窗子都黑黑的，闭着寥寥的几个窗子，无力地迸射出几条光线来，又都是怎样暗淡灰白呢？——不，这不是窗子里射出来的灯光，这是墓地里的鬼火，这是魔窟里发出的魔光，我是到了鬼影憧憧的世界里了，我自己也成了鬼影了。

我平卧在床上，让柔弱的灯光流在我身上，让寂寞在我四周跳动，静听着远处传来的登登的足音，隐隐地，细细弱弱到听不清，听不见了，这声音从哪里传来的呢？是从辽远又辽远的国土里呀！是从寂寞的大沙漠里呀！但是，又像比辽远的国土更辽远；我的小屋是坟墓，这声音是从墓外过路人的脚下踒出来的呀！离这里多远呢？想象不出，也不能想象，望吧！是一片茫茫的白海流布在中间，海里是什么呢？是寂寞。

隔了窗子，外面是死寂的夜，从蒙翳的玻璃里看出去，不见灯光；不见一切东西的清晰的轮廓，只是黑暗，在黑暗里的迷离的树影，丫杈着，刺着暗灰的天。在三个月前，这秃光的枯枝上，有过一串串的叶子，在萧瑟的秋风里打战，又罩上一层淡淡的黄雾。再往前，在五六个月以前吧，同样的这枯枝上织一丛丛的茂密的绿，在雨里凝成浓翠；在毒阳下闪着金光。倘若再往前推，在春天里，这枯枝上嵌着一颗颗火星似的红花，远处看，辉耀着，像火焰，——但是，一转眼，溜到现在，现在怎样了呢？变了，全变了，只剩了秃光的枯枝，刺着天空，把小小的温热的生命力蕴蓄在这枯枝的中心，外面披上这层刚劲的皮，忍受着北风的狂吹；忍受着白雪的凝固；忍受着寂寞的来袭，同我一样。它也该同我一样切盼着春的来临、切盼着寂寞的退走吧。春什么时候会来呢？寂寞什么时候会走呢？这漫漫的长长的夜，这漫漫的更长的冬……

1934 年 1 月 22 日

红

在我刚从故乡里走出来以后的几年里，我曾有过一段甜蜜的期间，是长长的一段。现在回忆起来，虽然每一件事情都仿佛有一层灰蒙蒙的氛围萦绕着，但仔细看起来，却正如读希腊的神话，眼前闪着一片淡黄的金光。倘若用了象征派诗人的话，这也算是粉红色的一段了。

当时似乎还没有多少雄心壮志，但眼前却也不缺少时时浮起来的幻想。从一个字不认识，进而认得了许多字，因而知道了许多事情；换了话说，就是从莫名其妙的童年里渐渐看到了人生，正如从黑暗里乍走到光明里去，看一切东西都是新鲜的。我看一切东西都发亮，都能使我的幻想飞出去。小小的心也便日夜充塞了欢欣与惊异。

我就带了一颗充塞了欢欣与惊异的心，每天从家里到一个靠近了墟墙有着一个不小的有点乡村味的校园的小学校里去上学。沙着声念古文或者讲数学的年老而又装着威严的老师，自然引不起我的兴趣，在班上也不过用小刀在桌子上刻花，在书本上画小人头。一下课立刻随了几个小同伴飞跑到小池子边上去捉蝴蝶，或者去拣小石头子；整个的心灵也便倾注在蝴蝶的彩色翅膀上和小石头子的螺旋似的花纹里了。

从家里到学校是一段颇长的路。路既曲折狭隘，也偏僻。顶早的早晨，当我走向学校去的时候，是非常寂静，没有什么人走路的。然而，在我开始上学以后不久，我却遇到一个挑着担子卖绿豆小米的。以后，接连着几个早晨都遇到他。有一天的早晨，他竟向我微笑了。他是一个近于老境的中年人，有一张纯朴的脸。无论在衣服上还是在外貌上都证明他是一个老实的北方农民。然而他的微笑却使我有点窘，也害臊。这微笑在早晨的柔静的空气里回荡。我赶紧避开了他。整整一天，他的微笑在我眼前晃动着。

第二天早晨，当我刚走出了大门，要到学校去的时候，我又遇到了他。他把担子放在我家门口，正同王妈争论米豆的价钱。一看到我，脸上立刻又浮起了微笑；嘴动了动，看样子是要对我讲话了。这微笑使我更有点窘，也更害怕，我又赶紧避开了他，匆匆地走向学校去。——那时大概正是春天。在未出大门之先，我走过了一段两边排列着正在开着的花的甬道。我也看到春天的太阳在这中年人的脸上跳跃。

在学校里仍然不外是捉蝴蝶，找石子。当我走回家坐在一间阴暗的屋里一张书桌旁边的时候，我又时时冲动似的想到这老实纯朴的中年人。他为什么向我笑呢？当时童稚的心似乎无论怎样也不能了解。小屋里在白天也是黑黝黝的。仅有的一个窗户给纸糊满了。窗外有一棵山丁香，正在开着花。窗户像个闸，把到处都充满了花香鸟语的春光闸在外面。当暮色从四面高高的屋顶上溜进小院来的时候，我不再想这中年人，我的心被星星的光吸引住，给蝙蝠的翅膀拖到苍茫的太空里去了。

接连着几天的早晨，我仍然遇到这中年人，每天放学回来就喝着买他的绿豆和小米做成的稀饭。因为见面熟了，我不再避开他。我知道他想同我讲话也不过是喜欢小孩的一种善意的表示。我们开始谈起话来。他所说的似乎都是些离奇怪诞的话。他告诉我：他见到过比象大的老鼠。这却不足使我震惊，因为当时我还没能看到过象。我觉得顶有趣的是他说到一个馒头皮竟有四里地厚，一个人啃了几个月才啃到馅；怎样一个鸡下了个比西瓜还大的卵；怎样一个穷小子娶了个仙女。当他看到我瞪大了错愕的眼睛看着他的时候，这老实的中年人孩子似的笑起来了。

经过了明媚的春天，接着是长长的暑假。暑假过了，是瑟冷的秋天：看落叶在西风里颤抖。跟着来了冬天：看白雪装点的枯树。雪的早晨，我们堆雪人。晚上，我们在小院里捉迷藏。每天上学的时候，仍然碰到这中年人。回到家里来的时候，就又坐在那阴暗的屋里一张小桌旁看书什么的。窗户仍然是个闸，把夏蓝得有点儿古怪的天、秋的长天、冬的灰暗的天都闸在外面。只有从纸缝里看到星星的光、月的光、听秋蝉的嘶声从黄了顶的树上飘下来。听大雪天寒鸦冷峭的鸣声。仿佛隔了一层世界。——就这样生活竟意外的平静，自己也就平静地活下去。

当第二年的清朗的春天看看要化入夏天的炎辉里去的时候，自己的心情上微微起了点变化。也许因为过去的生活太单调，心里总仿佛在渴望着什么似的，感到轻微的不满足。在学校里班上对刻字画人头也感到烦腻；沙着声念古文的老教员更使我讨厌得不可言状。这位老实的中年人的荒唐话再也不能引起我的兴趣。以前寄托在蝴蝶的彩色翅膀上、小石子的花纹里的空灵的天堂幻灭了。我渴望着抓到一个新的天堂，但新的却究竟在什么地方呢？

就在这时候，因了一个机缘的凑巧，我看到了《彭公案》之类的武侠小说。这里面给了我另外一个新奇的天堂——一个人凭空会上屋，会在树顶上飞。更荒唐的，一个怪人例如和尚道士之流的，一张嘴就会吐着一道白光，对方的头就在这白光里落下了来。对我，这是一个天大的奇迹。这奇迹是在蝴蝶翅膀上、小石子的花纹里绝对找不到的。我失掉的天堂终于又在这里找到了。

最初读的时候，自然有许多不识的字。但也能勉强看下去，而明了书里的含义。只要一看书的插图，就使我够满意的了：一个个有着同普通人不一样的眼、眉、胡子。手里都拿着刀枪什么的。这些图上的小人占据了我整个的心。我常常整整的一个过午逃了学，找一个僻静的地方去读小说。黄昏的时候，走回家去，红着脸对付家里大人们的询问。脑子里仍然满装着剑仙剑侠之流的飞腾的影子。晚上，夜深人静的时候，一觉醒转来，看看窗纸上微微有点白光的晃动；我知道，这是王妈起来纺麻线了。于是我也悄悄地起来，拿一本小说，就着纺线的灯光瞅着一行行蚂蚁般大的小字，一直读到小字真像蚂蚁般的活动起来。一闭眼，眼前浮动着一丛丛灿烂的花朵。这时候才嗅到夜来香的幽香一阵阵往鼻子里挤。花的香合了梦一齐压上了我。第二天早晨到学校去的路上，倘若遇到那位老实的中年人，我不再听他那些荒唐怪诞的话；我却要把我的剑侠剑仙之流的飞腾说给他听了。

我现在也有了雄心壮志了，是荒唐的雄心壮志。我老想着，怎样我也可以一张嘴就吐出一道白光，使敌人的头在白光里掉在地上；怎样我也可以在黑夜的屋顶上树顶上飞。在我眼前蓦地有一条黑影一晃，我知道是来了能人了。我于是把嘴一张，立刻一道白光射出去，眼看着那人从几十丈高的墙上翻身落下去。这不是天下的奇观吗？自己心里仿佛真有那样一回事似的愉快。同时，也正有同我年纪差不多的小孩子，他们也有着同样的雄心壮志。他们告诉我，怎样去练铁砂掌，怎样去练隔山打牛。我于是回到家里就实行。候着没有人在屋里的时候，把手不停地向盛着大米或绿豆的缸里插，一直插到全手麻木了，自己一看，指甲与肉接连着的一部分已经磨出了血。又在帐子顶上悬上一个纸球，每天早晨起床之先，先向空打上一百掌，据说倘若把球打动了，就能百步打人。晚上，在小院里，在夜来香的丛中，背上斜插着一条量布用的尺，当作宝剑。同一群小孩玩的时候，也凛凛然仿佛有不可一世的气概似的。

但是，把手向大米或绿豆里插已经流过几次血，手痛不能再插。凭空打球终于也没看见球微微地动一动。心里渐渐感到轻微的失望。已经找到的天堂现在又慢慢幻灭了去。自己以前的希望难道真的都是幻影吗？以后，又渐渐听到别人说，剑侠剑仙之流的怪人，只有古时候有，现在是不会有的了。我深深地感到失掉幻影的悲哀。但别人又对我说，现在只有绿林豪杰相当于古时候的剑侠。我于是又向往绿林豪杰了。

说到绿林豪杰，当时我还没曾见过。我只觉得他们不该同平常人一样。他们应该有红胡子、花脸、蓝眼睛，一生气就杀人的，正像在舞台上见到的一些人物一样。这都不是很可怕的吗？但当时却只觉得这样的人物很可爱。这幻想支配着我。晚上，我梦着青面红发的人在我屋里跳。第二天早晨起来，无论是花的早晨，雨的早晨，云气空灵的早晨，蝉声鸣彻的早晨，我总是遇到这老实的中年人。他腻着我告诉他关于剑侠剑仙的故事。我红着脸没有说话，却不告诉他我这新的向往。虽然有点窘，我仍然是愉快的。——在我心里也居然有一个秘密埋着了。

这时候，如火如荼的夏天已经渐渐化入秋的朗远里去。每天早晨到学校去的时候，蝉声和秋的气息萦混在微明的空气里。在学校里听年老的老师大声念古文，回到家里来的时候，就仍然坐在阴暗的屋里一张小桌的旁边，做着琐碎的事情，任窗户把秋的长天，带着星星的长天，和了玉簪花的幽香拦在外面。接连着几天的早晨，我没遇到这中年人。我真有点想他，想他那纯朴的北方农民特有的面孔。我仍然走以前走的那偏僻的路。顶早的早晨仍然是非常寂静。没有什么人走路的。我遇不到这老实的中年人，心里感觉到缺少点什么。我踽踽地独行着，这长长的路就更显得长起来。我问自己：难道他有什么意外的不幸的事情吗？

这样也就过了一个多月。等到天更蓝、更高、触目的是一片萧瑟的淡黄色的时候，我心里又给别的东西挤上。这老实的中年人的影子也渐渐消失了。就这样一个萧瑟淡黄的黄昏里，因为有事，我走过一条通到墟子外的古老的石头街。街两边挤满了人，都伸长了脖颈，仿佛期待着什么似的。我也站下来。一问，才知道今天要到墟子外河滩里杀土匪，这使我惊奇。我倒要看看杀人到底是什么样子。不久，就看见刽子手蹒跚地走了过去，背着血痕斑驳的一个包，里面是刀。接着是马队步队。在这一队人的中间是反手缚着的犯人，脸色比蜡还黄。别人是啧啧地说这家伙没种的时候，我却奇怪起来：为什么这人这样像那卖绿豆小米的老实的中年人呢？随着就听到四周的人说：这人怎样在乡里因为没饭吃做了土匪；后来洗了手，避到济南来卖绿豆小米；终于给人发现了捉起来。我的心立刻冰冷了，头嗡嗡地响，我却终于跟了人群到墟子外去，上千上万的人站成了一个圈子。这老实的中年人跪在正中，只见刀一闪，一道红的血光在我眼前一闪。我的眼花了。回看西天的晚霞正在天边上结成了一朵大大的红的花。

这红的花在我眼前晃动。当我回到那阴暗的屋里去的时候，窗户虽然仍然能把秋的长天拦在外面，我的眼仿佛能看透窗户，看到有着星星的夜的天空满是散乱的红的花。我看到已经落净了叶子的树上满开着红的花。红的花又浮到我梦里去，成了橹，成

76

了船，成了花花翅膀的蝴蝶；一直只剩下一片通明的红。第二天早晨上学的时候，冷僻的长长的路上到处泛动着红的影子。在残蝉的声里，我也仿佛听出了红声。小石子的花纹也都转成红的了。

到现在虽然已经过了十多年了，只要我眼花的时候，我仍然能把一切东西看成红的。这红，奇异的红，苦恼着我。我前面不是说，这是粉红色的一段吗？我仍然不否认这话。真的，又有谁能否认呢？我只要回忆到这一段，我就能看见自己的微笑，别人的微笑；连周围的东西也都充满了笑意。咧着嘴的大哭里也充满了无量的甜蜜；我就能看见自己的影子，在向大米缸里插手，在凭空击着纸球；我也就能看见这老实的中年的北方农民特有的纯朴的面孔，他向我微笑着说话的样子，只有这中年人使我这粉红色的一段更柔美。也只有他把这粉红色的一段结尾涂上了大红。这红色给我以大的欢喜，它遮盖了一切存在于我的回忆里的影子。但也对我有大威胁，它时常使我战栗。每次我看到红色的东西，我总想到这老实的中年人。——我仿佛还能看到我们俩第一次见面时春的阳光在他脸上跳跃，和最后一瞥里，他脸上的蜡黄。——我应该怜悯他呢？或者，正相反，我应该憎恶他呢？

1934 年 7 月 21 日

去故国

——欧游散记之一

不知从什么时候起，就有一个到外国去，尤其是到德国去的希望埋在我的心里了。同朋友谈话的时候也时时流露出来。在外表看来似乎是很具体、很坚决。其实却渺茫得很。我没有伟大的动机。冠冕堂皇的理由自然也不能没有。但仔细追究起来，却只有一个极单纯的要求：我总觉得，在无量的——无论在空间上或时间上——宇宙进程中，我们有这次生命，不是容易事；比电火还要快，一闪便会消逝到永恒的沉默里去。我们不要放过这短短的时间，我们要多看一些东西。就因了这点小小的愿望，我想到外国去。

但是，究竟怎样去呢？似乎从来不大想到。自己学的是文科，早就被一般人公认为无补于国计民生的落伍学科；想得到官费自然不可能。至于自费呢，家里虽然不能说是贫无立锥之地；但若把所有的财产减去欠别人的一部分，剩下的也就只够一趟的路费。想自己出钱到外国去自然又是一个过大的妄想了。这些都是实际

78

上不能解决的问题，却从来没有给我苦恼，因为我根本不去想。我固执地相信，我终会有到外国去的一天。我把自己沉在美丽的涂有彩色的梦里。这梦有多么渺茫，恐怕只有我一个人知道了。

一直到去年夏天，当我的大学学程告一段落的时候，我才第一次想到究竟怎样到外国去。恐怕从我这个不切实际的只会做梦的脑筋里再也不会想出切合实际的办法：我想用自己的劳力去换得金钱，再把金钱储存起来到外国去。我没有详细计算每月存钱若干，若干年后才能如愿，便贸贸然回到故乡的一个城里去教书。第一个月过去了，钱没能剩下一个。第二个月又过去了，除了剩下许多账等第三个月来还之外，还剩下一颗疲劳的心。我立刻清醒了，头上仿佛浇上了一瓢冷水：照这样下去，等到头发全白了的时候，岂不也还是不能在柏林市上逍遥一下吗？然而书却终于继续教下去，只有把疲劳的心更增加了疲劳。

就在这时候，却有一个从天而降的机会落在我的头上。我只要出很少的一点钱就可以到德国去住上二年。亲眼看着自己用手去捉住一个梦，这种狂欢的心情是不能用任何语言文字描写得出的。我匆匆地从家里来到故都，又匆匆地回去。从虚无缥缈的幻想里一步跨到事实里，使我有点糊涂。我有时就会问起自己来：我居然也能到德国去了吗？然而，跟着来的却是在精神上极端痛苦的一段。平常我对事情，总有过多的顾虑，这我知道比谁都清楚。但这次却不能不顾虑；我顾虑到到德国以后的生活，我顾虑到自己的家境。许多琐碎到不能再琐碎的小事纠缠着我，给我以大痛苦。随处都可以遇到的不如意与不满足像淡烟似的散布在我的眼前。同时还有许多实际问题要我解决：我还要筹钱。平常从自己手里水似的流去的钱，我现在才知道它的可贵。从这里面也可以看出真正的人情和世态。经了许多次的碰壁，终于还是大千和洁民替我解了这个围。同时又接到故都里梅生的信，他也要替我张罗。在这个期间，我有几次都想放弃了这个机会，因为这个机会带给我的快乐远不如带给我的痛苦多，但长之却从辽远的故都写信来劝我，带给我勇气和力量。我现在才知道友情的可贵；没有他们几位，说不定我现在又带了一颗疲劳的心开始吃粉笔末的生活了。这友情像一滴仙露，滴到我的焦灼的心上，使我又在心里开放了希望的花，使我又重新收拾起破碎的幻想，回到故都来。

在生命之路上，我现在总算走上一段新程了。几天来，从早晨到晚上，我时常一个人坐在一间低矮然而却明朗的屋里，注视着支离的树影在窗纱上慢慢地移动着，听树丛里曳长了的含有无量倦意的蝉声。我心里有时澄澈沉静得像古潭；有时却又搅乱得像暴风雨下的海面。我默默地筹划着应当做的事情。时时有幻影，柏林的幻影，浮动在我眼前：我仿佛看到宏伟古老的大教堂，圆圆的顶子在夕阳中闪着微光；宽广的街道，有车马在上面走着。我又仿佛看到大学堂的教室，头发皤白的老教授颤声讲着书。我仿佛连他的声音都能听得到；他那从眼镜边上射出来的眼光正落在我的头上。但当我发现自己仍然在这一间低矮而明朗的屋子里的时候，我的心飞到不知什么地方去了。

我虽然在过去走过许多路，但从降生一直到现在，自己脚迹叠成的一条路，回望过去，是连绵不断的一线，除了在每一年的末尾，在心里印上一个浅痕，知道又走过一段路以外，自己很少画过明显的鸿沟，说以前走的是一段，以后是另一段的开端。然而现在，自己却真的在心里划了一个鸿沟，把以前二十四年走的路就截在鸿沟的那一岸；在这一岸又开始了一条新路，这条路会把我带到渺茫的未来去。这样我便不能不回头去看一看，正如当一个人走路走到一个阶级的时候往往回头看一样。于是我想到几个月来不曾想到的几个人。我先想到母亲。母亲死去到现在整二年了。前年这时候，我回故乡去埋葬母亲。现在恐怕坟头秋草已萋萋了。我本来预备每年秋天，当树丛乍显出点微黄的时候，回到故乡母亲的坟上去看看。无论是在白雾笼罩墓头的清晨，还是归鸦驮了暮色进入簌簌响着的白杨树林的黄昏，我都到母亲墓绕两周，低低地唤一声："母亲!"来补偿生前八年的长时间没见面的遗恨。然而去年的秋天，我刚从大学走入了社会，心情方面感到很大的压迫；更没有余闲回到故乡去。今年的秋天，又有这样一个机会落到我的头上。我不但不能回到故乡去，而且带了一颗饱受压迫的心，不能得到家庭的谅解，跑到几万里外的异邦去漂泊，一年，二年，谁又知道几年才能再回到这故国来呢？让母亲一个人凄清地躺在故乡的地下，忍受着寂寞的袭击，上面是萋萋的秋草。在白杨簌簌中，淡月朦胧里，我知道母亲会借了星星的微光到各处去找她的儿子；借了西风听取她儿子的消息。然而所找到的只是更深的凄清与寂寞，西风也只带给她迷离的梦。

我又想到母亲生前最关心的外祖母。当我七八岁还没有离开故乡的时候，整天住在她家里，她的慈祥的面貌永远印在我的记忆里。今年夏天见她的时候，她已龙钟得不像样子了。又正同别人闹着田地的纠纷，现在背恐怕更驼了吧？临分别的时候，她再三叮嘱我要常写信给她。然而现在当我要到这样远的地方去的时候，我却不能写信给她，我不忍使她流着老泪看自己晚年唯一的安慰者离开自己跑了。我只希望她能好好地活下去，当我漂泊归来的时候，跑到她怀里，把受到的委屈都哭出来。我为她祝福。

我终于要走了，沿了我自己在心里划下的一条鸿沟的这一岸的路走去。天知道我会走到什么地方去；这条路真太渺茫，渺茫到使我吃惊。以前我曾羡慕过漂泊的生活，也曾有过到外国去的渴望。然而当希望成为事实的现在，我又渴慕平静的生活了。我看了在豆棚瓜架下闲话的野老，看了在一天工作疲劳之余在门前悠然吸烟的农人，都引起我极大的向往。我真不愿意离开这故国，这故国每一方土地，每一棵草木，都能给我温热的感觉。但我终于要走的，沿了自己在心里画下的一条路走。我只希望，当我从异邦转回来的时候，我能看到一个一切都不变的故国，一切都不变的故乡，使我感觉不到我曾这样长的时间离开过它，正如从一个短短的午梦转来一样。

1935 年 8 月 13 日

两个乞丐

　　时间已经过去了七十多年；但是两个乞丐的影像总还生动地储存在我的记忆里，时间越久，越显得明晰。我说不出理由。

　　我小的时候，家里贫无立锥之地，没有办法，六岁就离开家乡和父母，到济南去投靠叔父。记得我到了不久，就搬了家，新家是在南关佛山街。此时我正上小学。在上学的路上，有时候会在南关一带，圩子门内外，城门内外，碰到一个老乞丐，是个老头，头发胡子全雪样的白，蓬蓬松松，像是深秋的芦花。偏偏脸色有点发红。现在想来，这绝不会是由于营养过度，体内积存的胆固醇表露到脸上来。他连肚子都填不饱，哪里会有什么佳肴美食可吃呢？这恐怕是一种什么病态。他双目失明，右手拿一根长竹竿，用来探路；左手拿一只破碗，当然是准备接受施舍的。他好像是无法找到施主的大门，没有法子，只有亮开嗓子，在长街上哀号。他那种动人心魄的哀号声，同嘈杂的市声搅混在一起，在车水马龙中，嘹亮清澈，好像上面的天空、下面的大地都在颤动。唤来的是几个小制钱和半块窝窝头。

像这样的乞丐，当年到处都有。最初并没有引起我的注意。可是久而久之，我对他注意了。我说不出理由。我忽然在内心里对他油然起了一点同情之感。我没有见到过祖父，我不知道祖父之爱是什么样子。别人的爱，我享受得也不多。母亲是十分爱我的，可惜我享受的时间太短太短了。我是一个孤寂的孩子。难道在我那幼稚孤寂的心灵里在这个老丐身上顿时看到祖父的影子了吗？我喜欢在路上碰到他，我喜欢听他的哀号声。到了后来，我竟自己忍住饥饿，把每天从家里拿到的买早点用的几个小制钱，统统递到他的手里，才心安理得，算是了了一天的心事，否则就好像缺了点什么。当我的小手碰到他那粗黑得像树皮一般的手时，我心里说不出是什么滋味：怜悯、喜爱、同情、好奇混搅在一起，最终得到的是极大的欣慰。虽然饿着肚子，也觉得其乐无穷了。他从我的手里接过那几个还带着我的体温的小制钱时，难道不会感到极大的欣慰，觉得人世间还有那么一点温暖吗？

这样大概过了没有几年，我忽然听不到他的哀叫声了。我觉得生活中缺了点什么。我放学以后，手里仍然捏着几个沾满了手汗的制钱，沿着他常走动的那几条街巷，瞪大了眼睛看，伸长了耳朵听。好几天下来，既不闻声，也不见人。长街上依然车水马龙，这老乞丐却哪里去了呢？我感到凄凉，感到孤寂。好几天心神不安。从此这个老乞丐就从我眼里消逝，永远永远地消逝了。

差不多在同时，或者稍后一点，我又遇到了另一个老乞丐，仅有一点不同之处：这是一个老太婆。她的头发还没有全白，但蓬乱如秋后的杂草。面色黧黑，满是皱纹，一点也没有老头那样的红润。她右手持一根短棍。因为她也是双目失明，棍子是用来探路的。不知为什么，她能找到施主的家门。我第一次见到她，就是在我家的二门外面。她从不在大街上叫喊，而是在门口高喊："爷爷！奶奶！可怜可怜我吧！"也许是因为，她到我们家来，从不会空手离开的，她对我们家产生了感情；所以，隔上一段时间，她总会来一次的。我们成了熟人。

据她自己说，她住在南圩子门外乱葬岗子上的一个破坟洞里。里面是否还有棺材，她没有说。反正她瞎着一双眼，即使有棺材，她也看不见。即使真有鬼，对她这个瞎子也是毫无办法的。多么狰狞恐怖的形象，她也是眼不见，心不怕。这是一种什么样的日子，我今天回想起来，都有点觉得毛骨悚然。

不知道为什么，她竟然还有闲情逸致来种扁豆。她不知从哪里弄了点扁豆种子，就栽在坟洞外面的空地上，不时浇点水。到了夏天，扁豆是不会关心主人是否是瞎子的，一到时候，它就开花结果。这个老乞丐把扁豆摘下来，装到一个破竹筐子里，挂上了拐棍，摸摸索索来到我家二门外面，照例地喊上几声。我连忙赶出来，看到扁豆，碧绿如翡翠，新鲜似带露，我一时吃惊得说不出话来。我当时还不到十岁，虽有感情，绝不会有现在这样复杂、曲折。我不会想象，这个老婆子怎样在什么都看不到的情况下，刨土、下种、浇水、采摘。这真是一首绝妙好诗的题目。可是限于年龄，对这些我都木然懵然。只觉得这件事颇有点不寻常而已。扁豆并不是什么名贵的东西，然而老乞丐心中有我们一家，从她手中接过来的扁豆便非常非常不寻常了。这一点我当时朦朦胧胧似乎感觉到了。这扁豆的滋味也随之大变。在我一生中，在那以前我从没有吃过那样好吃的扁豆，在那以后也从未有过。我于是真正喜欢上了这个老年的乞丐。

然而好景不长，这样也没有过上几年。有一年夏天，正是扁豆开花结果的时候，我天天盼望在二门外面看到那个头发蓬乱鹑衣百结的老乞丐。然而却是天天失望，我又感到凄凉，感到孤寂，又是好几天心神不宁。从此这个老太婆同上面说的那个老头子一样，在我眼前消逝了，永远永远地消逝了。

到了今天，时间已经过去了七十多年。我的年龄恐怕早已超过了当年这两个乞丐的年龄。不知道是为什么我又突然想起了他俩。我说不出理由。不管我表面上多么冷，我内心里是充满了炽热的感情的。但是当时我涉世未久，或者还根本不算涉世，人间沧桑，世态炎凉，我一概不懂。我的感情是幼稚而淳朴的，没有后来那些不切实际的非常浪漫的想法。两位老乞丐在绝对孤寂凄凉中离开人世的情景，我想都没有想过。在当年那种社会里，人的心都是非常硬的，几乎人人都有一副铁石心肠，否则你就无法活下去。老行幼效，我那时的心，不管有多少感情，大概比现在要硬多了。唯其因为我的心硬，我才能够活到今天的耄耋之年。事情不正是这样子吗？

我现在已经走到了快让别人回忆自己的时候了。这两个老乞丐在我回忆中保留的时间也不会太久了。今天即使还有像我当年那样心软情富的孩子，但是人间已经换过，再也不会有那样的乞丐供他们回忆了。在我以后，恐怕再也不会出现我这样的人了。我心甘情愿地成为有这样回忆的最后一个人。

1992 年 12 月 26 日

在饥饿地狱中

同轰炸并驾齐驱的是饥饿。

我初到德国的时候，供应十足充裕，要什么有什么，根本不知饥饿为何物。但是，法西斯头子侵略成性（其实法西斯的本质就是侵略），他们早就扬言：要大炮，不要奶油。在最初，德国人桌子上还摆着奶油，肚子里填满了火腿，根本不了解这句口号的真正意义。于是，全国翕然响应，仿佛他们真不想要奶油了。大概从 1937 年开始，逐渐实行了食品配给制度。最初限量的就是奶油，以后接着是肉类，最后是面包和土豆。到了 1939 年，希特勒悍然发动第二次世界大战，德国人的腰带就一紧再紧了。这句口号得到了完满的实现。

我虽生也不辰，在国内时还没有真正挨过饿。小时候家里穷，一年至多只能吃两三次白面，但是吃糠咽菜，肚子还是能勉强填饱的。现在到了德国，才真受了"洋罪"。这种"洋罪"是慢慢地感觉到的。我们中国人本来吃肉不多，我们所谓的"主食"实际上是西方人的"副食"。黄油从前我们根本不吃。所以在德国人开始沉不住气的时候，我还优哉游哉，处之泰然。但是，到了我的"主食"——面包和土豆限量供应的时候，我才感到有点儿不妙了。黄油失踪以后，取代它的是人造油。这玩意儿放在汤里面，还能呈现出几个油珠儿。但一用来煎东西，则在锅里嗞嗞几声，一缕轻烟，油就烟消云散了。在饭馆里吃饭时，要经过几次思想斗争，从战略观点和全局观点反复考虑之后，才请餐馆服务员（Herr Ober）"煎"掉一两肉票。倘在汤碗里能发现几滴油珠，则必大声唤起同桌者的注意，大家都乐不可支了。

最困难的问题是面包。少且不说，实质更可怕。完全不知道里面掺了什么东西。有人说是鱼粉，无从否认或证实。反正是只要放上一天，第二天便有腥臭味儿。而且吃了，能在肚子里制造气体。在公共场合出虚恭，俗话就是放屁，在德国被认为是极不礼貌、有失体统的。然而肚子里带着这样的面包去看电影，则在影院里实在难以保持体统。我就曾在看电影时亲耳听到虚恭之声，此伏彼起，东西应和。我不敢耻笑别人。我自己也正在同肚子里过量的气体做殊死斗争，为了保持体面，想把它镇压下去，而终于还是以失败告终。

但是也不缺少令人兴奋的事：我打破了纪录，是自己吃饭的纪录。有一天，我同一位德国女士骑自行车下乡，去帮助农民摘苹果。在当时，城里人谁要是同农民有一些联系，别人会垂涎三尺的，其重要意义绝不亚于今天的走后门。这位女士同一户农民挂上了钩，我们就应邀下乡了。苹果树都不高，只要有一个短梯子，就能照顾全树了。德国苹果品种极多，是本国的主要果品。我们摘了半天，工作结束时，农民送了我一篮子苹果，其中包括几个最优品种的；另外还有五六斤土豆。我大喜过望，跨上了自行车，有如列子御风而行，一路青山绿水看不尽，轻车已过数重山。到了家，把土豆全部煮上，蘸着积存下的白糖，一鼓作气，全吞进肚子，但仍然没有饱意。

"挨饿"这个词儿，人们说起来，比较轻松。但这些人都是没有真正挨过饿的。我是真正经过饥饿炼狱的人，其中滋味实不足为外人道也。我非常佩服东西方的宗教家们，他们对人情世事真是了解到令人吃惊的程度，在他们的地狱里，饥饿是被列为最折磨人的项目之一。中国也是有地狱的，但却是舶来品，其来源是印度。谈到印度的地狱学，那真是博大精深，蔑以加矣。"死鬼"在梵文中叫Preta，意思是"逝去的人"。到了中国译经和尚的笔下，就译成了"饿鬼"，可见"饥饿"在他们心目中占多么重要的地位。汉译佛典中，关于地狱的描绘比比皆是。《长阿含经》卷十九《地狱品》的描绘可能是有些代表性的。这里面说，共有八大地狱：第一大地狱名想，其中有十六小地狱：第一小地狱名曰黑沙，二名沸屎，三名五百钉，四名饥，五名渴，六名一铜釜，七名多铜釜，八名石磨，九名脓血，十名量火，十一名灰河，十二名铁丸，十三名斩斧，十四名豺狼，十五名剑树，十六名寒冰。地狱的内容，一看名称就能知道。饥饿在里面占了一个地位。这个饥饿地狱里是什么情况呢？《长阿含经》说：

（饿鬼）到饥饿地狱。狱卒来问："汝等来此，欲何所求？"报言："我饿！"狱卒即捉扑热铁上，舒展其身，以铁钩钩口使开，以热铁丸着其口中，焦其唇舌，从咽至腹，通彻下过，无不焦烂。

这当然是印度宗教家的幻想。西方宗教家也有地狱幻想，在但丁的《神曲》里面也有地狱。第六篇，但丁在地狱中看到一个怪物，张开血盆大口，露出长牙；但丁的引导人俯下身子，在地上抓了一把泥土，对准怪物的嘴，投了过去。怪物像狗一样狺狺狂吠，无非是想得到食物。现在嘴里有了东西，就默然无声了。西方的地狱内容实在太单薄，比起东方的地狱来，大有小巫见大巫之势了。

为什么东西方宗教家都幻想地狱，而在地狱中又必须忍受饥饿的折磨呢？他们大概都认为饥饿最难忍受，恶人在地狱中必须尝一尝饥饿的滋味。这个问题我且置而不论。不管怎样，我当时实在是正处在饥饿地狱中，如果有人向我嘴里投掷热铁丸或者泥土，为了抑制住难忍的饥饿，我一定会毫不迟疑地、不顾一切地把它们吞了下去，至于肚子烧焦不烧焦，就管不了那样多了。

我当时正在读俄文原文的果戈理的《钦差大臣》。在第二幕第一场里，我读到了奥西普躺在主人的床上独自的一段话：

现在旅馆老板说啦，前账没有付清就不开饭；可我们要是付不出钱呢？（叹口气）唉，我的天，哪怕有点儿菜汤喝喝也好呀。我现在恨不得要把整个世界都吞下肚子里去。

这写得何等好呀！果戈理一定挨过饿，不然的话，他无论如何也写不出要把整个世界都吞下去的话来。

长期挨饿的结果是，人们都逐渐瘦了下来。现在有人害怕肥胖，提倡什么减肥，往往费上极大的力量，却不见效果。于是有人说："我就是喝白水，身体还是照样胖起来的。"这话现在也许是对的，但在当时却完全不是这样。我的男房东在战争激烈时因心脏病死去。他原本是一个大胖子，到死的时候，体重已经减轻了二三十公斤，成了一个瘦子了。我自己原来不胖，没有减肥的物质基础。但是饥饿在我身上也留下了伤痕：我失掉了饱的感觉，大概有八年之久。后来到了瑞士，才慢慢恢复过来。此是后话，这里不提了。

难忘的一家人

　　三月初的德里，已经是春末夏初时分。北京此时恐怕还会飘起雪花吧。而在这里，却已是杂花生树，群莺乱飞。月季花、玫瑰花、茉莉花、石竹花，还有其他许多不知名的鲜花，纷红骇绿，开得正猛。木棉那大得像碗口的红花，开在凌云的高枝上，发出了异样的光彩，特别逗引起了我这个异乡人的惊奇。

　　就正在这繁花似锦的时刻，我会见了将近二十年没有见面的印度老朋友普拉萨德先生。

　　当时，我刚从巴基斯坦来到德里。午饭后，我站在我们的大使馆楼前的草地上，欣赏那一朵朵肥大的月季花，正在出神，冷不防从对面草地上树荫下飞也似的跳出来了一个人，一下子扑了过来，用力搂住我的脖子，拼命吻我的面颊。他眼里泪水潜潜，眉头痛苦地或者是愉快地皱成了一个疙瘩。他就是普拉萨德。他这出乎意料的举动，使得我惊愕，快乐。但是，我的眼里却没有泪水流出，好像是我还没有来得及把泪水酿出。

　　这自然就使我回忆起过去在北京大学的一些事情。

普拉萨德是在解放初期由印中友协主席、中国人民始终如一的老朋友森德拉尔先生介绍到北大来任教的。他为人正直，坦荡，老老实实，本本分分，从来不弄什么小动作，不要什么花样。借用德国老百姓的一句口头语：他忠实得像金子一样。在工作方面，他勤勤恳恳，给什么工作，就做什么工作，决不讨价还价。因此，他同中国教师和历届的同学都处得很好，没有人不喜欢他、不尊重他的。他后来回国结了婚，带着夫人普拉巴女士又回到北京。生的第一个男孩，取名就叫作京生。长到三四岁的时候，活泼伶俐，逗人喜爱。每次学校领导宴请外国教员，一个必不可少的节目就是要京生高唱《东方红》。此时宴会厅里，必然是笑声四起，春意盎然，情谊脉脉，喜气融融。

　　时光就这样流逝过去。他做的事情都是平平常常的事情，过的日子也都是平淡无奇的日子。没有兴奋，没有激动。没有惊人的变化，也没有难忘的伟绩。忘记了是哪一年，他生了肺病，有点紧张。我就想方设法，加以劝慰。我现在已经忘记究竟对他说了些什么话；但是估计像我这样水平低的人，也决不会说出什么精辟的话。他可就信了我的话，情绪逐渐平静了下来。又忘记了是哪一年，他告诉我，想到莫斯科去参加青年联欢节。我通过有关的单位，使他达到了目的。这些都是小事，本来是不足挂齿的。然而他却惦记在心，逢人便说。他还经常说，我是他的长辈，是他的师尊。这很使我感到有点尴尬，觉得受之有愧。

　　天不会总是晴的，人世间也决不会永远风平浪静。大约是在

1959 年，中印友谊的天空里突然升起了一团乌云。某些原来对中国友好的印度人，接踵转向。但是，普拉萨德一家人并没有动摇。他们不相信那些造谣诬蔑，流言蜚语。他们一直坚持到自己的护照有被吊销的危险的时候，才忍痛离开了中国。

接着来的是一段对中印两国人民都不愉快的时光。我自己毕生研究印度的文化和历史，十分关心中印两国人民的传统友谊。在这团乌云的遮蔽下，我有说不出来的苦恼，心情很沉重。我不时想到普拉萨德，想到他那一家人。当他们还在北京的时候，我实际上并没有这样想过。现在一旦暌违，却竟如此忆念难置。我自己也说不清楚其中的原因。难道我也想到"鸿雁几时到，江湖秋水多"吗？我不知道，普拉萨德一家人在想些什么，他们在干些什么。但是，我对于他那一家人对中国人民的深厚友谊，是从来没有怀疑的。我相信，他同广大的印度朋友一样，既能同中国人民共安乐，也能同我们共忧患。他们既然能度过丽日和风，也必然能度过惊涛骇浪。

事实也正是这个样子。等到天空里的乌云逐渐淡下去的时候，从遥远的西天传来了普拉萨德一家的消息。他确实是没有动摇。在那些日子里，他仍然坚持天天到中国驻印度大使馆去上班。当时大使馆门外驻扎着军警。每一个到中国大使馆来的印度人都要受到盘问。许多印度朋友，不管内心里多么热爱中国，在这种情况下，也只好望而却步。然而普拉萨德却毅然峭然，决不气馁。当他在中国生肺病的时候，我心里曾闪过一个念头，窃以为他太脆弱。现在才知道，我错了。在大是大非面前，他是非常坚强的。我认识到他是这样一个人：在脆弱中有坚强，在简单中有深刻，在淳朴中有繁缛，在平淡中有浓烈。

他的爱人普拉巴是夫唱妇随。有人要她捐献爱国捐，她问为什么，说是为了对付中国，她坚决回答："爱国人人有份。但是捐了金银首饰去打中国，我宁死不干。我决不相信，中国会侵略印度！"这番话义正词严，简直可以说是掷地作金石声。在那黑云翻滚的日子里，敢于说这样的话，是需要有点勇气的。普拉巴平常看起来也像她丈夫一样是朴素而安静的。就在这样一个朴素而安静的印度普通妇女的心中蕴藏着多少对中国兄弟姐妹的爱和信任啊！但是在千千万万印度朋友心中蕴藏着的正是这样的爱和信任。印度古书上有一句话："真理就是要胜利。"她说的话正是真理，因此就必然会胜利的。

难道说普拉萨德一家人不热爱自己的祖国吗？正相反。我知道，他们是非常热爱自己的祖国的。而他们这样的举动也正是真正热爱祖国的表现。

就这样，我们虽然相别十余年，相隔数万里，其间也没有通过信。但是，我们的心是相通的，我们的心是挨得非常近的。

可是我无论如何也没有预料到，我们竟然能够在花团锦簇的暮春时分，在德里又会了面。

看样子，这次意外的会面也给普拉萨德带来了极大的愉快。他告诉我，当他听说我要到印度来的时候曾高兴得几夜睡不着觉。

我知道，他确实是非常高兴的。那时候，我们的访问非常紧张，一个会接着一个会，忙得不可开交。但是他却利用一切机会同我会面和交谈。有一天晚上，他还带了另一位印度朋友来看我。刚说了几句话，他们俩突然跪到地上摸我的脚。我知道，这是对最尊敬的人行的礼节。我大吃一惊，觉得真是当之有愧。但是面对着这位忠实得像金子一般的印度朋友，我有什么办法呢？

普拉萨德再三对我讲，他要把他全家都带来同我会面。这正是我的愿望。我是多么想看一看这一家人啊！但是时间却挤不出。最后商定在使馆招待会前半小时会面。到了时候，他们全家果然来了。当年欢蹦乱跳的京生已经长成了稳重憨厚的青年，大学医学院的毕业生。当年在襁褓中的兰兰也已经长成了中学生。我看到这个情景，心里面思绪万千，半天说不出话来。但是，普拉萨德却滔滔不绝地讲了起来。讲他过去十几年的经历。从生活到思想，从个人到全家，不厌其详地讲述。兰兰大概觉得他说话太多了，有点生气似的说道："爸爸！看你老讲个不停，不让别人说半句话。"普拉萨德马上反驳说："不行不行！我非向他汇报不行。我的话三天三夜也讲不完。"说完又讲了起来，大有"词源倒流三峡水"的气概，看样子真要讲上三天三夜了。但是，招待会的时间到了，他们才依依不舍地辞别离去。

我们在德里的最后一个节目是印中友协的欢迎会。散会后，也就是我同普拉萨德全家告别的时候。我自然而然地紧紧地搂住了他的脖子，吻他的面颊。好像也用不着去酿出，我的眼里流满了泪水。同这样一位忠诚淳朴，对中国人民始终如一的印度朋友告别，我难道还能无动于衷吗？

　　普拉萨德绝不是一个个人，而是广大的印度朋友的代表和象征；他也是千千万万善良的印度人的典型。他也绝没有把我看成一个个人，而是看成整个中国人民的代表。他对我流露出来的感情，不是对我一个人的，而是对全体中国人民。正如中印友谊万古长青一样，我们之间的友谊也是长存的。即使我们暂时分别了，我相信，我们有一天总还会会面的，在印度，在中国。

　　我遥望西天，为普拉萨德全家祝福。

1979 年 10 月

人间自有真情在

前不久，我写了一篇短文《园花寂寞红》，讲的是楼右前方住着的一对老夫妇，男的是中国人，女的是德国人。他们在德国结婚后，移居中国，到现在已将近半个世纪了。哪里想到，一夜之间，男的突然死去。他天天莳弄的小花园，失去了主人。几朵仅存的月季花，在秋风中颤抖，挣扎，苟延残喘，浑身凄凉、寂寞。

我每天走过那个小花园，也感到凄凉、寂寞。我心里总在想：到了明年春天，小花园将日益颓败，月季花不会再开。连那些在北京只有梅兰芳家才有的大朵的牵牛花，在这里也将永远永远地消逝了。我的心情很沉重。

昨天中午，我又走过这个小花园，看到那位接近米寿的德国老太太在篱笆旁忙活着。我走近一看，她正在采集大牵牛花的种子。这可真是件新鲜事儿。我在这里住了三十年，从来没有见到过她莳弄过花。我曾满腹疑团：德国人一般都是爱花的，这老太太真有点儿个别。可今天她为什么也忙着采集牵牛花的种子呢？她老态龙钟，罗锅着腰，穿一身黑衣裳，瘦得像一只螳螂。虽然采集花种不是累活，她干起来也是够呛的。我问她，采集这个干什么？她的回答极简单："我的丈夫死了，但是他爱的牵牛花不能死！"

我心里一亮，一下子顿悟出来了一个道理。她男人死了，一儿一女都在德国。老太太在中国可以说是举目无亲。虽然说是入了中国籍，但是在中国将近半个世纪，中国话说不了十句，中国饭吃不惯。她好像是中国社会水面上的一滴油，与整个社会格格不入，平常只同几个外国人和中国留德学生来往，显得很孤单。我常开玩笑说：她是组织上入了籍，思想上并没有入。到了此时，老头儿已去，儿女在外，返回德国，正其时矣。然而她却偏偏不走，道理何在呢？我百思不得其解。现在，一个非常偶然的机会让我看到她采集大牵牛花的种子。我一下子明白了：这一切都是为了死去的丈夫。

丈夫虽然走了，但是小花园还在，十分简陋的小房子还在。这小花园和小房子拴住了她那古老的回忆，长达半个世纪的甜蜜的回忆。这是他俩共同生活过的地方。为了忠诚于对丈夫的回忆，她不肯离开，不忍离开。我能够想象，她在夜深人静时，独对孤灯。窗外小竹林的窸窣声，穿窗而入。屋后土山上草丛中秋虫哀鸣。此外就是一片寂静。丈夫在时，她知道对面小屋里还睡着一个亲人，使自己不会感到孤独。然而现在呢，那个人突然离开自己，走了，永远永远地走了。茫茫天地，好像只剩下自己孤零一人。人生至此，将何以堪！设身处地，如果我处在她的位置上，我一定会马上离开这里，回到自己的祖国，同儿女在一起，度过余年。

然而，这位瘦得像螳螂似的老太太却偏偏不走，偏偏死守空房，死守这个小花园。我知道：这一切都是为了死去的丈夫。

这位看似柔弱实极坚强的老太太，已经走到了人生的尽头。这一点恐怕她比谁都明白。然而她并未绝望，并未消沉。她还是浑身洋溢着生命力，在心中对未来还充满了希望。她还想到明年春天，她还想到牵牛花，她眼前一定不时闪过春天小花园杂花竞芳的景象。谁看到这种情况会不受到感动呢？我想，牵牛花如有知，到了明年春天，虽然男主人已经不在了，但它一定会精神抖擞，花朵一定会开得更大，更大，颜色一定会更鲜，更艳。

1992 年 9 月 20 日

赋得永久的悔

题目是韩小蕙小姐出的，所以名之曰"赋得"。但文章是我心甘情愿做的，所以不是八股。

我为什么心甘情愿做这样一篇文章呢？一言以蔽之，题目出得好，不但实获我心，而且先获我心：我早就想写这样一篇东西了。

我已经到了望九之年。在过去的七八十年中，从乡下到城里；从国内到国外；从小学、中学、大学到洋研究院；从"志于学"到超过"从心所欲不逾矩"，曲曲折折，坎坎坷坷。既走过阳关大道，也走过独木小桥；既经过"山重水复疑无路"，又看到"柳暗花明又一村"。喜悦与忧伤并驾，失望与希望齐飞，我的经历可谓多矣。要讲后悔之事，那是俯拾皆是。要选其中最深切、最真实、最难忘的悔，也就是永久的悔，那也是唾手可得，因为它片刻也没有离开过我的心。

我这永久的悔就是：不该离开故乡，离开母亲。

我出生在鲁西北一个极端贫困的村庄里。我们家是贫中之贫，真可以说是贫无立锥之地。"十年浩劫"中，我自己跳出来反对北大那位倒行逆施但又炙手可热的"老佛爷"，被她视为眼中钉，必欲除之而后快。她手下的小喽啰们曾两次窜到我的故乡，处心积虑地把我"打"成地主，他们那种狗仗人势穷凶极恶的教师爷架子，并没有能吓倒我的乡亲。我小时候的一位伙伴指着他们的鼻子，大声说："如果让整个官庄来诉苦的话，季羡林家是第一家！"

这句话并没有夸大，他说的是实情。我祖父母早亡，留下了我父亲等三个兄弟，孤苦伶仃，无依无靠。最小的一叔送了人。我父亲和九叔饿得没有办法，只好到别人家的枣林里去捡落到地上的干枣充饥。这当然不是长久之计。最后兄弟俩被逼背井离乡，盲流到济南去谋生。此时他俩也不过十几二十岁。在举目无亲的大城市里，必然是经过千辛万苦，九叔在济南落住了脚。于是我父亲就回到了故乡，说是农民，但又无田可耕。又必然是经过千辛万苦，九叔从济南有时寄点钱回家，父亲赖以生活。不知怎么一来，竟然寻（读若 xín）上了媳妇，她就是我的母亲。母亲的娘家姓赵，门当户对，她家穷得同我们家差不多，否则也绝不会结亲。她家里饭都吃不上，哪里有钱、有闲上学。所以我母亲一个字也不识，活了一辈子，连个名字都没有。她家是在另一个庄上，离我们庄五里路。这个五里路就是我母亲毕生所走的最长的距离。

北京大学那位"老佛爷"要"打"成"地主"的人，也就是我，就出生在这样一个家庭里，就有这样一位母亲。

后来我听说，我们家确实也"阔"过一阵。大概在清末民初，九叔在东三省用口袋里剩下的最后五角钱，买了十分之一的湖北水灾奖券，中了奖。兄弟俩商量，要"富贵而归故乡"，回家扬一下眉，吐一下气。于是把钱运回家，九叔仍然留在城里，乡里的事由父亲一手张罗，他用荒唐离奇的价钱，买了砖瓦，盖了房子。又用荒唐离奇的价钱，置了一块带一口水井的田地。一时兴会淋漓，真正扬眉吐气了。可惜好景不长，我父亲又用荒唐离奇的方式，仿佛宋江一样，豁达大度，招待四方朋友。一转瞬间，盖成的瓦房又拆了卖砖、卖瓦。有水井的田地也改变了主人。全家又回归到原来的情况。我就是在这个时候，在这样的情况下降生到人间来的。

母亲当然亲身经历了这个巨大的变化。可惜，当我同母亲住在一起的时候，我只有几岁，告诉我，我也不懂。所以，我们家这一次陡然上升，又陡然下降，只像是昙花一现，我到现在也不完全明白。这恐怕要成为永恒的谜了。

不管怎样，我们家又恢复到从前那种穷困的情况。后来听人说，我们家那时只有半亩多地。这半亩多地是怎么来的，我也不清楚。一家三口人就靠这半亩多地生活。城里的九叔当然还会给点接济，然而像中湖北水灾奖那样的事儿，一辈子有一次也不算少了。九叔没有多少钱接济他的哥哥了。

家里日子是怎样过的，我年龄太小，说不清楚。反正吃得极坏，这个我是懂得的。按照当时的标准，吃"白的"（指麦子面）最高，其次是吃小米面或棒子面饼子，最次是吃红高粱饼子，颜色是红的，像猪肝一样。"白的"与我们家无缘。"黄的"（小米面或棒子面饼子颜色都是黄的）与我们缘分也不大。终日为伍者只有"红的"。这"红的"又苦又涩，真是难以下咽。但不吃又害饿，我真有点儿谈"红"色变了。

但是，小孩子也有小孩子的办法。我祖父的堂兄是一个举人，他的夫人我喊她奶奶。他们这一支是有钱有地的。虽然举人死了，但家境依然很好。我这位大奶奶仍然健在。她的亲孙子早亡，所以把全部的钟爱都倾注到我身上来。她是整个官庄能够吃"白的"的仅有的几个人中之一。她不但自己吃，而且每天都给我留出半个或者四分之一个白面馍馍来。我每天早晨一睁眼，立即跳下炕来向村里跑，我们家住在村外。我跑到大奶奶跟前，清脆甜美地喊上一声："奶奶！"她立即笑得合不上嘴，把手缩回到肥大的袖子，从口袋里掏出一小块馍馍，递给我，这是我一天最幸福的时刻。

此外，我也偶尔能够吃一点"白的"，这是我自己用劳动换来的。一到夏天麦收季节，我们家根本没有什么麦子可收。对门住的宁家大婶子和大姑——她们家也穷得够呛——就带我到本村或外村富人的地里去"拾麦子"。所谓"拾麦子"就是别家的长工割过麦子，总还会剩下那么一点点麦穗，这些都是不值得一捡的，我们这些穷人就来"拾"。因为剩下的绝不会多，我们拾上半天，也不过拾半篮子，然而对我们来说，这已经是如获至宝了。一定是大婶和大姑对我特别照顾，以一个四五岁的孩子，拾上一个夏天，也能拾上十斤八斤麦粒。这些都是母亲亲手搓出来的。为了对我加以奖励，麦季过后，母亲便把麦子磨成面，蒸成馍馍，或贴成白面饼子，让我解馋。我于是就大快朵颐了。记得有一年，我拾麦子的成绩也许是有点"超常"。到了中秋节——农民嘴里叫"八月十五"——母亲不知从哪里弄了点月饼，给我掰了一块，我就蹲在一块石头旁边，大吃起来。在当时，对我来说，月饼可真是神奇的东西，龙肝凤髓也难以比得上的，我难得吃一次。我当时并没有注意，母亲是否也在吃。现在回想起来，她根本一口也没有吃。不但是月饼，连其他"白的"，母亲从来都没有尝过，都留给我吃了。她大概是毕生就与红色的高粱饼子为伍。到了欢年，连这个也吃不上，那就只有吃野菜了。

至于肉类，吃的回忆似乎是一片空白。我老娘家隔壁是一家卖煮牛肉的作坊。给农民劳苦耕耘了一辈子的老黄牛，到了老年，耕不动了，几个农民便以极其低的价钱买来，用极其野蛮的办法杀死，把肉煮烂，然后卖掉。老牛肉难煮，实在没有办法，农民就在肉锅里小便一通，这样肉就好烂了。农民心肠好，有了这种情况，就昭告四邻："今天的肉你们别买！"老娘家穷，虽然极其疼爱我这个外孙，也只能用土罐子，花几个制钱，装一罐子牛肉汤，聊胜于无。记得有一次，罐子里多了一块牛肚儿，这就成了我的专利。我舍不得一气吃掉，就用生了锈的小铁刀，一块一块地割着吃，慢慢地吃。这一块牛肚真可以同月饼媲美了。

"白的"、月饼和牛肚难得，"黄的"怎样呢？"黄的"也同样难得。但是，尽管我只有几岁，我却也想出了办法。到了春、夏、秋三个季节，庄外的草和庄稼都长起来了。我就到庄外去割草，或者到人家高粱地里去掰高粱叶。掰高粱叶，田主不但不禁止，而且还欢迎；因为叶子一掰，通风情况就能改进，高粱长得就能更好，粮食打得就能更多。草和高粱叶都是喂牛用的。我们家穷，从来没有养过牛。我二大爷家是有地的，经常养着两头大牛。我这草和高粱叶就是给它们准备的。每当我这个不到三块豆腐高的孩子背着一大捆草或高粱叶走进二大爷的大门，我心里有所恃而不恐，把草放在牛圈里，赖着不走，总能蹭上一顿"黄的"吃，不会被二大娘"卷"（我们那里的土话，意思是"骂"）出来。到了过年的时候，自己心里觉得，在过去的一年里，自己喂牛立了功，又有了勇气到二大爷家里赖着吃黄面糕。黄面糕是用黄米面加上枣蒸成的。颜色虽黄，却位列"白的"之上，因为一年只在过年时吃一次，物以稀为贵，于是黄面糕就贵了起来。

　　我上面讲的全是吃的东西。为什么一讲到母亲就讲起吃的东西来了呢？原因并不复杂。第一，我作为一个孩子容易关心吃的东西。第二，所有我在上面提到的好吃的东西，几乎都与母亲无缘。除了"黄的"以外，其余她都不沾边儿。我在她身边只待到六岁，以后两次奔丧回家，待的时间也很短。现在我回忆起来，连母亲的面影都是迷离模糊的，没有一个清晰的轮廓。特别有一点，让我难解而又易解：我无论如何也回忆不起母亲的笑容来，她好像是一辈子都没有笑过。家境贫困，儿子远离，她受尽了苦难，笑容从何而来呢？有一次我回家听对面的宁大婶子告诉我说："你娘经常说：'早知道送出去回不来，我无论如何也不会放他走的！'"简短的一句话里面含着多少辛酸、多少悲伤啊！母亲不知有多少日日夜夜，眼望远方，盼望自己的儿子回来啊！然而这个儿子却始终没有归去，一直到母亲离开这个世界。

对于这个情况，我最初懵懵懂懂，理解得并不深刻。到上了高中的时候，自己大了几岁，逐渐理解了。但是自己寄人篱下，经济不能独立，空有雄心壮志，怎奈无法实现，我暗暗地下定了决心，立下了誓愿：一旦大学毕业，自己找到工作，立即迎养母亲，然而没有等到我大学毕业，母亲就离开我走了，永远永远地走了。古人说："树欲静而风不止，子欲养而亲不待。"这话正应到我身上。我不忍想象母亲临终思念爱子的情况；一想到，我就会心肝俱裂，眼泪盈眶。当我从北平赶回济南，又从济南赶回清平奔丧的时候，看到了母亲的棺材，看到那简陋的屋子，我真想一头撞死在棺材上，随母亲于地下。我后悔，我真后悔，我千不该万不该离开了母亲。世界上无论什么名誉，什么地位，什么幸福，什么尊荣，都比不上待在母亲身边，即使她一个字也不识，即使整天吃"红的"。

这就是我的"永久的悔"。

1994 年 3 月 5 日

我的心是一面镜子

我生也晚，没有能看到 20 世纪的开始。但是，时至今日，再有 7 年，21 世纪就来临了。从我目前的身体和精神两个方面来看，我能看到两个世纪的交接，是丝毫也没有问题的。在这个意义上来讲，我也可以说是与 20 世纪共始终了，因此我有资格写"我与中国 20 世纪"。

对时势的推移来说，每一个人的心都是一面镜子。我的心当然也不会例外。我自认为是一个颇为敏感的人，我这一面心镜，虽不敢说是纤毫必显，然确实并不迟钝。我相信，我的镜子照出了 20 世纪长达 90 年的真实情况，是完全可以依赖的。

我生在 1911 年辛亥革命那一年。我下生两个月零四天以后，那位"末代皇帝"就从宝座上被请了下来。因此，我常常戏称自己是"清朝遗少"。到了我能记事儿的时候，还有时候听乡民肃然起敬地谈到北京的"朝廷"（农民口中的皇帝），仿佛他们仍然高踞宝座之上。我不理解什么是"朝廷"，他似乎是人，又似乎是神，反正是极有权威、极有力量的一种动物。

这就是我的心镜中照出的清代残影。

我的家乡山东清平县（现归临清市）是山东有名的贫困地区。我们家是一个破落的农户。祖父母早亡，我从来没有见过他们。祖父之爱我是一点也没有尝到过的。他们留下了三个儿子，我父亲行大（在大排行中行七）。两个叔父，最小的一个无父无母，送了人，改姓刁。剩下的两个，上无怙恃，孤苦伶仃，寄人篱下，其困难情景是难以言说的。恐怕哪一天也没有吃饱过。饿得没有办法的时候，兄弟俩就到村南枣树林子里去，捡掉在地上的烂枣，聊以果腹。这一段历史我并不清楚，因为兄弟俩谁也没有对我讲过。大概是因为太可怕，太悲惨，他们不愿意再揭过去的伤疤，也不愿意让后一代留下让人惊心动魄的回忆。

但是，乡下无论如何是待不下去了，待下去只能成为饿殍。不知道怎么一来，兄弟俩商量好，到外面大城市里去闯荡一下，找一条活路。最近的大城市只有山东首府济南。兄弟俩到了那里，两个毛头小伙子，两个乡巴佬，到了人烟稠密的大城市里，举目无亲。他们碰到多少困难，遇到多少波折。这一段历史我也并不清楚，大概是出于同一个原因，他们谁也没有对我讲过。

后来，叔父在济南立定了脚跟，至多也只能像是石头缝里的一棵小草，艰难困苦地挣扎着。于是兄弟俩商量，弟弟留在济南挣钱，哥哥回家务农，希望有朝一日，混出点名堂来，即使不能衣锦还乡，也得让人另眼相看，为父母和自己争一口气。

但是，务农要有田地，这是一个最简单的常识。可我们家所缺的正是田地这玩意儿。大概我祖父留下了几亩地，父亲就靠这个来维持生活。至于他怎样侍弄这点地，又怎样成的家，这段历史对我来说又是一个谜。

我就是在这时候来到人间的。

天无绝人之路。正在此时或稍微前一点，叔父在济南失了业，流落在关东。用身上仅存的一元钱买了湖北水灾奖券，结果中了头奖，据说得到了几千两银子。我们家一夜之间成了暴发户。父亲买了60亩带水井的地。为了耀武扬威起见，要盖大房子。一时没有砖，他便昭告全村：谁愿意拆掉自己的房子，把砖卖给他，他肯出几十倍高的价钱。俗话说："重赏之下，必有勇夫。"别人的房子拆掉，我们的房子盖成，东、西、北房各五大间。大门朝南，极有气派。兄弟俩这一口气总算争到了。

然而好景不长，我父亲是乡村中朱家郭解一流的人物，仗"义"施财，忘乎所以。有时候到外村去赶集，他一时兴起，全席棚里喝酒吃饭的人，他都请了客。据说，没过多久，60亩上好的良田被卖掉，新盖的房子也把东房和北房拆掉，卖了砖瓦。这些砖瓦买进时似黄金，卖出时似粪土。

一场春梦终成空。我们家又成了破落户。

在我能记事儿的时候，我们家已经穷到了相当可观的程度。一年大概只能吃一两次"白的"（指白面），吃得最多的是红高粱饼子，棒子面饼子也成为珍品。我在春天和夏天，割了青草，或掰了高粱叶，背到二大爷家里，喂他的老黄牛。赖在那里不走，等着吃上一顿棒子面饼子，打一打牙祭。夏天和秋天，对门的宁大婶和宁大姑总带我到外村的田地里去拾麦子和豆子，把拾到的可怜兮兮的一把麦子或豆子交给母亲。不知道积攒多少次，才能勉强打出点麦粒，磨成面，吃上一顿"白的"。我当然觉得如吃龙肝凤髓。但是，我从来不记得母亲吃过一口。她只是坐在那里，瞅着我吃，眼里好像有点潮湿。我当时哪里能理解母亲的心情呀！但是，我也隐隐约约地立下一个决心：有朝一日，将来长大了，也让母亲吃点"白的"。可是，"树欲静而风不止，子欲养而亲不待"。还没有等到我有能力让母亲吃"白的"，母亲竟舍我而去，留下了我一个终生难补的心灵伤痕，抱恨终天！

我们家，我父亲一辈，大排行兄弟十一个。有六个因为家贫，下了关东。从此音讯杳然。留下的只有五个，一个送了人，我上面已经说过。这五个人中，只有大大爷有一个儿子，不幸早亡，我从来没有见过他。我生下以后，就成了唯一的一个男孩子。在封建社会里，这意味着什么，大家自然能理解。在济南的叔父只有一个女儿。于是兄弟俩一商量，要把我送到济南。当时母亲什么心情，我太年幼，完全不能理解。很多年以后，我才听人告诉我说，母亲曾说过："要知道一去不回头的话，我拼了命也不放那孩子走！"这一句不是我亲耳听到的话，却终生回荡在我耳边。"谁言寸草心，报得三春晖？"

我终于离开了家，当年我六岁。

一个人的一生难免稀奇古怪的。个人走的路有时候并不由自己来决定。假如我当年留在家里，走的路是一条贫农的路。生活可能很苦，但风险绝不会大。我今天的路怎样呢？我广开了眼界，认识了世界，认识了人生，获得了虚名。我曾走过阳关大道，也曾走过独木小桥；坎坎坷坷，又颇顺顺当当，一直走到了耄耋之年。如果当年让我自己选择道路的话，我究竟要选哪一条呢？概难言矣！

离开故乡时，我的心镜中留下的是一幅一个贫困至极的、一时走了运、立刻又垮下来的农村家庭的残影。

到了济南以后，我眼前换了一个世界。不用说别的，单说见到济南的山，就让我又惊又喜。我原来以为山只不过是一个个巨大无比的石头柱子。

叔父当然非常关心我的教育，我是季家唯一的传宗接代的人。我上过大概一年的私塾，就进了新式的小学校，济南一师附小。一切都比较顺利。"五四"运动波及了山东。一师校长是新派人物，首先采用了白话文教科书。国文教科书中有一篇寓言，名叫《阿拉伯的骆驼》，故事讲的是得寸进尺，是国际上流行的。无巧不成书，这篇课文偏偏让叔父看到了，他勃然变色，大声喊道："骆驼怎么能说话呀！这简直是胡闹！赶快转学！"于是我就转到了新育小学。当时转学好像是非常容易，似乎没有走什么后门就转了过来。只举行一次口试，教员写了一个"骡"字，我认识，比我大一岁的亲戚不认识。我直接插入高一，而他则派进初三。一字之差，我硬是沾了一年的光。这就叫作人生！最初课本还是文言，后来则也随时代潮流改了白话，不但骆驼能说话，连乌龟蛤蟆都说起话来，叔父却置之不管了。

叔父是一个非常有天才的人。他并没有受过什么正规教育。在颠沛流离中，完全靠自学，获得了知识和本领。他能作诗，能填词，能写字，能刻图章。中国古书也读了不少。按照他的出身，他无论如何也不应该对宋明理学发生兴趣；然而他竟然发生了兴趣，而且还极为浓烈，非同一般。这件事我至今大惑不解。我每看到他正襟危坐，威仪俨然，在读《皇清经解》一类十分枯燥的书时，我都觉得滑稽可笑。

这当然影响了对我的教育。我这一根季家的独苗他大概想要我诗书传家。《红楼梦》《三国演义》《水浒传》等等，他都认为是"闲书"，绝对禁止看。大概出于一种逆反心理，我爱看的偏是这些书。中国旧小说，包括《金瓶梅》《西厢记》等几十种，我都偷着看了个遍。放学后不回家，躲在砖瓦堆里看，在被窝里用手电照着看。这样大概过了有几年的时间。

叔父的教育则是另外一回事。在正谊时，他出钱让我在下课后跟一个国文老师念古文，连《左传》等都念。回家后，吃过晚饭，立刻又到尚实英文学社去学英文，一直到深夜。这样天天连轴转，也有几年的时间。

叔父相信"中学为体"，这是可以肯定的。但是是否也相信

"西学为用"呢？这一点我说不清楚。反正当时社会上都认为，学点洋玩意儿是能够升官发财的。这是一种实用主义的"崇洋"，"媚外"则不见得。叔父心目中"夷夏之辨"是很显然的。

大概是1926年，我在正谊中学毕了业，考入设在北园白鹤庄的山东大学附设高中文科去念书。这里的教员可谓极一时之选。国文教员王昆玉先生，英文教员尤桐先生、刘先生和杨先生，数学教员王先生，史地教员祁蕴璞先生，伦理学教员鞠思敏先生（正谊中学校长），伦理学教员完颜祥卿先生（一中校长），还有教经书的"大清国"先生（因为诨名太响亮，真名忘记了），另一位是前清翰林。两位先生教《书经》《易经》《诗经》，上课从不带课本，五经四书连注都能背诵如流。这些教员全是佼佼者。再加上学校环境有如仙境，荷塘四布，垂柳蔽天，是念书再好不过的地方。

我有意识地认真用功，是从这里开始的。我是一个很容易受环境支配的人。在小学和初中时，成绩不能算坏，总在班上前几名，但从来没有考过甲等第一。我毫不在意，照样钓鱼、摸虾。到了高中，国文作文无意中受到了王昆玉先生的表扬，英文是全班第一。其他课程考个高分并不难，只需稍稍一背，就能应付裕如。结果我生平第一次考了一个甲等第一，是全校唯一的一个平均分数超过九十五分的学生。当时山大校长兼山东教育厅厅长、前清状元王寿彭，亲笔写了一副对联和一个扇面奖给我。这样被别人一指，我的虚荣心就被抬起来了。从此认真注意考试名次，再不掉以轻心。结果两年之内，四次期考，我考了四个甲等第一，威名大振。

在这一段时间内，外界并不安宁。军阀混乱，鸡犬不宁。直奉战争、直皖战争，时局瞬息万变，"你方唱罢我登场"。有一年山大祭孔，我们高中学生受命参加。我第一次见到当时的奉系山东土匪督军——不知道自己有多少兵、多少钱和多少姨太太的张宗昌，他穿着长袍、马褂，匍匐在地，行叩头大礼。此情此景，至今犹在眼前。

到了 1928 年，蒋介石假"革命"之名，打着孙中山先生的招牌，算是一股新力量，从广东北伐，有共产党的协助，以雷霆万钧之力，一路扫荡，宛如劲风卷残云，大军占领了济南。此时，日本军国主义分子想趁火打劫，出兵济南，酿成了有名的"五卅惨案"。高中关了门。

在这段时间内，我的心镜中照出来的影子是封建又兼维新的教育再加上军阀混战。

日寇占领了济南，国民党军队撤走。学校都不能开学。我过了一年临时亡国奴生活。

此时日军当然是全济南至高无上的唯一的统治者。同一切非正义的统治者一样，他们色厉内荏，十分害怕中国老百姓、简直害怕到风声鹤唳、草木皆兵的程度。天天如临大敌，常常搞一些突然袭击，到居民家里去搜查。我们一听到日军到附近某地来搜查了，家里就像开了锅。有人主张关上大门，有人坚决反对。前者说：不关门，日本兵会说："你怎么这样大胆呀！竟敢双门大开！"于是捅上一刀。后者则说：关门，日本兵会说："你们一定有见不得人的勾当；不然的话，皇军驾到，你们应该开门恭迎嘛！"于是捅上一刀。结果是，一会儿开门，一会儿又关上，如坐针毡，又如热锅上的蚂蚁。此情此景，非亲身经历者，是绝不能理解的。

我还有一段个人经历。我无学可上，又深知日本人最恨中国学生，在山东焚烧日货的"罪魁祸首"就是学生。我于是剃光了脑袋，伪装是商店的小徒弟。有一天，走在东门大街上，迎面来了一群日军，检查过往行人。我知道，此时万不能逃跑，一定要镇定，否则刀枪无情。我貌似坦然地走上前去。一个日兵搜我的全身，发现我腰里扎的是一条皮带。他如获至宝，发出狞笑，说道："你的，狡猾的大大地。你不是学徒，你是学生。学徒的，是不扎皮带的！"我当头挨了一棒，幸亏还没有昏过去，我向他解释：现在小徒弟们也发了财，有的能扎皮带了。他坚决不信。正在争论的时候，另外一个日军走了过来，大概是比那一个高一级的，听了那个日军的话，似乎有点不耐烦，一摆手："让他走吧！"我于是死里逃生，从阴阳界上又转了回来。我身上出了多少汗，只有我自己知道。

在这一年内，我心镜上照出的是临时或候补亡国奴的影像。

1929 年，日军撤走，国民党重进。我在求学的道路上，从此开辟了一个新天地。

此时，北园高中关了门，新成立了一所山东省立济南高中，是全省唯一的一所高级中学。我没有考试，就入了学。

校内换了一批国民党的官员，"党"气颇浓，令人生厌。但是总的精神面貌却是焕然一新。最明显不过的是国文课。"大清国"没有了，经书不念了，文言作文改成了白话。国文教员大多是当时颇为著名的新文学家。我的第一个国文教员是胡也频烈士。他很少讲正课，每一堂都是宣传"现代文艺"，亦名"普罗文学"，也就是无产阶级文学。一些青年，其中也有我，大为兴奋，公然在宿舍门外摆上桌子，号召大家参加"现代文艺研究会"。还准备出刊物，我为此写了一篇文章，叫作《现代文艺的使命》，里面生吞活剥地抄了一些从日文译过来的所谓马克思主义文艺理论的文句。译文像天书，估计我也看不懂，但是充满了革命义愤和口号的文章，却堂而皇之地写成了。文章还没有来得及刊出，国民党通缉胡先生，他慌忙逃往上海，一两年后就被国民党杀害。我的革命梦像肥皂泡似的破灭了，从此再也没有"革命"，一直到了解放。

接胡先生的是董秋芳（冬芬）先生。他算是鲁迅的小友，北京大学毕业，翻译了一本《争自由的波浪》，有鲁迅写的序。不知道怎样一来，我写的作文得到了他的垂青，他发现了我的写作"天才"，认为是全班、全校之冠。我有点飘飘然，是很自然的。到现在，在六十年漫长的过程中，不管我搞什么样的研究工作，写散文的笔从来没有放下过。写得好坏，姑且不论。对我自己来说，文章能抒发我的感情，表露我的喜悦，缓解我的愤怒，激励我的志向。这样的好处已经不算少了。我永远怀念我这位尊敬的老师！

在这一年里，我的心镜照出来的仿佛是我的新生。

1930年夏天，我们高中一级的学生毕了业。几十个举子联合"进京赶考"。当时北京的大学五花八门，国立、私立、教会立，纷然杂陈。水平极端参差不齐，吸引力也就大不相同。其中最受尊重的，同今天完全一样，是北大与清华，两所"国立"大学。因此，全国所有的赶考的举子没有不报考这两所大学的。这两所大学就仿佛变成了龙门，门槛高得可怕。往往几十人中录取一个。被录取的金榜题名，鲤鱼变成了龙。我来投考的那一天，有一个山东老乡已经报考了五次，次次名落孙山。这一年又同我们报考，也就是第六次，结果仍然榜上无名。他神经失常，一个人恍恍惚惚在西山一带漫游了七天，才清醒过来。他从此断了大学梦，回到了山东老家，后不知所终。

我当然也报了北大与清华。同别的高中同学不同的是，我只报这两所学校，仿佛极有信心——其实我当时并没有考虑这样多，几乎是本能地这样干了——别的同学则报很多大学，二流的、三流的、不入流的，有的人竟报到七八所之多。我一辈子考试的次数成百成千，从小学一直考到获得最高学位；但我考试的运气好，从来没有失败过。这一次又撞上了喜神，北大和清华我都被录取，一时成了人们羡慕的对象。

但是，北大和清华，对我来说，却成了鱼与熊掌。何去何从？

一时成了挠头的问题。我左考虑，右考虑，总难以下这一步棋。当时"留学热"不亚于今天，我未能免俗。如果从留学这个角度来考虑，清华似乎有一日之长。至少当时人们都是这样看的。"吾从众"，终于决定了清华，入的是西洋文学系（后改名外国语文系）。

在旧中国，清华西洋文学系名震神州。主要原因是教授几乎全是外国人，讲课当然用外国话，中国教授也多用外语（实际上就是英语）授课。这一点就具有极大的吸引力。夷考其实，外国教授几乎全部不学无术，在他们本国恐怕连中学都教不上。因此，在本系所有的必修课中，没有哪一门课我感到满意。反而是我旁听和选修的两门课，令我终生难忘，终生受益。旁听的是陈寅恪先生的"佛经翻译文学"，选修的是朱光潜先生的"文艺心理学"，就是美学。在本系中国教授中，叶公超先生教我们大一英文。他英文大概是好的，但有时故意不修边幅，好像要学习竹林七贤，给我没有留下好印象。吴宓先生的两门课"中西诗之比较"和"英国浪漫诗人"，给我留下了深刻的印象。

此外，我还旁听了或偷听了很多外系的课。比如朱自清、俞平伯、谢婉莹（冰心）、郑振铎等先生的课，我都听过，时间长短不等。在这种旁听活动中，我有成功，也有失败。最失败的一次，是同许多男同学，被冰心先生婉言赶出了课堂。最成功的是旁听西谛先生的课。西谛先生豁达大度，待人以诚，没有教授架子，没有行帮意识。我们几个年轻大学生——吴组缃、林庚、李长之，还有我自己——由听课而同他有了个人来往。他同巴金、靳以主编大型的《文学季刊》是当时轰动文坛的大事。他也竟让我们名不见经传的无名小卒，充当《季刊》的编委或特约撰稿人，名字赫然印在杂志的封面上，对我们来说这实在是无上的光荣。结果我们同西谛先生成了忘年交，终生维持着友谊，一直到1958年他在飞机失事中遇难。到了今天，我们一想到郑先生还不禁悲从中来。

此时政局是非常紧张的。蒋介石在拼命"安内"，日军已薄古北口，在东北兴风作浪，更不在话下。九一八后，我也曾参加清华学生卧轨绝食，到南京去请愿，要求蒋介石出兵抗日。我们满腔热血，结果被满口谎言的蒋介石捉弄，铩羽而归。

美丽安静的清华园也并不安静。国共两方的学生斗争激烈。此时，胡乔木（原名胡鼎新）同志正在历史系学习，与我同班。他在进行革命活动，其实也并不怎么隐蔽。每天早晨，我们洗脸盆里塞上的传单，就出自他之手。这是一个公开的秘密，尽人皆知。他曾有一次在深夜坐在我的床上，劝说我参加他们的组织。我胆小怕事，没敢答应。只答应到他主办的工人子弟夜校去上课，算是聊助一臂之力，稍报知遇之恩。

学生中国共两派的斗争是激烈的，详情我不得而知。我算是中间偏左的逍遥派，不介入，也没有兴趣介入这种斗争。不过据我的观察，两派学生也有联合行动，比如到沙河、清河一带农村中去向农民宣传抗日。我参加过几次，记忆中好像也有倾向国民党的学生参加。原因大概是，尽管蒋介石不抗日，青年学生还是爱国的多。在中国知识分子中，爱国主义的传统是源远流长的，根深蒂固的。

这几年，我们家庭的经济情况颇为不妙。每年寒暑假回家，返校时筹集学费和膳费，就煞费苦心。清华是国立大学，花费不多。每学期收学费40元；但这只是一种形式，毕业时学校把收的学费如数还给学生，供毕业旅行之用。不收宿费，膳费每月6块大洋，顿顿有肉。即使是这样，我也开支不起。我的家乡清平县，国立大学生恐怕只有我一个，视若"县宝"，每年津贴我50元。另外，我还能写点文章，得点稿费，家里的负担就能够大大地减轻。我就这样在颇为拮据的情况中度过了4年，毕了业，戴上租来的学士帽照过一张相，结束了我的大学生活。

当时流行着一个词儿，叫"饭碗问题"，还流行着一句话，是"毕业即失业"。除了极少数高官显宦、富商大贾的子女以外，谁都会碰到这个性命交关的问题。我从三年级开始就为此伤脑筋。我面临着承担家庭主要经济负担的重任。但是，我吹拍乏术，奔走无门。夜深人静之时，自己脑袋里好像是开了锅，然而结果却是一筹莫展。

眼看快要到1934年的夏天，我就要离开学校了。真好像是大旱之年遇到甘霖，我的母校济南省立高中校长宋还吾先生，托人邀我到母校去担任国文教员。月薪大洋160元，是大学助教的一倍。大概因为我发表过一些文章，我就被认为是文学家，而文学家都一定能教国文，这就是当时的逻辑。这一举真让我受宠若惊，但是我心里却打开了鼓：我是学西洋文学的，高中国文教员我当得了吗？何况我的前任是被学生"架"（当时学生术语，意思是"赶"）走的，足见学生不易对付。我去无疑是自找麻烦，自讨苦吃，无异于跳火坑。我左考虑，右考虑，终于举棋不定，不敢答复。然而，时间是不饶人的。暑假就在眼前，离校已成定局，最后我咬了咬牙，横下了一条心："你有勇气请，我就有勇气承担!"

于是在1934年秋天，我就成了高中的国文教员。校长待我是好的，同学生的关系也颇融洽。但是同行的国文教员对我却有挤对之意。全校3个年级，12个班，4个国文教员，每人教3个班。这就来了问题：其他3位教员都比我年纪大得多，其中一个还是我的老师一辈，都是科班出身，教国文成了老油子，根本用不着备课。他们却每人教一个年级的3个班，备课只有一个头。我教3个年级剩下的那个班，备课有3个头，其困难与心里的别扭是显而易见的。所以在这一年里，收入虽然很好（160元的购买力约与今天的3200元相当），心情却是郁闷。眼前的留学杳无踪影，手中的饭碗飘忽欲飞。此种心情，实不足为外人道也。

但是，幸运之神（如果有的话）对我是垂青的。正在走投无路之际，母校清华大学同德国学术交换处签订了互派留学生的合同，我喜极欲狂，立即写信报了名，结果被录取。这比考上大学金榜题名的心情，又自不同，别是一番滋味在心头。积年愁云，一扫而空，一生幸福，一锤定音。仿佛金饭碗已经捏在手中。自己身上一镀金，则左右逢源，所向无前。我现在看一切东西，都发出玫瑰色的光泽了。

然而，人是不能脱离现实的。我当时的现实是：亲老，家贫，子幼。我又走到了我一生最大的一个岔路口上。何去何从？难以决定。这个歧路口，对我来说，意义真正是无比的大。不向前走，则命定一辈子当中学教员，饭碗还不一定经常能拿在手中；向前走，则会是另一番境界。"马前桃花马后雪，教人怎敢再回头？"

经过了痛苦的思想矛盾，经过了细致的家庭协商，决定了向前迈步。好在原定期限只有两年，咬一咬牙就过来了。

我于是在1935年夏天离家，到北平和天津办理好出国手续，乘西伯利亚火车，经苏联，到了柏林。我自己的心情是：万里投荒第二人。

在这一段从大学到教书一直到出国的时期中，我的心镜中照见的是：蒋介石猖狂反共，日本军野蛮入侵，时局动荡不安，学生两极分化，这样一幅十分复杂矛盾的图像。

马前的桃花，远看异常鲜艳，近看则不见得。

我在柏林待了几个月，中国留学生人数颇多，认真读书者当然有之，终日鬼混者也不乏其人。国民党的大官，自蒋介石起，很多都有子女在德国"流学"。这些高级"衙内"看不起我，我更藐视这群行尸走肉的家伙，羞与他们为伍。"此地信莫非吾土"，到了深秋，我就离开柏林，到了小城又是科学名城的哥廷根。从此以后，在这里一住就是7年，没有离开过。

德国给我一月120马克，房租约占百分之四十多，吃饭也差不多。手中几乎没有余钱。同官费学生一个月800马克相比，真如小巫见大巫。我在德国住了那么久的时间，从来没有寒暑假休息，从来没有旅游，一则因为"阮囊羞涩"，二则珍惜寸阴，想多念一点书。

我不远万里而来，是想学习的。但是，学习什么呢？最初并没有一个十分清楚的打算。第一学期，我选了希腊文，样子是想念欧洲古典语言文学。但是，在这方面，我无法同德国学生竞争，他们在中学里已经学了8年拉丁文，6年希腊文。我心里彷徨起来。

到了1936年春季始业的那一学期，我在课程表上看到了瓦尔德施米特开的梵文初学课，我狂喜不止。在清华时，受了陈寅恪先生讲课的影响，就有志于梵学。但在当时，中国没有人开梵文课，现在竟于无意中得之，焉能不狂喜呢？于是我立即选了梵文课。在德国，要想考取哲学博士学位，必须修三个系，一主二副。我的主系是梵文、巴利文，两个副系是英国语言学和斯拉夫语言学。我从此走上了正规学习的道路。

1937年，我的奖学金期满。正在此时，日军发动了卢沟桥事变，虎视眈眈，意在吞并全中国和亚洲。我是望乡兴叹，有家难归。但是天无绝人之路，汉文系主任夏伦邀我担任汉语讲师，我实在像久旱逢甘霖，当然立即同意，走马上任。这个讲师工作不多，我照样当我的学生，我的读书基地仍然在梵文研究所，偶尔到汉学研究所来一下。这种情况一直继续到1945年秋天我离开德国。

1939年，第二次世界大战正式开幕。我原以为像这样杀人盈野、积血成河的人类极端残酷的大搏斗，理应震撼三界，摇动五洲，使禽兽颤抖，使人类失色。然而，我有幸身临其境，只不过听到几次法西斯头子狂嚎——这在当时的德国是司空见惯的事——好像是春梦初觉，无声无息地就走进了战争。战争初期阶段，德军的胜利使德国人如疯如狂，对我则是一个打击。他们每胜利一次，我就在夜里服安眠药一次。积之既久，失眠成病，成了折磨我几十年的终生痼疾。

最初生活并没有怎样受到影响。慢慢地肉和黄油限量供应了，慢慢地面包限量供应了，慢慢地其他生活用品也限量供应了。在不知不觉中，生活的螺丝越拧越紧。等到人们明确地感觉到时，这螺丝已经拧得很紧很紧了，但是除了极个别的反法西斯的人以外，我没有听到老百姓说过一句怨言。德国法西斯头子统治有术，而德国人民也是一个十分奇特的民族，对我来说，简直像个谜。

后来战火蔓延，德国四面被封锁，供应日趋紧张。我天天挨饿，夜夜做梦，梦到中国的花生米。我幼无大志，连吃东西也不例外。有雄心壮志的人，梦到的一定是燕涎、鱼翅，哪能像我这样没出息的人只梦到花生米呢？饿得厉害的时候，我简直觉得自己是处在饿鬼地狱中，恨不能把地球都整个吞下去。

我仍然继续念书和教书。除了挨饿外，天上的轰炸最初还非常稀少。我终于写完了博士论文。此时瓦尔德施米特教授被征从军，他的前任、已退休的老教授西克替他上课。他用了几十年的时间读通了吐火罗文，名扬全球。按岁数来讲，他等于我的祖父。他对我也完全是一个祖父的感情。他一定要把自己全部拿手的好戏都传给我：印度古代语法、吠陀，而且不容我提不同意见，一定要教我吐火罗文。我乘瓦尔德施米特教授休假之机，通过了口试，布劳恩口试俄文和斯拉夫文，罗德尔口试英文。考试及格后，仍在西克教授指导下学习。我们天天见面，冬天黄昏，在积雪的长街上，我搀扶着年逾八旬的异国的老师，送他回家。我忘记了战火，忘记了饥饿，我心中只有身边这个老人。

我当然怀念我的祖国，怀念我的家庭。此时邮政早已断绝。杜甫诗："烽火连三月，家书抵万金。"我却是"烽火连三年，家书抵亿金"。事实上根本收不到任何信。这大大地加强我的失眠症，晚上吞服的药量与日俱增，能安慰我的只有我的研究工作。此时英美的轰炸已成家常便饭，我就是在饥饿与轰炸中写成了几篇论文。大学成了女生的天下，男生都抓去当了兵。过了没有多久，男生有的回来了，但不是缺一只手，就是缺一条腿。双拐击地的声音在教室大楼中往复回荡，形成了独特的合奏。

到了此时，前线屡战屡败，法西斯头子的牛皮虽然照样厚颜无耻地吹，然而已经空洞无力，有时候牛头不对马嘴。从我们外国人眼里来看，败局已定，任何人也回天无力了。

德国人民怎么样呢？经过我十年的观察与感受，我觉得，德国人不愧是世界上最优秀的人民之一。文化昌明，科学技术处于世界前列，大文学家、大哲学家、大音乐家、大科学家，近代哪一个民族也比不上。而且为人正直、淳朴，个个都是老实巴交的样子。在政治上，他们却是比较单纯的，真心拥护希特勒者占绝大多数。令我大惑不解的是，希特勒极端诬蔑中国人，视为文明的破坏者。按理说，我在德国应当遇到很多麻烦。然而，实际上，我却一点麻烦也没有遇到。听说，在美国，中国人很难打入美国人社会。可我在德国，自始至终就在德国人社会之中，我就住在德国人家中，我的德国老师，我的德国同学，我的德国同事，我的德国朋友，从来待我如自己人，没有丝毫歧视。这一点让我终生难忘。

这样一个民族现在怎样看待垂败的战局呢？他们很少跟我谈论战争问题，对生活的极端艰苦，轰炸的极端野蛮，他们好像都无动于衷，他们有点茫然、漠然。一直到 1945 年春，美国军队攻入哥廷根，法西斯彻底完蛋了，德国人仍然无动于衷，大有逆来顺受的意味，又仿佛当头挨了一棒，在茫然、漠然之外，又有点昏昏然、懵懵然。

惊心动魄的世界大战，持续了 6 年，现在终于闭幕了。我在惊魂甫定之余，顿时想到了祖国，想到了家庭，我离开祖国已经 10 年了，我在内心深处感到了祖国对我这个海外游子的召唤。几经交涉，美国占领军当局答应用吉普车送我们到瑞士去。我辞别德国师友时，心里十分痛苦，特别是西克教授，我看到这位耄耋老人面色凄楚，双手发颤，我们都知道，这是最后一面了。我连头也不敢回，眼里流满了热泪。我的女房东对我放声大哭。她儿子在外地，丈夫已死，我这一走，房子里空空洞洞，只剩下她一个人。几年来她实际上是同我相依为命，而今以后，日子可怎样过呀！离开她时，我也是头也没有敢回，含泪登上美国吉普。我在心里套一首旧诗想成了一首诗：

> 留学德国已十霜，
>
> 归心日夜忆旧邦。
>
> 无端越境入瑞士，
>
> 客树回望成故乡。

这 10 年在我的心镜上照出的是法西斯统治，极端残酷的世界大战，游子怀乡的残影。

1945 年 10 月，我们到了瑞士。在这里待了几个月。1946 年春天，离开瑞士，经法国马赛，乘为法国运兵的英国巨轮，到了越南西贡。在这里待到夏天，又乘船经香港回到上海，别离祖国将近十一年，现在终于回来了。

此时，我已经通过陈寅恪先生的介绍，胡适之先生、傅斯年先生和汤用彤先生的同意，到北大来工作。我写信给在英国剑桥大学任教的哥廷根旧友夏伦教授，谢绝了剑桥之聘，决定不再回欧洲。同家里也取得了联系，寄了一些钱回家。我感激叔父和婶母，以及我的妻子彭德华，他们经过千辛万苦，努力苦撑了 11 年，我们这个家才得以完整安康地留了下来。

当时正值第二次革命战争激烈进行，交通中断，我无法立即回济南老家探亲。我在上海和南京住了一个夏天。在南京曾叩见过陈寅恪先生，到中央研究院拜见过傅斯年先生。1946 年深秋，从上海乘船到秦皇岛，转乘火车，来到了暌别 11 年的北平。深秋寂冷，落叶满街，我心潮起伏，酸甜苦辣，说不出来是什么滋味。阴法鲁先生到车站去接我们，把我暂时安置在北大红楼。第二天，会见了文学院院长汤用彤先生。汤先生告诉我，按北大以及其他大学规定，得学位回国的学人，最高只能给予副教授职称，在南京时傅斯年先生也告诉过我同样的话。能到北大来，我已经心满意足，焉敢妄求？但是过了没有多久，大概只有个把礼拜，汤先生告诉我，我已被定为正教授兼东方语言文学系主任，时年 35 岁。当副教授时间之短，我恐怕是创了新纪录。这完全超出了我的想望。我暗下决心：努力工作，积极述作，庶不负我的老师和师辈培养我的苦心！

此时的时局却是异常恶劣的。以蒋介石为首的国民党，剥掉自己的一切画皮，贪污成性，贿赂公行，大搞"五子登科"，接收大员满天飞，"法币"天天贬值，搞了一套银圆券、金圆券之类的花样，毫无用处。人民生活在水深火热之中，大学教授也不例外。手中领到的工资，一个小时以后，就能贬值。大家纷纷换银圆，换美元，用时再换成法币。每当手中攥上几个大头时，心里便暖乎乎的，仿佛得到了安全感。

在学生中，新旧势力的斗争异常激烈。国民党垂死挣扎，进步学生猛烈进攻。当时流传着一个说法：在北平有两个解放区，一个是北大的民主广场，一个是清华园。我住在红楼，有几次也受到了国民党北平市党部纠集的天桥流氓等闯进来捣乱的威胁。我们在夜里用桌椅封锁了楼口，严阵以待，闹得人心惶惶，我们觉得又可恨，又可笑。

但是，腐败的东西终究会灭亡的，这是一条人类和大自然中进化的规律。1949年春，北平终于解放了。

在这三年中，我的心镜中照出的是黎明前的一段黑暗。

如果把我的一生分成两截的话，我习惯的说法是，前一截是旧社会，共38年。后一截是新社会，年数现在还没法确定，我一时还不想上八宝山，我无法给我的一生画上句号。

为什么要分为两截呢？一定是认为两个社会差别极大，非在中间划上鸿沟不行。实际上，我同当时留下没有出国或到台湾去的中老年知识分子一样，对共产党并不了解，对共产主义也不见得那么向往，但是对国民党我们是了解的。因此，解放军进城我们是欢迎的，我们内心是兴奋的，希望而且也觉得从此换了人间。解放初期，政治清明，一团朝气，许多措施深得人心。旧社会留下的许多污泥浊水，荡涤一清。我们都觉得从此河清有日，幸福来到了人间。

但是，我们也有一个适应过程。别的比我年老的知识分子的真实心情，我不了解。至于我自己，我当时才 40 岁，算是刚刚进入中年，但是我心中需要克服的障碍就不老少。参加大会，喊"万岁"之类的口号，最初我张不开嘴。连脱掉大褂换上中山装这样的小事，都觉得异常别扭，他可知矣？宁有过于此者乎？我觉得无比的羞耻。连我那一点所谓学问——如果真正有的话——也是极端可耻的。

对我来说，这个适应过程并不长，也没感到什么特殊的困难，我一下子像是变了一个人。觉得一切的一切都是美好的，都是善良的。我觉得天特别蓝，草特别绿，花特别红，山特别青。全中国仿佛开遍了美丽的玫瑰花，中华民族前途光芒万丈，我自己仿佛又年轻了 10 岁，简直变成了一个大孩子。开会时，游行时，喊口号，呼"万岁"，我的声音不低于任何人，我的激情不下于任何人。现在回想起来，那是我一生最愉快的时期。

但是，反观自己，觉得百无是处。我从内心深处认为自己是一个地地道道的"摘桃派"。中国人民站起来了，自己也跟着挺直了腰板。任何类似贾桂的思想，都一扫而空。我享受着"解放"的幸福，然而我干了什么事呢？我做出了什么贡献呢？我确实没有当汉奸，也没有加入国民党，没有屈服于德国法西斯。但是，当中华民族的优秀儿女把脑袋挂在裤腰带上，浴血奋战，壮烈牺牲的时候，我却躲在万里之外的异邦，在追求自己的名山事业。天下可耻事宁有过于此者乎？我觉得无比羞耻。连我那一点所谓学问——如果真正有的话——也是极端可耻的。

我左思右想，沉痛内疚，觉得自己有罪，觉得知识分子真是不干净。我仿佛变成了一个基督教徒，深信"原罪"的说法。在好多好多年，这种"原罪"感深深地印在我的灵魂中。

我当时时发奇想，我希望时间之轮倒拨回去，拨回到战争年代，给我一个机会，让我立功赎罪。我一定会不惜牺牲自己的性命，为了革命，为了民族。我甚至有近乎疯狂的幻想：如果我们的领袖遇到生死危机，我一定会挺身而出，用自己的鲜血与性命来保卫领袖。

我处处自惭形秽。我当时最羡慕、最崇拜的是三种人：老干部、解放军和工人阶级。对我来说，他们的形象至高无上，神圣不可侵犯。在我眼中，他们都是"最可爱的人"，是我终生学习也无法赶上的人。

就这样，我背着沉重的"原罪"的十字架，随时准备深挖自己思想，改造自己的资产阶级思想，真正树立无产阶级思想——除了"毫不利己，专门利人"之外，我到今天也说不出什么是无产阶级思想——脱胎换骨，重新做人。风风雨雨，坎坎坷坷，一会儿山重水复，一会儿柳暗花明，走过了漫长的30年。

解放初期第一场大型的政治运动，是"三反"、"五反"、思想改造运动。我认真严肃地怀着满腔的虔诚参加了进去。我一辈子不贪污公家一分钱，"三反""五反"与我无缘。但是思想改造，我却认为，我的任务是艰巨的，是迫切的……当时，当众检查自己的思想叫作"洗澡"，"洗澡"有小、中、大三盆。我是系主任，必须洗中盆，也就是在系师生大会上公开检查。因为我没有什么民愤，没有升入"大盆"，也就是没有在全校师生大会上检查。

在中盆里，水也是够热的。大家发言异常激烈，有的出于真心实意，有的也不见得。我生平破天荒第一次经过这个阵势，句句话都像利箭一样，射向我的灵魂。但是，因为我仿佛变成一个基督教徒，怀着满腔虔诚的"原罪"感，好像话越是激烈，我越感到舒服，我舒服得浑身流汗，仿佛洗的是土耳其蒸汽浴。大会最后让我通过以后，我感动得真流下了眼泪，感到身轻体健，资产阶级思想仿佛真被廓清。

像我这样虔诚的信徒，还有不少，但是也有想蒙混过关的。有一位洗大盆的教授，小盆、中盆，不知洗过多少遍了，群众就是不让通过，终于升至大盆。他破釜沉舟，想一举过关。检讨得痛快淋漓，把自己骂得狗血喷头，连同自己的资产阶级父母，都被波及，他说了父母不少十分难听的话。群众大受感动。然而无巧不成书，主席瞥见他的检讨稿上用红笔写上了几个大字"哭"。每到这地方，他就号啕大哭。主席一宣布，群众大哗。结果如何，就不用说了。

跟着来的是批判电影《武训传》，批判《早春二月》，批判资产阶级学术思想，胡适、俞平伯都榜上有名。后面是揭露和批判胡风"反革命集团"，这是属于敌我矛盾的事件。胡风本人以外，被牵涉的人数不少，艺术界和学术界都有。附带进行了一次清查历史反革命的运动，自杀的人时有所闻。北大一位汽车司机告诉我，到了这样的时候，晚上开车，要十分警惕，怕冷不防有人从黑暗中一下子跳出来，甘愿做轮下之鬼。

到了 1957 年，政治运动达到了第一次高潮。从规模上来看，从声势上来看，从涉及面之广来看，从持续时间之长来看，都无疑是空前的。

最初只说是党内整风，号召大家提意见，"知无不言，言无不尽"。当时党的威信至高无上。许多爱护党而头脑简单的人，就真提开了意见，有的话说得并不好听，但是绝大部分人是出于一片赤诚之心，结果被揪住了辫子，划为右派。根据"上头"的意见，右派是敌我矛盾作为人民内部矛盾来处理，而且信誓旦旦地说：右派永远不许翻案。

有些被抓住辫子的人恍然大悟：原来不是说不抓辫子、不打棍子、不戴帽子吗？这是不是一场阴谋？到了此时，悔之晚矣。戴上右派帽子的人，虽说是人民内部，但是游离于敌我之间，徒倚于人鬼之隙，滋味是够受的。有的人到了 20 年之后才被摘掉帽子，然而老夫耄矣。无论如何，这证明了，共产党有改正错误的勇气，是有力量有信心的表现。

当时究竟划了多少右派，确数我不知道。这都先不去管它。有一件事情，我脑筋里开了点窍：这场运动，同以前的运动一样，是针对知识分子。我怀着根深蒂固的"原罪"感，衷心拥护这场运动。

到了 1958 年，轰轰烈烈的反击右派运动逐渐接近了尾声。

但是，车不能停驶，马不能停蹄，立即展开了新的运动，而且这次运动在很多方面都超越了以前的运动。这一次是精神和物质一齐抓，既要解放生产力，又要肃清资产阶级思想。后者主要是针对学校里的教授，美其名曰"拔白旗"。"白"就代表落后，代表倒退，代表资产阶级思想，是与代表前进、代表革命、代表无产阶级思想的"红"相对立的。大学里和中国科学院里一些"资产阶级教授"，狠狠地被拔了一下白旗。

前者则表现在大炼钢铁上。至于人民公社，则好像是兼而有之。"共产主义是天堂，人民公社是桥梁"，是当时最响亮的口号，大炼钢铁实际上是一场巨大的灾难。全国人民响应号召，到处搜捡废铁，加以冶炼，这件事本来无可厚非。但是，废铁捡完了，为了完成指标，就把完整的铁器，包括煮饭的锅在内，砸成"废铁"，回炉冶炼。全国各地，炼钢的小炉，灿若群星，日夜不熄，蔚为宇宙伟观。然而炼出来的却是一炉炉的废渣。

人人都想早上天堂，于是人民公社，一夜之间，遍布全国，适逢粮食丰收，大家敞开肚皮吃饭。个人的灶都撤掉了，都集中在公共食堂中吃饭。有的粮食烂在地里，无人收割。把群众运动的威力夸大到无边无际，把人定胜天的威力也夸大到无边无际。麻雀被定为四害之一，全国人民起来打之。把粮食的亩产量也无限夸大，从几百斤、几千斤，到几万斤。各地竞相弄虚作假，大放"卫星"。有人说，如果亩产几万斤，则一亩地里光麦粒或谷粒就得铺得老厚，那是完全不可信的。

那时我已经有四十七八岁，不是小孩子了；我是受过高等教育、留过洋的大学教授，然而我对这一切都深信不疑。"人有多大胆，地有多大产"，我是坚信的。我在心中还暗暗地嘲笑那些"思想没有解放"的"胆小鬼"，觉得唯我独马，唯我独革。

跟着来的是三年灾害。真是"自然灾害"吗？今天看来，未必是的。反正是大家都挨了饿。我在德国挨过 5 年的饿，"曾经沧海难为水"，我现在一点没有感到难受，半句怪话也没有说过。

从全国形势来看，当时的政策已经"左"到不能再"左"的程度，当务之急当然是反"左"。据说中央也是这样打算的。但是，在庐山会议上，忽然杀出来了一个彭德怀。他上了"万言书"，说了几句真话，这就惹了大祸。于是一场反"左"变为反右。一直到今天，开国元勋中，我最崇拜最尊敬的无过于彭大将军。他是一个难得的硬汉子，豁出命去，也不阿谀奉承，代表了中华民族的浩然正气。

上面既然号召反右，那么就反吧。知识分子们，经过十几年连续不断的运动，都已锻炼成了"运动健将"，都已成了运动的内行里手。这一次我整你，下一次你整我，大家都习惯这一套了。于是乱乱哄哄，时松时紧，时强时弱，一直反到社教运动。

据我看，社教运动实际上是"无产阶级文化大革命"的前奏曲。我现在就把这两场运动摆在一起来讲。

社会主义教育运动，北大是试点，先走了一步，运动开始后不久学校里就泾渭分明地分了派：被整的与整人的。我也懵懵懂懂地参加了整人的行列。可是有一件事情我不明白，也想不通，新中国成立后第一次萌动了一点"反动思想"：学校的领导都是上面派来的老党员、老干部，我们资产阶级知识分子并起不了多大作用，为什么上头的意思说我们"统治"了学校呢？我百思不得其解。

后来北京市委进行了干预，召开了国际饭店会议，为被批的校领导平反，这里就伏下了"文化大革命"的起因。

1965年秋天，我参加完了国际饭店会议，被派到京郊南口村去搞农村社教运动。在这里我们真成了领导了，党政财文大权统统掌握在我们手里。但是要求也是非常严格的：不许自己开火做饭，在全村轮流吃派饭，鱼肉蛋不许吃。自己的身份和工资不许暴露，当时农民每日工分不过三四角钱，我的工资是四五百，这样放了出去，怕农民吃惊。时隔30年，到了今天，再到农村去，我们工资的数目是不肯说，怕说出去让农民笑话。抚今追昔，真不禁感慨系之矣！

这一年的冬天，姚文痞的文章《评新编历史剧〈海瑞罢官〉》发表，敲响了"文化大革命"的钟声。所谓"三家村"的三位主人，我全认识，我在南口村无意中说了出来。这立即被我的一位"高足"牢记在心。后来在"文革"中，这位高足原形毕露。为了出人头地，颇多惊人之举，比如说贴口号式的大字报，也要署上自己的名字，引起了轰动。他对我也落井下石，把我"打"成了"三家村"的小伙计。

我于 1966 年 6 月 4 日奉召回校，参加"文化大革命"。最初的一个阶段，是批所谓"资产阶级学术权威"。这次运动又是针对知识分子的，是再明显不过的了，我自然在被批之列。我虽不敢以"学术权威"自命，但是，说自己是资产阶级，我则心悦诚服，毫无怨言。尽管运动来势迅猛，我没有费多大力气就通过了。

后来，北大成立了"革命委员会"，头子就是那位所谓写第二张"马列主义大字报"的"老佛爷"。此人是有后台的，广通声气，据说还能通天，与江青关系密切。她不学无术，每次讲话，必出错误；但是却骄横跋扈，炙手可热。此时她成了全国名人，每天到北大来"取经"朝拜的上万人，上十万人。弄得好端端一个燕园乱七八糟，乌烟瘴气。

随着运动的发展，北大逐渐分了派。"老佛爷"这一派叫"新北大公社"，是抓掌大权的"当权派"。它的对立面叫"井冈山"，是被压迫的。两派在行动上很难说有多少区别，都搞打、砸、抢，都不懂什么叫法律。上面号召："革命无罪，造反有理。"这就是至高无上的法律。

我越过第一阵强烈的风暴，问题算是定了。我逍遥了一阵子，日子过得满惬意。如果我这样逍遥下去的话，太大的风险不会再有了。我现在无疑是过了昭关的伍子胥。我是一个胆小怕事的人，这是常态；但是有时候我胆子又特别大。在我一生中，这样的情况也出现过几次，这是变态。及今思之，我这个人如果有什么价值的话，价值就表现在变态上。这种变态在"文化大革命"又出现过一次。

在"老佛爷"仗着后台硬为所欲为无法无天的时候，校园里残暴野蛮的事情越来越多。抄家，批斗，打人，骂人，脖子上挂大木牌子，头上戴高帽子，任意侮辱人，放胆造谣言，以致发展到用长矛杀人，不用说人性，连兽性都没有了。我认为这不符合群众路线，不符合什么人的"革命路线"。放着安稳的日子不过，我又发了牛脾气，自己跳了出来，其中危险我是知道的。我在日记里写过："为了保卫什么人的革命路线，虽粉身碎骨，在所不辞。"这完全是真诚的，半点虚伪也没有。

同时，我还有点自信：我头上没有辫子，屁股上没有尾巴。我没有参加过国民党或任何反动组织，没有干反人民的事情。我怀着冒险、侥幸又还有点自信的心情，挺身出来反对那位"老佛爷"。我完完全全是"自己跳出来"的。

没想到，也可以说是已经想到，这一跳就跳进了"牛棚"。我在群众中有一定的影响，我起来在太岁头上动土，"老佛爷"恨我入骨，必欲置之死地而后快。我被抄家，被批斗，被打得头破血流，鼻青脸肿。我并不是那种豁达大度什么都不在乎的人。我一时被斗得晕头转向，下定决心，自己结束自己的性命。决心既下，我心情反而显得异常平静，简直平静得有点可怕。我把历年积攒的安眠药片和药水都装到口袋里，最后看了与我共患难的婶母和老伴一眼，刚准备出门跳墙逃走，大门上响起了雷鸣般的撞门声："新北大公社"的红卫兵来押解我到大饭厅去批斗了。这真正是千钧一发呀！这场批斗进行得十分激烈，十分野蛮，我被打得躺在地上站不起来。然而我一下得到了"顿悟"：一个人忍受挨打折磨的能力，是没有极限的。我能够忍受下去的！我不死了！我要活下去！

我的确活下来了。然而，在刚离开"牛棚"的时候，我已经虽生犹死，我成了一个半白痴，到商店去买东西，不知道怎样说话。让我抬起头来走路，我觉得不习惯。耳边不再响起"妈的""混蛋""王八蛋"一类的词儿，我觉得奇怪。见了人，我是口欲张而嗫嚅，足欲行而趑趄。我几乎成了一具行尸走肉，我已经"异化"为"非人"。

我的确活下来了，然而一个念头老在咬我的心。我一向信奉的"士可杀，不可辱"的教条，怎么到了现在竟被我完全地抛到脑后了呢？我有勇气仗义执言，打抱不平，为什么竟没有勇气用自己的性命来抗议这种暴行呢？我有时甚至觉得，隐忍苟活是可耻的。然而，怪还不怪在我的后悔，而在于我在很长的时间内并没有把这件事同整个的"文化大革命"联系在一起。一直到1976年"四人帮"被打倒，我一直拥护七八年一次、一次七八年的"革命"。可见我的政治嗅觉是多么迟钝。

我做了四十多年的梦，我怀拥"原罪感"四十多年。上面提到的我那三个崇拜对象，我一直崇拜了四十多年。所有这些对我来说是十分神圣的东西，都被"文革"打得粉碎，而今安在哉！我不否认，我这几个崇拜对象大部分还是好的，我不应从一个极端走向另一个极端。至于我衷心拥护了十年的"文化大革命"，则另是一码事。这是中国历史上空前的最野蛮、最残暴、最愚昧、最荒谬的一场悲剧，它给伟大的中华民族脸上抹了黑。我们永远不应忘记！

"四人帮"垮台，"无产阶级文化大革命"结束以后，中央拨乱反正，实行了改革开放的政策，受到了全国人民的拥护。时间并不太长，取得的成绩有目共睹。在全国人民眼前，全国知识分子眼前，天日重明，又有了希望。

我在上面讲述了中华人民共和国成立后四十多年来的遭遇和感受。在这段时间内，我的心镜里照出来的是运动，运动，运动；照出来的是我个人和众多知识分子的遭遇；照出来的是我个人由懵懂到清醒的过程；照出来的是全国人民从政治和经济危机的深渊岸边回头走向富庶的转机。

我在20世纪生活了八十多年了。再过7年，这一世纪就要结束了。这是一个非常复杂、变化多端的世纪。我心里这一面镜子照见的东西当然也是富于变化的，五花八门的，但又多姿多彩的。它既照见了阳关大道，也照见了独木小桥；它既照见了山重水复，也照见了柳暗花明。我不敢保证我这面心镜绝对通明锃亮，但是我却相信，它是可靠的，其中反映的倒影是符合实际的。

我揣着这面镜子，一揣揣了八十多年。我现在怎样来评价镜子里照出来的20世纪呢？我现在怎样来评价镜子里照出来的我的一生呢？呜呼，慨难言矣！慨难言矣！"却道天凉好个秋。"我效法这一句词，说上一句：天凉好个冬！

只有一点我是有信心的：21 世纪将是中国文化（东方文化的核心）复兴的世纪。现在世界上出现了许多影响人类生存前途的弊端，比如人口爆炸，大自然被污染，生态平衡被破坏，臭氧被破坏，粮食生产有限，淡水资源匮乏等，这只有中国文化能克服，这就是我的最后信念。

1993 年 2 月 17 日

三

心念万物　草木寄情

黄　昏

　　黄昏是神秘的，只要人们能多活下去一天，在这一天的末尾，他们便有个黄昏。但是，年滚着年，月滚着月，他们活下去有数不清的天，也就有数不清的黄昏。我要问：有几个人觉到过黄昏的存在呢？

　　早晨，当残梦从枕边飞去的时候，他们醒转来，开始去走一天的路。他们走着，走着，走到正午，路陡然转了下去。仿佛只一溜，就溜到一天的末尾，当他们看到远处弥漫着白茫茫的烟，树梢上淡淡涂上了一层金黄色，一群群的暮鸦驮着日色飞回来的时候，仿佛有什么东西轻轻地压在他们的心头。他们知道：夜来了。他们渴望着静息，渴望着梦的来临。不久，薄冥的夜色糊了他们的眼，也糊了他们的心。他们在低隘的小屋里忙乱着，把黄昏关在门外，倘若有人问：你看到黄昏了没有？黄昏真美啊，他们却茫然了。

　　他们怎能不茫然呢？当他们再从崖里探出头来寻找黄昏的时候，黄昏早随了白茫茫的烟的消失、树梢上金色的消失、鸦背上日色的消失而消失了。只剩下朦胧的夜。这黄昏，像一个春宵的轻梦，不知在什么时候漫了来，在他们心上一掠，又不知在什么时候走了。

黄昏走了。走到哪里去了呢？不，我先问：黄昏从哪里来的呢？这我说不清。又有谁说得清呢？我不能够抓住一把黄昏，问它到底。从东方吗？东方是太阳出的地方。从西方吗？西方不正亮着红霞吗？从南方吗？南方只充满了光和热，看来只有说从北方来的最适宜了。倘若我们想了开去，想到北方的极端，是北冰洋，我们可以在想象里描画出：白茫茫的天地，白茫茫的雪原和白茫茫的冰山。再往北，在白茫茫的天边上，分不清哪是天、是地、是冰、是雪，只是朦胧的一片灰白。朦胧灰白的黄昏不正应当从这里蜕化出来吗？

然而，蜕化出来了，却又扩散开去。漫过了大平原，大草原，留下了一层阴影；漫过了大森林，留下了一片阴郁的黑暗；漫过了小溪，把深灰色的暮色融入玲琤的水声里，水面在阒静里透着微明；漫过了山顶，留给它们星的光和月的光；漫过了小村，留下了苍茫的暮烟……给每个墙角扯下了一片，给每个蜘蛛网网住了一把。以后，又漫过了寂寞的沙漠，来到我们的国土里。我能想象：倘若我迎着黄昏站在沙漠里，我一定能看着黄昏从辽远的天边上跑了来，像——像什么呢？是不是应当像一阵灰蒙的白雾？或者像一片扩散的云影？跑了来，仍然只是留下一片阴影，又跑了去，来到我们的国土里，随了弥漫在远处的白茫茫的烟，随了树梢上的淡淡的金黄色，也随了暮鸦背上的日色，轻轻地落在人们的心头，又被人们关在门外了。

但是，在门外，它却不管人们关心不关心，寂寞地，冷落地，替他们安排好了一个幻变的又充满了诗意的童话般的世界，朦胧微明，正像反射在镜子里的影子，它给一切东西涂上银灰的梦的色彩。牛乳色的空气仿佛真牛乳似的凝结起来。但似乎又在软软地黏黏地浓浓地流动里。它带来了阒静，你听：一切静静的，像下着大雪的中夜。但是死寂吗？却并不，再比现在沉默一点儿，也会变成坟墓般地死寂。仿佛一点儿也不多，一点儿也不少，幽美的轻适的阒静软软地黏黏地浓浓地压在人们的心头，灰的天空像一张薄幕；树木，房屋，烟纹，云缕，都像一张张的剪影，静静地贴在这幕上。这里，那里，点缀着晚霞的紫晕和小星的冷光。黄昏真像一首诗，一支歌，一篇童话；像一片月明楼上传来的悠扬的笛声，一声缭绕在长空里亮喉的鹤鸣；像陈了几十年的绍酒；像一切美到说不出来的东西。说不出来，只能去看；看之不足，只能意会；意会之不足，只能赞叹。——然而却终于给人们关在门外了。

给人们关在门外，是我这样说吗？我要小心，因为所谓人们，不是一切人们，也绝不会是一切人们的。我在童年的时候，就常常待在天井里等候黄昏的来临。我这样说，并不是想表明我比别人强。意思很简单，就是：别人不去，也或者是不愿意去这样做。我（自然也还有别人）适逢其会地常常这样做而已。常常在夏天里，我坐在很矮的小凳上，看墙角里渐渐暗了起来，四周的白墙上也布上了一层淡淡的黑影。在幽暗里，夜来香的花香一阵阵地沁入我的心里。天空里飞着蝙蝠。檐角上的蜘蛛网，映着灰白的天空，在朦胧里，还可以数出网上的线条和粘在上面的蚊子和苍蝇的尸体。在不经意的时候蓦地再一抬头，暗灰的天空里已经嵌上闪着眼的小星了。在冬天，天井里满铺着白雪。我蜷伏在屋里。当我看到白的窗纸渐渐灰了起来，炉子里在白天里看不出颜色来的火焰渐渐红起来、亮起来的时候，我也会知道：这是黄昏了。我从风门的缝里望出去：灰白的天空，灰白的盖着雪的屋顶。半弯惨淡的凉月印在天上，虽然有点儿凄凉；但仍然掩不了黄昏的美丽。这时，连常常坐在天井里等着它来临的人也不得不蜷伏在屋里。只剩了灰蒙的雪色伴了它在冷清的门外，这幻变的朦胧的世界造给谁看呢？黄昏不觉得寂寞吗？

　　但是寂寞也延长不了多久。黄昏仍然要走的。李商隐的诗说："夕阳无限好，只是近黄昏。"诗人不正慨叹黄昏的不能久留吗？它也真的不能久留，一瞬眼，这黄昏，像一个轻梦，只在人们心上一掠，留下黑暗的夜，带着它的寂寞走了。

　　走了，真的走了。现在再让我问：黄昏走到哪里去了呢？这我不比知道它从哪里来的更清楚。我也不能抓住黄昏的尾巴，问它到底。但是，推想起来，从北方来的应该到南方去的罢。谁说不是到南方去的呢？我看到它怎样走的了。——漫过了南墙；漫过了南边那座小山，那片树林；漫过了美丽的南国。一直到辽旷的非洲。非洲有耸峭的峻岭，岭上有深邃的永古苍暗的大森林。再想下去，森林里有老虎——老虎？黄昏来了，在白天里只呈露着淡绿的暗光的眼睛该亮起来了罢。像不像两盏灯呢？森林里还该有莽苍葳蕤的野草，比人高。草里有狮子，有大蚊子，有大蜘蛛，也该有蝙蝠，比平常的蝙蝠大。夕阳的余晖从树叶的稀薄处，透过了架在树枝上的蜘蛛网，漏了进来，一条条灿烂的金光，照耀得全林子里都发着棕红色，合了草底下毒蛇吐出来的毒气，幻成五色绚烂的彩雾。也该有萤火虫吧，现在一闪一闪地亮起来了，也该有花，但似乎不应该是夜来香或晚香玉。是什么呢？是一切毒艳的恶之花。在毒气里，不正应该产生恶之花吗？这花的香慢慢融入棕红色的空气里，融入绚烂的彩雾里。搅乱成一团，滚成一团暖烘烘的热气。然而，不久这热气就给微明的夜色消融了。只剩一闪一闪的萤火虫，现在渐渐地更亮了。老虎的眼睛更像两盏灯了，在静默里瞅着暗灰的天空里才露面的星星。

然而，在这里，黄昏仍然要走的。再走到哪里去呢？这却真的没人知道了。——随了淡白的疏稀的冷月的清光爬上暗沉沉的天空里去吗？随了眨着眼的小星爬上了天河吗？压在蝙蝠的翅膀上钻进了屋檐吗？随了西天的晕红消融在远山的后面吗？这又有谁能明白地知道呢？我们知道的，只是：它走了，带了它的寂寞和美丽走了，像一丝微飔，像一个春宵的轻梦。

是了。——现在，现在我再有什么可问呢？等候明天吗？明天来了，又明天，又明天。当人们看到远处弥漫着白茫茫的烟，树梢上淡淡涂上了一层金黄色，一群群的暮鸦驮着日色飞回来的时候，又仿佛有什么东西压在他们的心头，他们又渴望着梦的来临。把门关上了。关在内外的仍然是黄昏，当他们再伸头出来找的时候，黄昏早已走了。从北冰洋跑了来，一过路，到非洲森林里去了。再到，再到哪里，谁知道呢？然而夜来了，漫漫的漆黑的夜，闪着星光和月光的夜，浮动着暗香的夜……只是夜，长长的夜，夜永远也不完，黄昏呢？——黄昏永远不存在在人们的心里的。只一掠，走了，像一个春宵的轻梦。

1934 年 1 月 4 日

枸杞树

在不经意的时候，一转眼便会有一棵苍老的枸杞树的影子飘过。这使我困惑。最先是去追忆：什么地方我曾看见这样一棵苍老的枸杞树呢？是在某处的山里吗？是在另一个地方的一个花园吗？但是，都不像。最后，我想到才到北平时住的那个公寓；于是我想到这棵苍老的枸杞树。

我现在还能很清晰地温习一些事情：我记得初次到北平时，在前门下了火车以后，这古老都市的影子，更像一个秤锤，沉重地压在我的心上。我迷茫地上了一辆洋车，跟着木屋似的电车向北跑。远处是红的墙，黄的瓦。我是初次看到电车的；我想，"电"不是很危险吗？后面的电车上的脚铃响了；我坐的洋车仍然在前面悠然地跑着。我感到焦急，同时，我的眼仍然"如入山阴道上，应接不暇"，我仍然看到，红的墙，黄的瓦。终于，在焦急、又因为初踏入一个新的境地而生的迷惘的心情下，折过了不知道多少满填着黑土的小胡同以后，我被拖到西城的某一个公寓里去了。我仍然非常迷惘而有点儿近于慌张，眼前的一切仿佛给一层轻烟笼罩起来似的。我看不清院子里有什么东西，我甚至也没有看清我住的小屋。黑夜跟着来了，我便糊里糊涂地睡下去，做了许许多多离奇古怪的梦。

虽然做了梦，但是没能睡得很熟。刚看到墙上有点儿发白，我就起来了。因为心比较安定一点儿，我才开始看得清楚：我住的是北屋，屋前的小院里，有不算小的一缸荷花，四周错落地摆了几盆茶花。我记得很清楚：这些花里面有一棵仙人头，几天后，还开了很大的一朵白花，但是最惹我注意的，却是靠墙长着的一棵枸杞树，已经长得高过了屋檐，枝干苍老钩曲，像千年的古松，树皮皱着，色是黝黑的，有几处已经开了裂。幼年在故乡的时候，常听人说，枸杞树是长得非常慢的，很难成为一棵树。现在居然有这样一棵虬干的老枸杞树站在我面前，真像梦；梦又掣开了轻渺的网，我这是站在公寓里吗？于是，我问公寓的主人，这枸杞有多大年龄了，他也渺茫：他初次来这里来公寓时，这树就是现在这样，三十年来，没有多少变动。这更使我惊奇，我用惊奇的眼光注视着这苍老的枝干在沉默着，又注视着接连着树顶的蓝蓝的长天。

就这样，我每天看书乏了，就总到这棵树底下徘徊。在细弱的枝条上，蜘蛛结了网，间或有一片树叶儿或苍蝇蚊子之流的尸体粘在上面。在有太阳或灯光照上去的时候，这小小的网也会反射出细弱的清光来。倘若再走近一点儿，你又可以看到许多叶上都爬着长长的绿色的虫子，在爬过的叶上留下了半圆的缺口。就在这有着缺口的叶片上，你可以看到各样的斑驳陆离的彩痕。对着这彩痕，你可以随便想到什么东西，想到地图，想到水彩画，想到被雨水冲过的墙上的残痕，再玄妙一点儿，想到宇宙，想到有着各种彩色的迷离的梦影。这许许多多的东西，都在这小的叶片上呈现给你。当你想着地图的时候，你可以任意指定一个小的黑点儿，算作你的故乡。再大一点儿的黑点儿，算作你曾游过的湖或山，你不是也可以在你心的深处浮起点儿温热的感觉吗？这苍老的枸杞树就是我的宇宙。不，这叶片就是我的全宇宙。我替它把长长的虫子拿下来，摔在地上。对着它，我描画着自己种种涂着彩色的幻想，拴在这苍老的枝干上。

在雨天，牛乳色的轻雾给每件东西涂上一层淡影。这苍黑的枝干更显得黑了。雨住了的时候，有一两个蜗牛在上面悠然地爬着，散步似的从容。蜘蛛网上残留的雨滴，静静地发着光。一条虹从北屋的脊上伸展出去，像拱桥不知伸到什么地方去了。这枸杞的顶尖就正顶着这桥的中心。不知从什么地方来的阴影，渐渐地爬过了西墙。墙隅的蜘蛛网，树叶浓密的地方仿佛把这阴影捉住了一把似的，渐渐地黑起来。只剩了夕阳的余晖返照在这苍老的枸杞树的圆圆的顶上，淡红的一片，熠耀着，俨然如来佛头顶上金色的圆光。

以后，黄昏来了，一切角隅皆为黄昏所占领了。我同几个朋友出去到西单一带散步。穿过了花市，晚香玉在薄暗里发着幽香。不知在什么时候，什么地方，我曾读过一句诗："黄昏里充满了木榉花的香。"我觉得很美丽。虽然我从来没有闻到过木榉花的香，虽然我明知道闻到的是晚香玉的香。但是我总觉得我到了那种缥缈的诗意的境界似的。在淡黄色的灯光下，我们摸索着转进了幽黑的小胡同，走回了公寓。这苍老的枸杞树只剩下了一团凄迷的影子，靠北墙站着。

跟着来的是个长长的夜。我坐在窗前读着预备考试的功课。大头尖尾的绿色小虫，在糊了白纸的玻璃窗外有所寻觅似的撞击着。不一会儿，一个从缝里挤进来了，接着又一个，又一个。成群地围着灯飞。当我听到卖"玉米面饽饽"曳长的永远带点儿寒冷的声音，从远处的小巷子里越过了墙飘过来的时候，我便捻熄了灯，睡下去。于是又开始了同蚊子和臭虫的争斗。在静静的长夜里，忽然醒了，残梦依然压在我心头，倘若我听到又有窸窣的声音在这棵苍老的枸杞树周围，我便知道外面又落了雨。我注视着这神秘的黑暗，我描画给自己：这枸杞树的苍黑的枝干该更黑了吧；那只蜗牛有所趋避该匆匆地在向隐蔽处爬去了吧；小小的圆的蜘蛛网，该又捉住雨滴了吧，这雨滴在黑夜里能不能静静地发着光呢？我做着天真的童话般的梦。我梦到了这棵苍老的枸杞树——这枸杞树也做梦吗？第二天早晨起来，外面真的还在下着雨。空气里充满了清新的沁人心脾的清香。荷叶上顶着珠子似的雨滴，蜘蛛网上也顶着，静静地发着光。

在如火如荼的盛夏转入初秋的澹远里去的时候，我这种诗意的，又充满了稚气的生活，终于不能继续下去。我离开这公寓，离开这苍老的枸杞树，移到清华园来。到现在差不多四年了。这园子素来是以水木著名的。春天里，满园怒放着红的花，远处看，红红的一片火焰。夏天里，垂柳拂着地，浓翠扑上人的眉头。红霞般的爬山虎给冷清的深秋涂上一层凄艳的色彩。冬天里，白雪又把这园子安排成为一个银的世界。在这四季，又都有西山的一层轻渺的紫气，给这园子添了不少的光辉。这一切颜色：红的，白的，紫的，混合地涂上了我的心，在我心里幻成一幅绚烂的彩画。我做着红色的，白色的，紫色的，各样颜色的梦。论理说起来，我在西城公寓做的童话般的梦，早该被挤到不知什么地方去了。但是，我自己也不了解，在不经意的时候，总有一棵苍老的枸杞树的影子飘过。飘过了春天的火焰似的红花，飘过了夏天的垂柳的浓翠，飘过了红霞似的爬山虎，一直到现在，是冬天，白雪正把这园子妆成银的世界。混合了氤氲的西山的紫气，静定在我的心头。在一个浮动的幻影里，我仿佛看到：有夕阳的余晖返照在这棵苍老的枸杞树的圆圆的顶上，淡红的一片，熠耀着，像如来佛头顶上的金光。

1933 年 12 月 8 日雪之下午

夹竹桃

夹竹桃不是名贵的花，也不是最美丽的花；但是，对我说来，它却是最值得留恋最值得回忆的花。

不知道由于什么缘故，也不知道从什么时候起，在我故乡的那个城市里，几乎家家都种上几盆夹竹桃，而且都摆在大门内影壁墙下，正对着大门口。客人一走进大门，扑鼻的是一阵幽香，入目的是绿蜡似的叶子和红霞或白雪似的花朵，立刻就感觉到仿佛走进自己的家门口，大有宾至如归之感了。

我们家的大门内也有两盆，一盆红色的，一盆白色的。我小的时候，天天都要从这下面走出走进。红色的花朵让我想到火，白色的花朵让我想到雪。火与雪是不相容的；但是，这两盆花却融洽地开在一起，宛如火上有雪，或雪上有火。我顾而乐之，小小的心灵里觉得十分奇妙，十分有趣。

只有一墙之隔，转过影壁，就是院子。我们家里一向是喜欢花的；虽然没有什么非常名贵的花，但是常见的花却是应有尽有。每年春天，迎春花首先开出黄色的小花，报告春的消息。以后接着来的是桃花、杏花、海棠、榆叶梅、丁香等，院子里开得花团锦簇。到了夏天，更是满院葳蕤。凤仙花、石竹花、鸡冠花、五色梅、江西腊等，五彩缤纷，美不胜收。夜来香的香气熏透了整个夏夜的庭院，是我什么时候也不会忘记的。一到秋天，玉簪花带来凄清的寒意，菊花报告花事的结束。总之，一年三季，花开花落，没有间歇；情景虽美，变化亦多。

然而，在一墙之隔的大门内，夹竹桃却在那里静悄悄地一声不响，一朵花败了，又开出一朵；一嘟噜花黄了，又长出一嘟噜；在和煦的春风里，在盛夏的暴雨里，在深秋的清冷里，看不出什么特别茂盛的时候，也看不出什么特别衰败的时候，无日不迎风弄姿，从春天一直到秋天，从迎春花一直到玉簪花和菊花，无不奉陪。这一点韧性，同院子里那些花比起来，不是形成一个强烈的对照吗？

但是夹竹桃的妙处还不止于此。我特别喜欢月光下的夹竹桃。你站在它下面，花朵是一团模糊；但是香气却毫不含糊，浓浓烈烈地从花枝上袭了下来。它把影子投到墙上，叶影参差，花影迷离，可以引起我许多幻想。我幻想它是地图，它居然就是地图了。这一堆影子是亚洲，那一堆影子是非洲，中间空白的地方是大海。碰巧有几只小虫子爬过，这就是远渡重洋的海轮。我幻想它是水中的荇藻，我眼前就真的展现出一个小池塘。夜蛾飞过映在墙上的影子就是游鱼。我幻想它是一幅墨竹，我就真看到一幅画。微风乍起，叶影吹动，这幅画竟变成活画了。

有这样的韧性，能这样引起我的幻想，我爱上了夹竹桃。

好多好多年，我就在这样的夹竹桃下面走出走进。最初我的个儿矮，必须仰头才能看到花朵。后来，我逐渐长高了，夹竹桃在我眼中也就逐渐矮了起来。等到我眼睛平视就可以看到花的时候，我离开了家。

我离开了家，过了许多年，走过许多地方。我曾在不同的地方看到过夹竹桃，但是都没有留下深刻的印象。

两年前，我访问了缅甸。在仰光开过几天会以后，缅甸的许多朋友热情地陪我们到缅甸北部古都蒲甘去游览。这地方以佛塔著名，有"万塔之城"的称号。据说，当年确有万塔。到了今天，数目虽然没有那样多了，但是，纵目四望，嶙嶙峋峋，群塔簇天，一个个从地里涌出，宛如阳朔群山，又像是云南的石林，用"雨后春笋"这句老话，差堪比拟。虽然花草树木都还是绿的，但是时令究竟是冬天了，一片萧瑟荒寒气象。

然而就在这地方，在我们住的大楼前，我却意外地发现了老朋友夹竹桃。一株株都跟一层楼差不多高，以至我最初竟没有认出它们来。花色比国内的要多，除了红色的和白色的以外，记得还有黄色的。叶子比我以前看到的更绿得像绿蜡，花朵开在高高的枝头，更像片片的红霞、团团的白雪、朵朵的黄云。苍郁繁茂，浓翠逼人，同荒寒的古城形成了强烈的对比。

我每天就在这样的夹竹桃下走出走进。晚上同缅甸朋友们在楼上凭栏闲眺，畅谈各种各样的问题，谈蒲甘的历史，谈中缅文化交流，谈中缅两国人民的胞波的友谊。在这时候，远处的古塔渐渐隐入暮霭中，近处的几个古塔上却给电灯照得通明，望之如灵山幻境。我伸手到栏外，就可以抓到夹竹桃的顶枝。花香也一阵一阵地从下面飘上楼来，仿佛把中缅友谊熏得更加芬芳。

就这样，在对于夹竹桃的婉美动人的回忆里，又涂上了一层绚烂夺目的中缅人民友谊的色彩。我从此更爱夹竹桃。

1962 年 10 月 1 日

马缨花

　　曾经有很长的一段时间，我孤零零一个人住在一个很深的大院子里。从外面走进去，越走越静，自己的脚步声越听越清楚，仿佛从闹市走向深山。等到脚步声成为空谷足音的时候，我住的地方就到了。

　　院子不小，都是方砖铺地，三面有走廊。天井里遮满了树枝，走到下面，浓荫匝地，清凉蔽体。从房子的气势来看，从梁柱的粗细来看，依稀还可以看出当年的富贵气象。

　　这富贵气象是有来源的。在几百年前，这里曾经是明朝的东厂。不知道有多少忧国忧民的志士曾在这里被囚禁过，也不知道有多少人在这里受过苦刑，甚至丧掉性命。据说当年的水牢现在还有迹可寻哩。

　　等到我住进去的时候，富贵气象早已成为陈迹，但是阴森凄苦的气氛却是原封未动。再加上走廊上陈列的那一些汉代的石棺石椁，古代的刻着篆字和隶字的石碑，我一走回这个院子里，就仿佛进入了古墓。这样的环境，这样的气氛，把我的记忆提到几千年前去；有时候我简直就像是生活在历史里，自己俨然成为古人了。

这样的气氛同我当时的心情是相适应的，我一向又不相信有什么鬼神，所以我住在这里，也还处之泰然。

但是也有紧张不泰然的时候。往往在半夜里，我突然听到推门的声音，声音很大，很强烈。我不得不起来看一看。那时候经常停电，我只能在黑暗中摸索着爬起来，摸索着找门，摸索着走出去。院子里一片浓黑，什么东西也看不见，连树影子也仿佛同黑暗粘在一起，一点儿都分辨不出来。我只听到大香椿树上有一阵窸窸窣窣的声音，然后咪噢的一声，有两只小电灯似的眼睛从树枝深处对着我闪闪发光。

这样一个地方，对我那些经常来往的朋友们来说，是不会引起什么好感的。有几位在白天还有兴致来找我谈谈，他们很怕在黄昏时分走进这个院子。万一有事，不得不来，也一定在大门口向工友再三打听，我是否真在家里，然后才有勇气，跋涉过那个长长的胡同，走过深深的院子，来到我的屋里。有一次，我出门去了，看门的工友没有看见，一位朋友走到我住的那个院子里。在黄昏的微光中，只见一地树影，满院石棺，我那小窗上却没有灯光。他的腿立刻抖了起来，费了好大力量，才拖着它们走了出去。第二天我们见面时，谈到这点经历，两人相对大笑。

我是不是也有孤寂之感呢？应该说是有的。当时正是"万家墨面没蒿莱"的时代，北京城一片黑暗。白天在学校里的时候，同青年同学在一起，从他们那蓬蓬勃勃的斗争意志和生命活力里，还可以汲取一些力量和快乐，精神十分振奋。但是，一到晚上，当我孤零零一个人走回这个所谓家的时候，我仿佛遗世而独立。没有人声，没有电灯，没有一点儿活气。在煤油灯的微光中，我只看到自己那高得、大得、黑得惊人的身影在四面的墙壁上晃动，仿佛是有个巨灵来到我的屋内。寂寞像毒蛇似的偷偷地袭来，折磨着我，使我无所逃于天地之间。

在这样无可奈何的时候，有一天，在傍晚的时候，我从外面一走进那个院子，蓦地闻到一股似浓似淡的香气。我抬头一看，原来是遮满院子的马缨花开花了。在这以前，我知道这些树都是马缨花，但是我却没有十分注意它们。今天它们用自己的香气告诉了我它们的存在。这对我似乎是一件新事。我不由得就站在树下，仰头观望：细碎的叶子密密地搭成了一座天棚，天棚上面是一层粉红色的细丝般的花瓣，远处望去，就像是绿云层上浮上了一团团的红雾。香气就是从这片绿云里洒下来的，洒满了整个院子，洒满我的全身，使我仿佛游泳在香海里。

花开也是常有的事，开花有香气更是司空见惯。但是，在这样一个时候，这样一个地方，有这样的花，有这样的香，我就觉得很不寻常；有花香慰我寂寥，我甚至有一些近乎感激的心情了。从此，我就爱上了马缨花，把它当成了自己的知心朋友。

北京终于解放了。1949年的10月1日给全国带来了光明与希望，给全世界带来了光明与希望。这个具有重大意义的日子在我的生命里画上了一道鸿沟，我仿佛重新获得了生命。可惜不久我就搬出了那个院子，同那些可爱的马缨花告别了。

时间也过得真快，到现在，才一转眼的工夫，已经过去了十三年。这十三年是我生命史上最重要、最充实、最有意义的十三年。我看了许多新东西，学习了很多新东西，走了很多新地方。我当然也看了很多奇花异草。我曾在亚洲大陆最南端科摩林海角看到高凌霄汉的巨树上开着大朵的红花；我曾在缅甸的避暑胜地东枝看到开满了小花园的火红照眼的不知名的花朵；我也曾在塔什干看到长得像小树般的玫瑰花。这些花都是异常美妙动人的。

然而使我深深地怀念的却仍然是那些平凡的马缨花，我是多么想见到它们呀！

最近几年来，北京的马缨花似乎多起来了。在公园里，在马路旁边，在大旅馆的前面，在草坪里，都可以看到新栽种的马缨花。细碎的叶子密密地搭成了一座座的天棚，天棚上面是一层粉红色的细丝般的花瓣。远处望去，就像是绿云层上浮上了一团团的红雾。这绿云红雾飘满了北京，衬上红墙、黄瓦，给人民的首都增添了绚丽与芬芳。

我十分高兴，我仿佛是见了久别重逢的老友。但是，我却隐隐约约地感觉到，这些马缨花同我回忆中的那些很不相同。叶子仍然是那样的叶子，花也仍然是那样的花；在短短的十几年以内，它绝不会变了种。它们不同之处究竟何在呢？

我最初确实是有些困惑，左思右想，只是无法解释。后来，我扩大了我回忆的范围，不把回忆死死地拴在马缨花上面，而是把当时所有同我有关的事物都包括在里面。不管我是怎样喜欢院子里那些马缨花，不管我是怎样爱回忆它们，回忆的范围一扩大，同它们联系在一起的不是黄昏，就是夜雨，否则就是迷离凄苦的梦境。我好像是在那些可爱的马缨花上面从来没有见到哪怕是一点点阳光。

　　然而，今天摆在我眼前的这些马缨花，却仿佛总是在光天化日之下。即使是在黄昏时候，在深夜里，我看到它们，它们也仿佛是生气勃勃，同浴在阳光里一样。它们仿佛想同灯光竞赛，同明月争辉。同我回忆里那些马缨花比起来，一个是照相的底片，一个是洗好的照片；一个是影，一个是光。影中的马缨花也许是值得留恋的，但是光中的马缨花不是更可爱吗？

　　我从此就爱上了这光中的马缨花，而且我也爱藏在我心中的这个光与影的对比。它能告诉我很多事情，带给我无穷无尽的力量，送给我无限的温暖与幸福；它也能促使我前进。我愿意马缨花永远在这光中含笑怒放。

1962 年 10 月 1 日

兔　子

　　不记得是什么时候，大概总在我们全家刚从一条满铺了石头的古旧的街的北头搬到南头以后，我有了三只兔子。

　　说起兔子，我从小就喜欢的。在故乡里的时候，同村的许多家里都养着一窝兔子。在地上掘一个井似的圆洞，不深，在洞底又有向旁边通的小洞，兔子就住在里面。不知为什么，我们却总不记得家里有过这样的洞。每次随了大人往别的养兔子的家里去玩的时候，大人们正在扯不断拉不断絮絮地谈得高兴的当儿，我总是放轻了脚步走到洞口，偷偷地向里瞧——兔子正在小洞外面徘徊着呢。有黑白花的，有纯黑的。我顶喜欢纯白的，因为眼睛红亮得好看，透亮的长耳朵左右摇摆着。嘴也仿佛战栗似的颤动着，在嚼着菜根什么的。蓦地看见人影，都迅速地跑进小洞去了，像一溜溜的白色黑色的烟。倘若再伏下身子去看，在小洞的薄暗里，便只看见一对对的莹透的宝石似的眼睛了。

　　在我走出了童年以前的某一个春天，记得是刚过了年，因为一种机缘的凑巧，我离开故乡，到一个以湖山著名的都市里去。

从栉比的高的楼房的空隙里，我只看到一线蓝蓝的天。这哪里像故乡里锅似的覆盖着的天呢？我看不到远远的笼罩着一层轻雾的树，我看不到天边上飘动的水似的云烟，我嗅不到土的气息。我仿佛住在灰之国里。终日里，我只听到闹嚷嚷的车马的声音。在半夜里，还有小贩的叫声从远处的小巷里飘了过来。我是地之子，我渴望着再回到大地的怀里去。当时，小小的心灵也会感到空漠的悲哀吧。但是，最使我不能忘怀的，占据了我的整个的心的，却还是有着宝石似的眼睛的故乡里的兔子。

也不记得是几年以后了，总之是在秋天，叔父从望口山回家来，仆人挑了一担东西。上面是用蒲包装的有名的肥桃，下面有一个木笼。我正怀疑木笼里会装些什么东西，仆人已经把木笼举到我的眼前了——战栗似的颤动着的嘴，透亮的长长的耳朵，红亮的宝石似的眼睛……这不正是我梦寐渴望的兔子吗？记得他临到望口山去的时候，我曾向他说过，要他带几只兔子回来。当时也不过随意一说，现在居然真带来了。这仿佛把我拉回了故乡里去。我是怎么狂喜呢？笼里一共有三只：一只大的，黑色，像母亲；两只小的，白色。我立刻舍弃了美味的肥桃，东跑西跑，忙着找白菜，找豆芽，喂它们。我又替它们张罗住处，最后就定住在我的床下。

童年在故乡里的时候，伏在别人的洞口上，羡慕人家的兔子，现在居然也有三只在我的床下了。对此，这简直比童话还不可信。最初，才从笼里放出来的时候，立刻就有猫挤上来。兔子仿佛是很胆怯，伏在地上，不敢动。耳朵紧贴在头上，只有嘴颤动得更厉害。把猫赶走了，才慢慢地试着跑。我一转眼，大的早领着两只小的躲在花盆后面了。再一转眼，早又跑到床下面去了。有了兔子以后的第一个夜里，我躺在床上，辗转着睡不沉，听兔子在床下嚼着豆芽的声音。我仿佛浮在云堆里，已经忘记了做过些什么样的梦了。

就这样，我的床下面便凭空添了三个小生命。每当我坐在靠窗的一张桌子的旁边读书的时候，兔子便偷偷地从床下面踱出来，没有一点儿声音。我从书页上面屏息地看着它们。——先是大的一探头，又缩回去；再一探头，走出来了，一溜黑烟似的。紧随着的是两只小的，都白得像一团雪，眼睛红亮，像——我简直说不出像什么。像玛瑙吗？比玛瑙还光莹。就用这小小的红亮的眼睛四面看着，走到从花盆里垂出的拂着地的草叶下面，嘴战栗似的颤动几下，停一停，走到书旁边。嘴战栗似的颤动几下，停一停，走到小凳下面。嘴战栗似的颤动几下，停一停。忽然，我觉得有软茸茸的东西靠上了我的脚了。我知道这是小兔正伏在我的脚下。我忍耐着不敢动，不知怎地，腿忽然一抽。我再看时，一溜黑烟，两溜白烟，兔子都藏到床下面去。伏下身子去看，在床下面暗黑的角隅里，便只看见莹透的宝石似的一对对的眼睛了。

是秋天，前面已经说过。我住的屋的窗外有一棵海棠树。以前常听人说，兔子是顶孱弱的。猫对它便是个大的威胁。在兔子没来我床下面住以前，屋里也常有猫的踪迹。门关严了的时候，这棵海棠树就成了猫来我屋的路。自从有了兔子以后，在冷寂的秋的长夜里，我常常无所谓的蓦地醒转来。——窗外风吹着落叶，窸窣地响，我疑心是猫从海棠树上爬上了窗子。连绵的夜雨击着落叶，窸窣地响，我又疑心是猫爬上了窗子。我静静地等着，不见有猫进来。低头看时，兔子正在地上来回地跑着。在微明的灯光里，更像一溜溜的黑烟和白烟了，眼睛也更红亮得像宝石了。当我正要蒙眬去的时候，恍惚听到"咪"的一声，看窗子上破了一个洞的地方，正有两颗灯似的眼睛向里瞅着。

第二天早晨起来，第一件要做的事情，就是伏下头去看，兔子丢了没有。看到两个小兔两团白絮似的偎在大的身旁熟睡的时候，心里仿佛得到点儿安慰。过了一会儿，再回到屋里来读书的时候，又可以看到它们在脚下来回地跑了。其实并没有什么声息，屋里总仿佛充满了生气与欢腾似的。周围的空气，也软浓浓地变得甜美了。兔子也渐渐不胆怯起来，看见我也不很躲避了。第一次一个小兔很驯顺地让我抚摸的时候，我简直欢喜得流泪呢。

倘若我的记忆靠得住的话，大约总有半个秋天，就在这样的颇有诗意的情况里度过去。我还能模模糊糊地记得：兔子才在笼里装来的时候，满院子里都挤满了花。我一闭眼，还能看到当时院子里飘动着的那一层淡淡的绿色。兔子常从屋里跑出来，到花盆缝里去玩，金鱼缸里的子午莲还仿佛从水面上突出两朵白花来。只依稀有一点儿影，这记忆恐怕靠不大住了。随了这绿气，这金鱼缸，我又能看到靠近海棠树的涂上了红油绿油的窗子，嵌着一方不小的玻璃，上面有雨和土的痕迹。窗纸上还粘着几条蜘蛛丝，窗子里面就是我的书桌，再往里，就是床，兔子就住在床下面……这一切仿佛在眼前浮动。但又像烟、像雾，眼睛就要幻化到空蒙里去了。

我不是说大概过了有半个秋天吗？——等到院子里的花草渐渐地减少了，立刻显得很空阔。落叶却在阶下多起来，金鱼缸里也早没了水，天更蓝更长，澹远的秋有转入阴沉的冬的样儿了。就在这样一个蓝天的早晨，我又照例俯下身子，去看兔子丢了没有。——奇怪，床下面空空的，仿佛少了什么东西似的。再仔细看，只看到两个小兔凄凉地互相偎着睡。它们的母亲跑到哪里去了呢？我立刻慌了，汗流遍了全身。本来，几天以来，大兔子的胆更大了，常常自己偷跑到天井里去。这次恐怕又是自己偷跑出去了吧。但各处，屋里，屋外，都找到了，没有影，回头又看到两个小兔子偎在我的脚下，一种莫名其妙的凄凉袭进了我的心。我哭了，我是很早就离开母亲的，我时常想到她。我感到凄凉和寂寞。看来这两个小兔子也同我一样地感到凄凉和寂寞呢。我没地方倾诉，除非在梦里，小兔子又向哪里，而且又怎样倾诉呢？——我又哭了。

起初，我还有希望，我希望大兔子会自己跑回来，蓦地给我一个大的欢喜。但是一天一天地过去，我这希望终于成了泡影。我却更爱这两个小兔子了。以前我爱它们，因为它们红亮的眼睛，雪絮似的软毛。这以后的爱里，却掺入了同情。有时我还想拿我的爱抚来弥补它们失掉母亲的悲哀，但这哪里可能的呢？眼看它们渐渐消瘦下去，在屋里跑的时候也不像以前那样轻快了，时常偎到我的脚下来。我把它们抱在怀里，也驯顺地伏着不动。当我看到它们踽踽地走开的时候，小小的心真的充满了无名的悲哀呢！

这样的情况也没能延长多久。两三天以后，我忽然发现在屋里跑着的只有一个兔子了，那个同伴到哪里去了呢，我又慌了，又各处都找到：墙隅，桌下，又在天井各处找，低声唤着，落叶在脚下索索地响。终于，没有影。当我看到这剩下的一个小生灵孤独地踱着的时候，再听檐边秋天特有的风声，眼泪又流下来了。——它在找它的母亲吗？找它的兄弟吗？为什么连叹息一声也不呢？宝石似的眼睛也仿佛含着晶莹的泪珠了。夜里，在微明的灯光下，我不见它在床下沉睡；这只是不停地在屋里跑着。这冷硬的土地，这漫漫的秋的长夜，没有母亲，没有兄弟偎着。凄凉的冷梦萦绕着它，它怎能睡得下去呢？

第二天的早晨，天更蓝，蓝得有点儿古怪。小屋里照得通明，小兔在我眼前跑过的时候，洁白的绒毛上，仿佛有一点儿红，一闪，我再看，就在透明红润的耳朵旁边，发现一点儿血痕——只一点儿，衬了雪白的毛，更显得红艳，像鸡血石上的斑，像西天一点儿晚霞。我却真有点儿焦急了。我听人说，兔子只要见血，无论多少滴，就会死去的。这剩下的一只没有母亲、没有兄弟的孤独的小生命也要死去的吗？我不相信，这比神话还渺茫，然而摆在眼前的却就是那一点儿红艳的血痕，怎样否认呢？我把它抱了起来，仿佛也知道有什么不幸要临到它身上，只伏在我怀里，不动，放下，也不大跑了。就在这天的末尾。在黄昏的微光里，当我再伏下头去看床下的时候，除了一些白菜和豆芽以外，什么也看不到了。我各处找了找，也没找到什么。我早知道有什么事情要发生。而且，我也想：这样也倒好。不然，孤零零的一个活在世界上，得不到一点儿温热，在凄凉和寂寞的袭击下，这长长的一生又怎样消磨呢？我不哭，但是眼泪却流到肚子里去了，悲哀沉重地压在心头，我想到了故乡里的母亲。

就这样，半个秋天以来，在我床下面跑出跑进的三只兔子都不见了。我再坐在靠窗的桌子旁读书的时候，从书页上面，什么也看不到了。从有着风和雨的痕迹的玻璃窗里望出去：海棠树早落尽了叶子，只剩下秃光的枝干，撑着眼睛的秋的长空。夜里，我再听到外面窸窸窣窣地响的时候，我又疑心是猫。我从蒙眬中醒转来，虽然有时也会在窗洞里看到两盏灯似的圆圆的眼睛。但是看床下的时候，却没有兔子来回地踱着了。眼一花，便会看到满地凌乱的影子，一溜黑烟，两溜白烟。再仔细看，有什么呢？什么也没有，只有暗淡的灯照彻了冷寂的秋夜，外面又窸窣地响，是雨吧，冷栗，寂寞，混上了一点儿轻微空漠的悲哀，压住了我的心。一切都空虚，我能再做什么样的梦呢？

1934 年 2 月 16 日

喜鹊窝

　　我是乡下人，小时候在乡下住过几年。乡下，树多，鸟多，树上的鸟窝多。秋冬之际，树上的叶子落光，抬头就能看到高树顶上的许多鸟窝，宛如一个个的黑色蘑菇。

　　但是，我同许多乡下人一样，对鸟并不特别感兴趣。我感兴趣的是昆虫中的知了（我们那里读如 jieliu，也就是蝉），在水族中是虾。夏天晚上，在场院里乘凉，在大柳树下，用麦秸点上一把火。赤脚爬上树去，用力一摇晃，知了便像雨点儿似的纷纷落下。如果嫌热，就跳到苇坑里，在苇丛中伸手一摸，就能摸到一些个儿不小的虾，带着双夹，齐白石画的就是这种虾。

　　鸟却不能带给我这样的快乐，我有时甚至还感到厌烦。麻雀整天喳喳乱叫，还偷吃庄稼。乌鸦穿一身黑色的晚礼服，名声一向不好，乡下人总把它同死亡联系起来，"哇！哇！"两声，叫得人身上起鸡皮疙瘩。只有喜鹊沾了"喜"字的光，至少不引起人们的反感。那时候，乡下人饿着肚皮，又不是诗人，哪里会有什么闲情雅兴来欣赏鸟的鸣声呢？连喜鹊"喳，喳"的叫声也不例外。

我虽然只有几岁，乡下人的偏见我都具备。只有一件事现在回想起来还能聊以自慰：我从来没有爬上树去掏喜鹊的窝。

后来我到了城里，变成了城里人。初到的时候，我简直像是进入迷宫。这么多人，这么多车，这么多商店，这么多大街小巷。我吃惊得目瞪口呆。有一年，母亲在乡下去世了，我回家奔丧。小时候的大娘、大婶见了我就问：

"寻（读音 xín）了媳妇没有？"

这问题好回答。我敬谨答曰：

"寻了。"

"是一个庄上的吗？"

我一时语塞，知道乡下人没有进过城，他们不知道城里不是村庄。想解释一下，又怕三言两语说不清楚，最终还是弄一个"丈二和尚，摸不着头脑"。我一时灵机一动，采用了鲁迅先生的办法，含糊答曰：

"唔！唔！"

谁也不知道"唔，唔"是什么意思。妙就妙在谁也不知道是什么意思。乡下的大娘、大婶不是哲学家，不懂什么逻辑思维，她们不"打破砂锅问到底"。我的口试就算及了格。

这件小事虽小，它却充分说明了乡下人和城里人的思维和情趣是多么不同。回头再谈鸟儿。城里不是鸟的天堂。除了麻雀以外，别的鸟很少见到。常言道：物以稀为贵。于是城里的鸟就"贵"起来了，城里一些人对鸟也就有了感情。如果碰巧能看到高树顶端上的鸟窝，那简直是一件稀罕事儿。小孩子会在树下面拍手欢跳。

中国古代的诗人，虽然有的出生在乡下，但是科举，当官一定是在城里。既然是诗人，感情定是十分细腻。这种细腻表现在方方面面，也表现在对鸟，特别是对鸟鸣的喜爱上。这样的诗句，用不着去查书，一回想就能够想到一大堆。"鸟鸣山更幽"，"月出惊山鸟，时鸣春涧中"，"两个黄鹂鸣翠柳，一行白鹭上青天"，"荡胸生层云，决眦入归鸟"，"人归山郭暗，雁下芦洲白"，"微雨霭芳原，春鸠鸣何处"，"空山百鸟散还合，万里浮云阴且晴。嘶酸刍雁失群夜，断绝胡儿恋母声"，"川为静其波，鸟亦罢其鸣"，等等，用不着再多举了。中国古代诗人对鸟和鸟鸣感情之深概可想见了。

只有陶渊明的一句诗，我觉得有点怪："犬吠深巷中，鸡鸣桑树颠。"鸡飞上树去高声鸣叫，我确实没有见过。"鸡鸣桑树颠"，这句话颇为突兀。难道晋朝江西的鸡真有飞到桑树顶上去高叫的脾气吗？

不管怎样，中国古代诗人对鸟及其鸣声特别敏感，已是一个彰明昭著的事实。再看一看西方文学，不能不感到其间的差别。西方诗歌中，除了云雀和夜莺外，其他的鸟及其鸣声似乎很少受诗人的垂青。这里面是否也含有很深的审美情趣的差别呢？是否也含有东西方诗人，再扩而大之是一般人之间对大自然的关系的差别呢？姑妄言之。

我绕弯子说了半天，无非是想说中国的城里人对鸟比较有感情而已。我这个由乡下人变为城里人的人，也逐渐爱起鸟来。可惜我半辈子始终是在大城市里转，在中国是如此，在德国和瑞士仍然是如此。空有爱鸟之心，爱的对象却难找到，在心灵深处难免感到惆怅。

一直到四十多年前，我四十多岁了，才从沙滩——真像是一片沙漠——搬到风光旖旎林木蓊郁的燕园里来。这里虽处城市，却似乡村，真正是鸟的天堂。我又能看到鸟了；不是一只，而是成群；不是一种，而是多种；不但看到它们飞，而且听到它们叫；不但看到它们在草地上蹦跳，而且看到高树顶上搭窝。我真是顾而乐之，多年干涸的心灵似乎又注入了一股清泉。

在众多的鸟中，给我印象最深、我最喜爱的还是喜鹊。在我住的楼前，沿着湖畔，有一排高大的垂柳，在马路对面则是一排高耸入云的杨树。楼西和楼后，小山下面，有几棵高大的榆树，小山上有一棵至少有六七百年的古松。可以说我们的楼是处在绿色丛中。我原住在西门洞的二楼上，书房面西，正对着那几棵榆树。一到春天，喜鹊和其他鸟的叫声不停。喜鹊不知道是通过什么方式，大概是既无父母之命，也没有媒妁之言，自由恋爱，结成了情侣，情侣不停地在群树之间穿梭飞行，嘴里往往叼着小树枝，想到什么地方去搭窝。我天天早上最大的乐趣就是看喜鹊们箭似的飞翔，喳喳地欢叫，往往能看上、听上半天。

有一天，完全出我的意料，然而又合乎我的心愿，窗外大榆树上有一团黑色的东西，我豁然开朗：这是喜鹊在搭窝。我现在不用出门就能够看到喜鹊窝了，乐何如之。从此，我的眼睛和耳朵完全集中到这对喜鹊和它们的窝上，其他的鸟鸣声仿佛都不存在了。每次我看书写作疲倦了，就向窗外看一看。一看到喜鹊窝就像郑板桥看到白银那样，"心花怒放，书画皆佳"。我的灵感风起云涌，连记忆力都仿佛是变了样子，大有过目不忘之慨了。

光阴流转，转瞬已是春末夏初。窝里的喜鹊小宝宝看样子已经成长起来了。每当刮风下雨，我心里就揪成一团，我很怕它们的窝经受不住风吹雨打。当我看到，不管风多么狂，雨多么骤，那一个黑蘑菇似的窝仍然固若金汤，我的心就放下了。我幻想，此时喜鹊妈妈和喜鹊爸爸正在窝里伸开了翅膀，把小宝宝遮盖得严严实实，喜鹊一家正在做着甜美的梦，梦到燕园风和日丽；梦到燕园花团锦簇；梦到小虫子和小蚱蜢自己飞到窝里来，小宝宝食用不尽；梦到湖光塔影忽然移到了大榆树下面……

这一切原本都是幻影，然而我却泪眼模糊，再也无法幻想下去了。我从小失去了慈母，失去了母爱。一个失去了母爱的人，必然是一个心灵不完整或不正常的人。在七八十年的漫长时期中，不管是什么时候，也不管我是在什么地方，只要提到了失去母爱，失去母亲，我必然立即泪水盈眶。对人是如此，对鸟兽也是如此。中国古人常说"终天之恨"，我这真正是"终天之恨"了，这个恨只能等我离开人世才能消泯，这是无可怀疑的了。中国古诗说："劝君莫打三春鸟，子在巢中待母归。"真是蔼然仁者之言，我每次暗诵，都会感到心灵震撼的。

但是，天有不测风云，鸟有旦夕祸福。正当我为这一家幸福的喜鹊感到幸福而自我陶醉的时候，祸事发生了。一天早上，我坐在书桌前，真是无巧不成书，我一抬头正看到一个小男孩赤脚爬上了那棵榆树，伸手从喜鹊窝里把喜鹊宝宝掏了出来。掏了几只，我没有看清，不敢瞎说。总之是掏走了。只看这个小男孩像猿猴一般，转瞬跳下树来，前后也不过几分钟，手里抓着小喜鹊，消逝得无影无踪了。我很想下楼去干预一下，但是一想到在浩劫中我头上戴的那一摞可怕的沉重的帽子，都还在似摘未摘之间，我只能规规矩矩，不敢乱说乱动。如果那个小男孩是工人的孩子，那岂不成了"阶级报复"了吗！我吃了老虎心、豹子胆，也不敢动一动呀。我只有伏在桌上，暗自啜泣。

完了，完了，一切全完了。喜鹊的美梦消失了，我的美梦也消失了。我从此抑郁不乐，甚至不敢再抬头看窗外的大榆树。喜鹊妈妈和喜鹊爸爸的心情我不得而知。它们痛失爱子，至少也不会比我更好过。一连好几天，我听到窗外这一对喜鹊喳喳哀鸣，绕树千匝，无枝可依。我不忍再抬头看它们。不知什么时候，这对喜鹊不见了。它们大概是怀着一颗破碎的心，飞到什么地方另起炉灶去了。过了一两年，大榆树上的那个喜鹊窝，也由于没加维修，鹊去窝空，被风吹得无影无踪了。

我却还并没有死心，那棵大榆树不行了，我就寄希望于其他树木。喜鹊们选择搭窝的树，不知道是根据什么标准。根据我这个人的标准，我觉得，楼前，楼后，楼左，楼右，许多高大的树都合乎搭窝的标准。我于是就盼望起来，年年盼，月月盼，盼星星，盼月亮，盼得双眼发红光。一到春天，我出门，首先抬头往树上瞧，枝头光秃秃的，什么东西也没有。我有时候真有点儿发急，甚至有点儿发狂，我想用眼睛看出一个喜鹊窝来。然而这一切都白搭，都徒然。

今年春天，也就是现在，我走出楼门，偶尔一抬头，我在上面讲的那一棵大榆树上，在光秃秃的枝干中间，又看到一团黑乎乎的东西。连年来我老眼昏花，对眼睛已经失去了自信力，我在惊喜之余，连忙擦了擦眼，又使劲瞪大了眼睛，我明白无误地看到了：是一个新搭成的喜鹊窝。我的高兴是任何语言文字都无法形容的。然而福不单至。过了不久，临湖的一棵高大的垂柳顶上，一对喜鹊又在忙忙碌碌地飞上飞下，嘴里叼着小树枝，正在搭一个窝。这一次的惊喜又远远超过了上一回。难道我今生的华盖运真已经交过了吗？

当年爬树掏喜鹊窝的那个小男孩，现在早已长成大人了吧。他或许已经留了洋，或者下了海，或者成了"大款"。此事他也许早已忘记了。我潜心默祷，希望不要再出这样一个孩子，希望这两个喜鹊窝能够存在下去，希望在燕园里千百棵大树上都能有这样黑蘑菇似的喜鹊窝，希望在这里，在全中国，在全世界，人与鸟都能和睦融洽像一家人一样生活下去，希望人与鸟共同造成一个和谐的宇宙。

1994 年 2 月 25 日

一只小猴

　　只有几秒钟，也许连几秒钟都不到，我抬眼瞥见了一只小猴，在泰国的旅游胜地帕塔亚，在华灯初上的黄昏时分，在车水马龙的大马路旁，在五光十色的霓虹灯照耀下，在黑发和黄发、黑眼睛和蓝眼睛交互混杂的人流中……

　　小猴真正是小，看模样，也不过几个月大。它睁大一双圆溜溜的眼睛，惊奇地瞅着这非我族类的人类的闹嚷喧腾的花花世界，心里不知做何感想。它被搂在一个十几岁的小男孩怀中，脖子上拴着链子，链子的另一端就攥在小男孩手中。它左顾右盼，上蹿下跳，焦躁不安，瞬息不停。但小男孩却像如来佛的巨掌，猴子无论如何也逃脱不出去。

　　小男孩也焦躁不安，神情凄凉，他在费尽心血，向路人兜售这只小猴。不管他怎样哀告，路人却像顽石一般，决不点头。黑头发不点头，黄头发也不点头。黑眼睛不眨眼。蓝眼睛也不眨眼，小男孩的神情更加凄凉了。

　　只有几秒钟，也许连几秒钟都不到，我把这一切都看在眼里，我的心蓦地猛烈地震动了一下：小猴的天真无邪的模样，小孩的焦急凄凉的神态，撞击着我的心。我回头注视着猴子和孩子，在霓虹灯照亮了的黑头发和黄头发的人流中，注视，再注视，一直到什么都看不见为止。

小猴和小孩的影子在我眼前消逝了，却沉重地落在我的心头。随之而来的是无穷无尽的问号：小猴是从哪里捉来的呢？是从深山老林里吗？它有没有妈妈呢？如果有，猴妈妈不想自己的孩子吗？小猴不想自己的妈妈吗？茂密不透阳光的森林同眼前的五光十色的人类的花花世界给小猴什么样的印象呢？小猴喜欢不喜欢这个拴住自己的小男孩呢？小男孩家里什么样呢？是否他父母在倚闾望子等小男孩卖掉了小猴买米下锅呢？小男孩卖不掉小猴心里想些什么呢？

我的思绪一转，立刻又引来了另外一系列的问号：小猴卖出去了没有呢？如果已经卖了出去，是黑头发黑眼睛的人买了去的呢？还是碧眼黄发的人买了去的呢？如果是后者的话，说不定明天一早，小猴就上了豪华的客机穿云越海而去。小猴有什么感觉呢？这样一来，小猴不用悬梁刺股拼命考"托福"就不费吹灰之力到了某些中国人眼中心中的天堂乐园。小猴翘不翘尾巴呢？它感不感到光荣呢？……

无穷无尽的问号萦绕在我的心头，我跟随着大伙儿来到了帕塔亚有名的海鲜餐厅，嘴里品尝着大个儿的新鲜的十分珍贵的龙虾，味道确实鲜美。但是我脑袋里想的是小猴，它那两只漆黑

183

锃亮的圆圆的眼睛，在我眼前飘动。我们走进了世界著名的人妖歌舞厅，台上五彩缤纷，歌声嘹亮入云，舞姿轻盈曼妙，台下欢声雷动。但是我脑袋里想的是小猴。一直到深夜转回雍容华贵的大旅馆，我脑袋里想的仍然是小猴，那只在不到几秒钟内瞥见的小猴。

小猴在我脑海里变成了一个永恒的问号。

1994 年 5 月 4 日

一条老狗

　　也不知道是什么原因，我总会不时想起一条老狗来。在过去七十年的漫长的时间内，不管我是在国内，还是在国外，不管我是在亚洲、在欧洲还是在非洲，一闭眼睛，就会不时有一条老狗的影子在我眼前晃动，背景是在一个破破烂烂的篱笆门前，后面是绿苇丛生的大坑，透过苇丛的疏稀处，闪亮出一片水光。

　　这究竟是怎么一回事呢？

　　无论用多么夸大的词句，也决不能说这条老狗是逗人喜爱的。它只不过是一条最普普通通的狗，毛色棕红，灰暗，上面沾满了碎草和泥土，在乡村群狗当中，无论如何也显不出一点特异之处，既不凶猛，又不魁梧。然而，就是这样一条不起眼儿的狗却揪住了我的心，一揪就是七十年。

　　因此，话必须从七十年前说起。当时我还是一个不谙世事的毛头小伙子，正在清华大学读西洋文学系二年级。能够进入清华园，是我平生最满意的事情，日子过得十分惬意。然而，好景不长。有一天，是在秋天，我忽然接到从济南家中打来的电报，只是四个字:"母病速归。"我仿佛是劈头挨了一棒,脑筋昏迷了半天。我立即买好了车票,登上开往济南的火车。

我当时的处境是,我住在济南叔父家中,这里就是我的家。而我母亲却住在清平官庄的老家里。整整十四年前,我六岁的那一年,也就是1917年,我离开了故乡,也就是离开了母亲,到济南叔父处去上学。我上一辈共有十一位叔伯兄弟,而男孩却只有我一个。济南的叔父也只有一个女孩,于是在表面上我就成了一个宝贝蛋。然而真正从心眼里爱我的只有母亲一人,别人不过是把我看成能够传宗接代的工具而已。这层道理一个六岁的孩子是无法理解的。可是离开母亲的痛苦我却是理解得又深又透的。到了济南后第一夜,我生平第一次不在母亲怀抱里睡觉,而是孤身一个人躺在一张小床上,我无论如何也睡不着,我一直哭了半夜。这是怎么一回事呀!为什么把我弄到这里来了呢?"可怜小儿女,未解忆长安。"母亲当时的心情,我还不会去猜想。现在追忆起来,她一定会是柔肠寸断,痛哭绝不止半夜。现在,这已成了一个万古之谜,永远也不会解开了。

从此我就过上了寄人篱下的生活。我不能说,叔父和婶母不喜欢我,但是,我唯一被喜欢的资格就是,我是一个男孩。不是亲生的孩子同自己亲生的孩子感情必然有所不同,这是人之常情,用不着掩饰,更用不着美化。我在感情方面不是一个麻木的人,一些细微末节,我体会极深。常言道,没娘的孩子最痛苦。我虽有娘,却似无娘,这痛苦我感受得极深。我是多么想念我故乡里的娘呀！然而，天地间除了母亲一个人外有谁真能了解我的心情我的痛苦呢？因此，我半夜醒来一个人偷偷地在被窝里吞声饮泣的情况就越来越多了。

在整整十四年中，我总共回过三次老家。第一次是在我上小学的时候，为了奔大奶奶之丧而回家的。大奶奶并不是我的亲奶奶，但是从小就对我疼爱异常。如今她离开了我们，我必须回家，这似乎是天经地义的事情。这一次我在家只住了几天，母亲异常高兴，自在意中。第二次回家是在我上中学的时候，原因是父亲卧病。叔父亲自请假回家，看自己共过患难的亲哥哥。这次在家住的时间也不长。我每天坐着牛车，带上一包点心，到离开我们村相当远的一个大地主兼中医住的村里去请他，到我家来给父亲看病，看完再用牛车送他回去。路是土路，坑洼不平，牛车走在上面，颠颠簸簸，来回两趟，要用去差不多一整天的时间。至于医疗效果如何呢？那只有天晓得了。反正父亲的病没有好，也没有变坏。叔父和我的时间都是有限的，我们只好先回济南了。过了没有多久，父亲终于走了。一叔到济南来接我回家。这是我第三次回家，同第一次一样，专为奔丧。在家里埋葬了父亲，又住了几天。现在家里只剩下了母亲和二妹两个人。家里失掉了男主人，一个妇道人家怎样过那种只有半亩地的穷日子，母亲的心情怎样，我只有十一二岁，当时是难以理解的。但是，我仍然必须离开她到济南去继续上学。在这样万般无奈的情况下，但凡母亲还有不管是多么小的力量，她也决不会放我走的。可是她连一丝一毫的力量也没有。她一字不识，一辈子连个名字都没有能够取上。做了一辈子"季赵氏"。到了今天，父亲一走，她怎样活下去呢？她能给我饭吃吗？不能的，决不能的。母亲心内的痛苦和忧愁，连我都感觉到了。最后她只能眼睁睁地看着自己最亲爱的孩子离开了自己，走了，走了。谁会知道，这是她最后一次看到自己的儿子呢？谁会知道，这也是我最后一次见到母亲呢？

回到济南以后，我由小学而初中，而初中而高中，由高中而到北京来上大学，在长达八年的过程中，我由一个浑浑沌沌的小孩子变成了一个青年人，知识增加了一些，对人生了解得也多了不少。对母亲当然仍然是不断想念的。但在暗中饮泣的次数少了，想的是一些切切实实的问题和办法。我梦想，再过两年，我大学一毕业，由于出身一个名牌大学，抢一只饭碗是不成问题的。到了那时候，自己手头有了钱，我将首先把母亲迎至济南。她才四十来岁，今后享福的日子多着哩。

可是我这个奇妙如意的美梦竟被一张"母病速归"的电报打了个支离破碎。我现在坐在火车上，心惊肉跳，忐忑难安。哈姆莱特问的是 to be or not to be，我问的是：母亲是病了，还是走了？我没有法子求签占卜，可我又偏想知道个究竟，我于是自己想出了一套占卜的办法。我闭上眼睛，如果一睁眼我能看到一根电线杆，那母亲就是病了；如果看不到，就是走了。当时火车速度极慢，从北京到济南要走十四五个小时。就在这样长的时间内，我闭眼又睁眼反复了不知多少次。有时能看到电线杆，则心中一喜。

有时又看不到，则心中一惧。到头来也没能得出一个肯定的结果。我到了济南。

到了家中，我才知道，母亲不是病了，而是走了。这消息对我真如五雷轰顶，我昏迷了半晌，躺在床上哭了一天，水米不曾沾牙。悔恨像大毒蛇直刺入我的心窝。在长达八年的时间内，难道你就不能在任何一个暑假内抽出几天时间回家看一看母亲吗？二妹在前几年也从家乡来到了济南，家中只剩下母亲一个人，孤苦伶仃，形单影只，而且又缺吃少喝，她日子是怎么过的呀！你的良心和理智哪里去了？你连想都不想一下吗？你还能算得上是一个人吗？我痛悔自责，找不到一点能原谅自己的地方。我一度曾想到自杀，追随母亲于地下。但是，母亲还没有埋葬，不能立即实行。在极度痛苦中我胡乱诌了一副挽联：

一别竟八载，多少次倚闾怅望，眼泪和血流，迢迢
玉宇，高处寒否？

为母子一场，只留得面影迷离，入梦浑难辨，茫茫
苍天，此恨曷极！

对仗谈不上，只不过想聊表我的心情而已。

叔父婶母看着苗头不对，怕真出现什么问题，派马家二舅陪我还乡奔丧。到了家里，母亲已经成殓，棺材就停放在屋子中间。只隔一层薄薄的棺材板，我竟不能再见母亲一面，我与她竟是人天悬隔矣。我此时如万箭钻心，痛苦难忍，想一头撞死在母亲棺材上，被别人死力拽住，昏迷了半天，才醒转过来。抬头看屋中

的情况，真正是家徒四壁，除了几只破椅子和一只破箱子以外，什么都没有。在这样的环境中，母亲这八年的日子是怎样过的，不是一清二楚了吗？我又不禁悲从中来，痛哭了一场。

现在家中已经没了女主人，也就是说，没有了任何人。白天我到村内二大爷家里去吃饭，讨论母亲的安葬事宜。晚上则由二大爷亲自送我回家。那时村里不但没有电灯，连煤油灯也没有。家家都点豆油灯，用棉花条搓成灯捻，只不过是有点微弱的亮光而已。有人劝我，晚上就睡在二大爷家里，我执意不肯。让我再陪母亲住上几天吧。在茫茫百年中，我在母亲身边只住过六年多，现在仅仅剩下了几天，再不陪就真正抱恨终天了。于是二大爷就亲自提一个小灯笼送我回家。此时，万籁俱寂，宇宙笼罩在一片黑暗中，只有天上的星星在眨眼，仿佛闪出一丝光芒。全村没有一点亮光，没有一点声音。透过大坑里芦苇的疏隙闪出一点水光。走近破篱笆门时，门旁地上有一团黑东西，细看才知道是一条老狗，静静地卧在那里。狗们有没有思想，我说不准，但感情确是有的。这条老狗几天来大概是陷入困惑中：天天喂我的女主人怎么忽然不见了？它白天到村里什么地方偷一点东西吃，立即回到家里来，静静地卧在篱笆门旁。见了我这个小伙子，它似乎感到我也是这家的主人，同女主人有点什么关系，因此见到了我并不咬我，有时候还摇摇尾巴，表示亲昵。那天晚上我看到的就是这条老狗。

我孤身一个人走进屋内，屋中停放着母亲的棺材。我躺在里面一间屋子里的大土炕上，炕上到处是跳蚤，它们勇猛地向我发动进攻。我本来就毫无睡意，跳蚤的干扰更加使我难以入睡了。我此时孤身一人陪伴着一具棺材。我是不是害怕呢？不的，一点也不。虽然是可怕的棺材，但里面躺的人却是我的母亲。她永远爱她的儿子，是人，是鬼，都决不会改变的。

正在这时候，在黑暗中外面走进来一个人，听声音是对门的宁大叔。在母亲生前，他帮助母亲种地，干一些重活，我对他真是感激不尽。他一进屋就高声说："你娘叫你哩！"我大吃一惊：母亲怎么会叫我呢？原来宁大婶撞客了，撞着的正是我母亲。我赶快起身，走到宁家。在平时这种事情我是绝对不会相信的。此时我却是心慌意乱了。只听从宁大婶嘴里叫了一声："喜子呀！娘想你啊！"我虽然头脑清醒，然而却泪流满面。娘的声音，我八年没有听到了。这一次如果是从母亲嘴里说出来的，那有多好啊！然而却是从宁大婶嘴里，但是听上去确实像母亲当年的声音。我信呢，还是不信呢，你不信能行吗？我糊里糊涂地如醉似的疾走了回来。在篱笆门口，地上黑黢黢的一团，是那条忠诚的老狗。

我人躺在炕上，无论如何也睡不着了，两只眼睛望着黑暗，仿佛能感到自己的眼睛在发亮。我想了很多很多，八年来从来没有想到的事，现在全想到了。父亲死了以后，济南的经济资助几乎完全断绝，母亲就靠那半亩地维持生活，她能吃得饱吗？她一定是天天夜里躺在我现在躺的这个土炕上想她的儿子，然而儿子却音信全无。她不识字，我写信也无用。听说她曾对人说过:"如果我知道他一去不回头的话,我无论如何也不会放他走的!"这一点我为什么过去一点也没有想到过呢?古人说:"树欲静而风不止,子欲养而亲不待。"现在这两句话正应在我的身上,我亲自感受到了。然而晚了,晚了,逝去的时光不能再追回了!"长夜漫漫何时旦?"我却盼天赶快亮。然而,我立刻又想到,我只是一次度过这样痛苦的漫漫长夜,母亲却度过了将近三千次。这是多么可怕的一段时间啊!在长夜中,全村没有一点灯光,没有一点声音,黑暗仿佛凝结成为固体,只有一个人还瞪大了眼睛在玄想,想的是自己的儿子。伴随她的寂寥的只有一个动物,就是篱笆门外静卧的那条老狗。想到这里,我无论如何也不敢再想下去了,如果再想下去的话,我不知道会出现什么样的情况。

母亲的丧事处理完,又是我离开故乡的时候了。临离开那座破房子时,我一眼就看到那条老狗仍然忠诚地趴在篱笆门口,见了我,它似乎预感到我要离开了,它站了起来,走到我跟前,在我腿上擦来擦去,对着我尾巴直摇。我一下子泪流满面。我知道这是我们的永别,我俯下身,抱住了它的头,亲了一口。我很想把它抱回济南,但那是绝对办不到的。我只好一步三回首地离开了那里,眼泪向肚子里流。

到现在这一幕已经过去了七十年。我总是不时想到这条老狗。女主人没了,少主人也离开了,它每天到村内找点东西吃,究竟能够找多久呢?我相信,它决不会离开那个篱笆门口的,它会永远趴在那里的，尽管脑袋里也会充满了疑问。它究竟趴了多久，我不知道，也许最终是饿死的。我相信，就是饿死，它也会死在那个破篱笆门口。后面是大坑里透过苇丛闪出来的水光。

我从来不信什么轮回转生，但是，我现在宁愿信上一次。我已经九十岁了，来日苦短了。等到我离开这个世界以后，我会在天上或者地下什么地方与母亲相会，趴在她脚下的仍然是这条老狗。

2001 年 5 月 2 日写完

清塘荷韵

　　楼前有清塘数亩。记得三十多年前初搬来时，池塘里好像是有荷花的，我的记忆里还残留着一些绿叶红花的碎影。后来时移事迁，岁月流逝，池塘里却变得"半亩方塘一鉴开，天光云影共徘徊"，再也不见什么荷花了。

　　我脑袋里保留的旧的思想意识颇多，每一次望到空荡荡的池塘，总觉得好像缺点什么。这不符合我的审美观念。有池塘就应当有点绿的东西，哪怕是芦苇呢，也比什么都没有强。最好的最理想的当然是荷花。中国旧的诗文中，描写荷花的简直是太多太多了。周敦颐的《爱莲说》读书人不知道的恐怕是绝无仅有的。他那句有名的"香远益清"是脍炙人口的。几乎可以说，中国没有人不爱荷花的。可我们楼前池塘中独独缺少荷花。每次看到或想到，总觉得是一块心病。

　　有人从湖北来，带来了洪湖的几颗莲子，外壳呈黑色，极硬。据说，如果埋在淤泥中，能够千年不烂。因此，我用铁锤在莲子上砸开了一条缝，让莲芽能够破壳而出，不至永远埋在泥中。这都是一些主观的愿望，莲芽能不能够出，都是极大的未知数。反正我总算是尽了人事，把五六颗敲破的莲子投入池塘中，下面就是听天命了。

这样一来，我每天就多了一件工作：到池塘边上去看上几次。心里总是希望，忽然有一天，"小荷才露尖尖角"，有翠绿的莲叶长出水面。可是，事与愿违，投下去的第一年，一直到秋凉落叶，水面上也没有出现什么东西。经过了寂寞的冬天，到了第二年，春水盈塘，绿柳垂丝，一片旖旎的风光。可是，我翘盼的水面上却仍然没有露出什么荷叶。此时我已经完全灰了心，以为那几颗湖北带来的硬壳莲子，由于人力无法解释的原因，大概不会再有长出荷花的希望了。我的目光无法把荷叶从淤泥中吸出。

但是，到了第三年，却忽然出了奇迹。有一天，我忽然发现，在我投莲子的地方长出了几个圆圆的绿叶，虽然颜色极惹人喜爱，但是却细弱单薄，可怜兮兮地平卧在水面上，像水浮莲的叶子一样。而且最初只长出了五六个叶片。我总嫌这有点儿太少，总希望多长出几片来。于是，我盼星星，盼月亮，天天到池塘边上去观望。有校外的农民来捞水草，我总请求他们手下留情，不要碰断叶片。但是经过了漫漫的长夏，凄清的秋天又降临人间，池塘里浮动的仍然只是孤零零的那五六个叶片。对我来说，这又是一个虽微有希望但究竟仍令人灰心的一年。

真正的奇迹出现在第四年上。严冬一过，池塘里又溢满了春水。到了一般荷花长叶的时候，在去年漂浮着五六个叶片的地方，一夜之间，突然长出了一大片绿叶，而且看来荷花在严冬的冰下并没有停止行动，因为在离开原有五六个叶片的那块基地比较远的池塘中心，也长出了叶片。叶片扩张的速度，扩张范围的扩大，都是惊人的快。几天之内，池塘内不小一部分，已经全为绿叶所覆盖。而且原来平卧在水面上的像是水浮莲一样的叶片，不知道是从哪里聚集来了力量，有一些竟然跃出了水面，长成了亭亭的荷叶。原来我心中还迟迟疑疑，怕池中长的是水浮莲，而不是真正的荷花。这样一来，我心中的疑云一扫而光：池塘中生长的真正是洪湖莲花的子孙了。我心中狂喜，这几年总算是没有白等。

天地萌生万物，对包括人在内的动植物等有生命的东西，总是赋予一种极其惊人的求生存的力量和极其惊人的扩展蔓延的力量，这种力量大到无法抗御。只要你肯费力来观摩一下，就必然会承认这一点。现在摆在我面前的就是我楼前池塘里的荷花。自从几个勇敢的叶片跃出水面以后，许多叶片接踵而至。一夜之间，就出来了几十枝，而且迅速地扩散、蔓延。不到十几天的工夫，荷叶已经蔓延得遮蔽了半个池塘。从我撒种的地方出发，向东西南北四面扩展。我无法知道，荷花是怎样在深水中淤泥里走动。反正从露出水面的荷叶来看，每天至少要走半尺的距离，才能形成眼前这个局面。

光长荷叶，当然是不能满足的。荷花接踵而至，而且据了解荷花的行家说，我门前池塘里的荷花，同燕园其他池塘里的，都不一样。其他地方的荷花，颜色浅红；而我这里的荷花，不但红色浓，而且花瓣多，每一朵花能开出 16 个复瓣，看上去当然就与众不同了。这些红艳耀目的荷花，高高地凌驾于莲叶之上，迎风弄姿，似乎在睥睨一切。幼时读旧诗："毕竟西湖六月中，风光不与四时同。接天莲叶无穷碧，映日荷花别样红。"爱其诗句之美，深恨没有能亲自到杭州西湖去欣赏一番。现在我门前池塘中呈现的就是那一派西湖景象。是我把西湖从杭州搬到燕园里来了。岂不大快人意也哉！前几年才搬到朗润园来的周一良先生赐名为"季荷"。我觉得很有趣，又非常感激。难道我这个人将以荷而传吗？

前年和去年，每当夏月塘荷盛开时，我每天至少有几次徘徊在塘边，坐在石头上，静静地吸吮荷花和荷叶的清香。"蝉噪林逾静，鸟鸣山更幽。"我确实觉得四周静得很。我在一片寂静中，默默地坐在那里，水面上看到的是荷花绿肥、红肥。倒影映入水中，风乍起，一片莲瓣堕入水中，它从上面向下落，水中的倒影却是从下边向上落，最后一接触到水面，二者合而为一，像小船似的漂在那里。我曾在某一本诗话上读到两句诗："池花对影落，沙鸟带声飞。"作者深惜第二句对仗不工。这也难怪，像"池花对影落"这样的境界究竟有几个人能参悟透呢？

晚上，我们一家人也常常坐在塘边石头上纳凉。有一夜，天空中的月亮又明又亮，把一片银光洒在荷花上。我忽听扑通一声。是我的小白波斯猫毛毛扑入水中，它大概是认为水中有白玉盘，想扑上去抓住。它一入水，大概就觉得不对头，连忙矫捷地回到岸上，把月亮的倒影打得支离破碎，好久才恢复了原形。

今年夏天，天气异常闷热，而荷花则开得特欢。绿盖擎天，红花映日，把一个不算小的池塘塞得满而又满，几乎连水面都看不到了。一个喜爱荷花的邻居，天天兴致勃勃地数荷花的朵数。今天告诉我，有四五百朵；明天又告诉我，有六七百朵。但是，我虽然知道他为人细致，却不相信他真能数出确实的朵数。在荷叶底下，石头缝里，旮旮旯旯，不知还隐藏着多少花骨朵儿，都是在岸边难以看到的。粗略估计，今年大概开了将近一千朵。真可以算是洋洋大观了。

连日来，天气突然变寒。好像是一下子从夏天转入秋天。池塘里的荷叶虽然仍然是绿油一片，但是看来变成残荷之日也不会太远了。再过一两个月，池水一结冰，连残荷也将消逝得无影无踪。那时荷花大概会在冰下冬眠，做着春天的梦。它们的梦一定能够圆的。"既然冬天到了，春天还会远吗？"

我为我的"季荷"祝福。

1997 年 9 月 16 日中秋节

四

聚散无常　忆往述怀

夜来香开花的时候

夜来香开花的时候，我想到王妈。我不能忘记，在我刚走出童年的几年中，不知道有几个夏夜里，当闷热渐渐透出了凉意，我从飘忽的梦境里转来的时候，往往可以看到窗纸上微微有点儿白；再一沉心，立刻就有嗡嗡的纺车的声音，混着一阵阵的夜来香的幽香，流了进来。倘若走出去看的话，就可以看到，一盏油灯放在夜来香丛的下面，昏黄的灯光照彻了小院，把花的高大支离的影子投在墙上，王妈坐在灯旁纺着麻，她的黑而大的影子也被投在墙上，合了花的影子在晃动着。

她是老了。我不知道她什么时候到我们家里来的。当我从故乡里来到这个大都市的时候，我就看到她已经在我们家里来来往往地做着杂事。那时，已经似乎很老了。对我，从那时到现在，是一个从莫名其妙的朦胧里渐渐走到光明的一段。最初，我看到一切事情都像隔了一层薄纱。虽然到现在这层薄纱也没能撤去，但渐渐地却看到了一点儿光亮，于是有许多事情就不能再使我糊涂。就在这从朦胧到光亮的一段里，我们搬过两次家。第一次搬到一条歪曲铺满了石头的街上。王妈也跟了来。房子有点儿旧，墙上满是雨水的渍痕。只有一个窗子的屋里白天也是暗沉沉的。我童年的大部分的时间就在这黑暗屋里消磨过去。院子里每一块土地都印着我的足迹。现在我还能清晰地记起来屋顶上在秋风里颤抖的小草，墙角檐下挂着的蛛网。但倘若笼统想起来的话，就只剩一团苍黑的印象了。

倘若我的记忆可靠的话，在我们搬到这苍黑的房子里第二年的夏天，小小的院子里就有了夜来香。当时颇有一些在一起玩的小孩，往往在闷热的黄昏时候聚在一块儿，仰卧在席上数着天空里飞来飞去的蝙蝠。但是最引我们注意的却是夜来香的黄花——最初只是一个长长的花苞，我们目不转睛地注视着它。还不开，还不开，蓦地一眨眼，再看时，长长的花苞已经开放成伞似的黄花了。在当时的心里，觉得这样开的花是一个奇迹。这花又毫不吝惜地放着香气。王妈也很高兴。每天她总把所有开过的花都数一遍。当她数着的时候，随时有新的花在一闪一闪地开放着。她眼花缭乱，数也数不清。我们看了她慌张而又用心的神情，不禁哄笑起来。就这样每一个黄昏都在奇迹和幽香里度过去。每一个夜跟着每一个黄昏走了来。在清凉的中夜里，当我从飘忽的梦境里转来的时候，就可以看到王妈的投在墙上的黑而大的影子在合着夜来香的影子晃动了。

就在这样一个环境里，我第一次觉得我的眼前渐渐地亮起来。以前我看王妈只像一个影子。现在我才发现她也同我一样的是一个活动的人。但是我仍然不明了她的身世。在小小的心灵里,我并想不到她这样大的年纪出来佣工有什么苦衷,我只觉得她同我们住在一起,就是我们家里的一个人,她也应该同我们一样快活。童稚的心岂能知道世界上还有不快活的事情吗?

在初秋的暴雨里,我看到她提着篮子出去买菜;在严冬大雪的早晨,我看到她点着灯起来生炉子。冷风把她手吹得红萝卜似的开了裂,露出鲜红的肉来。我永远忘不掉这两只有着鲜红裂口的手!她有自己的感情,自己的脾气,这些都充分表示出一个北方农民的固执与倔强。但我在黄昏的灯下却常听到她不时吐出的叹息了。我从小就是孤独的。在我小小的心里,一向感觉到缺少点儿什么。我虽然从没叹息过,但叹息却堆在我的心里。现在听了她的叹息,我的心仿佛得到被解脱的痛快。我愿意听这样的低咽的叹息从这垂老的人的嘴里流出来。在她,不知因为什么,闲下来的时候,也总爱找着我说话。她告诉我,她的丈夫是她村里唯一的秀才,但没能捞上一个举人就死去了。她自己被家里的妯娌们排挤,不得已才出来佣工。有一个儿子,因为乡里没有饭吃,到关外做买卖去了。留下一个媳妇在这大城里,似乎也不大正经。她又告诉我,她年轻的时候,怎样刚强,怎样有本领,和许多别的美德;但谁又知道,在垂老的暮年又被迫着走出来谋生,只落得几声叹息呢?

以后,这叹息就时时可以听到。她特别注意到我衣服寒暖。在冬天里,她替我暖;在夏夜里,她替我用大芭蕉扇赶蚊子。她仍然照常地提着篮子出去买菜，冬天早晨用开了鲜红裂口的手生炉子。当夜来香开花的时候，又可以看到她郑重其事地数着花朵。但在不寐的中夜里，晚秋的黄昏里，却连续听到她的叹息，这叹息在沉寂里回荡着，更显得凄冷了。她仿佛时常有话要说。被追问的时候，却什么也不说，脸上只浮起一片惨笑。有时候有意与无意之间，又说到她年轻时候的倔强，她的秀才丈夫。往往归结说到她在关外做买卖的儿子。我们都可以看出来，这老人怎样把暮年的希望和幻想放在她儿子身上。我也曾替她写过几封信给她的儿子，但终于也没能得到答复。这老人心里的悲哀恐怕只有她一个人知道了。

不记得是哪一年，在夏天，又是夜来香开花的时候，她儿子来了信。信里说的，却并不像她想的那样满意，只告诉她，他在关外勤苦几年挣的钱都给别人骗走了；他因为生气，现在正病着，结尾说："倘若母亲还要儿子的话，就请汇钱给我回家。"这样一封信给她怎样的影响，我们大概都可以想象得出。连着叹了几口气以后，她并没说什么话，但脸色却更阴沉了。这以后，没有叹气，我们只看到眼泪。

我前面不是说，我渐渐从朦胧里走向光明里去吗？现在我眼前似乎更亮了。我看透了一些事情：我知道在每个人嘴角常挂着的微笑后面有着怎样的冷酷；我看出大部分的人们都给同样黑暗的命运支配着。王妈就在这冷酷和黑暗的命运下呻吟着活下来。我看透了这老人的眼泪里有着无量的凄凉。我也了解了她的寂寞。

在这时候，我们又搬了一次家，只不过从这条铺满了石头的街的中间移到南头。王妈仍然跟了来。房子比以前好一点儿，再看不到四壁的雨痕和蜘蛛。每座屋子也都有了两个以上的窗子，而且窗子上还有玻璃。尤其使我满意的是西屋前面两棵高过房檐的海棠。时候大概是春天，因为才搬进来的时候，树上还开满着一团团的花。就在这一年的夏天，大概因为院子大了一点儿吧，满院里，除了一个大水缸养着子午莲和几十棵凤仙花和其他杂花以外，便只看到一丛丛的夜来香。我现在已经不是孩子，有许多地方要摆出安详的样子来，但在夏天的黄昏时候，却仍然做着孩子时候做的事情。我坐在院子里数着天上飞来飞去的蝙蝠。看着夜色慢慢织入夜来香丛里，一片朦胧的薄暗。一眨眼，眼前已经是一片黄黄的伞似的花了。跟着又有幽香流过来。夜里同蚊子打过了仗，好容易睡过去。各样的梦做过了以后，从飘忽的梦境里转来的时候，往往可以看到窗上有点儿白，听到嗡嗡的纺车的声音。走出去，就可以看到王妈的黑大的投在墙上的影子在合着夜来香的影子晃动了。

王妈更老了。但我仍然只看到她的眼泪。在她高兴的时候，她又谈到她的秀才丈夫，她的不大正经的儿媳妇，和她病倒在关外的儿子。她仍然提着篮子出去买菜，冬天老早起来生炉子，从她走路的样子上看来，她真有点儿老了，虽然她自己在别人说她老的时候还在竭力否认着。她有颗简单纯朴的心。因了年纪更大的关系，这颗心似乎就更纯朴简单。往往因为少得了一点儿所应得的东西，我们就可以看到她的干瘪了的嘴并拢在一起，腮鼓着。似乎要有什么话从里面流了出来。然而在这样的情形下往往是没有什么流出的。倘若有人意外地给了她点儿什么，我们也可以意外地看到这老人从心里流出来的快意的笑了。她不会做荒唐的梦，极小的得失可以支配她的感情。她有一颗简单的心。

日子一天一天地过去，这寂寞的老人就在这寂寞里活下去。上天给了她一个爽直的性情，使她不会向别人买好，不会在应当转圈的时候转圈。因为这，在许多极琐碎的事情上，她给了别人一点儿小小的不痛快，她自己却得到一个更大的不痛快。这时候，我们就见她在把干瘪了的嘴并拢以后，又在暗暗地流着眼泪了。我们都知道，这眼泪并不像以前想到她儿子时的那眼泪那样有意义。这样的眼泪流多了，顶多不过表示她在应当流的泪以外，还有多余的泪，给自己一点儿轻松。泪流过了不久，就可以看到她高兴地在屋里来来往往地做着杂事了。她有一颗同孩子一样的简单的心。

在没搬家过来以前，我已经到一个在城外的四面满是湖田和荷池的学校里去读书，就住在那里。只在星期日回家一次。在学校里死沉沉的空气里住过六天以后，到家里觉得仿佛到了另一个世界。进门先看到王妈的欢乐的微笑。等到踏着暮色走回去的时候，心里竟觉得意外的轻松。这样的情形似乎也延长不算很短的一个期间。虽然我自己的心情随时都有着变化，生活却显得惊人的单调。回看花开花落，听老先生沙着声念古文，拼命地在饭堂里抢馒头，感情冲动的时候，也热烈地同别人打架，时间也就慢慢地过去。

又忘记了是多少时候以后，是星期日，当时我从学校里走回家去的时候，我看到一个黄瘦、个儿很高的中年男子在替我们搬移着桌子之类的东西。旁人告诉我，这就是王妈的儿子。几个月以前她把储蓄了几年的钱都汇给他，现在他居然从关外回到家来了。但带回来的除了一床破棉被以外，就剩了一个有着几乎各类的一个他那样用自己的力量来换面包的中年人所能有的病的身子，和一双连霹雳都听不到的耳朵。但终于是个活人，是她的儿子，而且又终于回到家里来了。

王妈高兴。在垂暮的老年，自己的独子，从迢迢的塞外回到她跟前来，这样奇迹似的遭遇怎能不使她高兴呢？说到儿子的身体和病，她也会叹几口气，但儿子终于是儿子，这叹息掩不过她的高兴的，不久，她那不大正经的媳妇也不知从哪里名正言顺地找了来，于是一个小家庭就组成了。儿子显然不能再干什么重劳力的活儿了，但是想吃饭除了劳力之外又似乎没有第二条路可走。在我第二个星期回到家里来的时候，就看到她那说话也需要打手势的儿子在咳嗽着一出一进地挑着满桶的水卖钱了。

这以后，对王妈，对我们家里的人，有一个惊人的大转变。从她那里，我们再听不到叹息，看不到眼泪，看到的只有微笑。有时儿子买了一个甜瓜或柿子，甚至几个小小的梨，拿来送给母亲吃。儿子笑，不说话；母亲也笑，更不说话。我们都可以看出来这笑怎样润湿了这老人的心。每逢过节，或特别日子的时候，儿子把母亲接回家去。当吃完儿子特别预备的东西走回来的时候，这老人脸上闪着红光。提着篮子买菜也更带劲，冬天早晨也更起得早。生命对她似乎是一杯香醪。她高兴地活下去，没有了寂寞，也没有了凄凉，即便再说到她丈夫的时候，也只有含着笑骂一声："早死的死鬼！"接着就兴高采烈地夸起自己年轻时的美德来了。我们都很高兴。我们眼看着这老人用手捉住自己的希望和幻想。辛勤了几十年，现在这希望才在她心里开成了花。

日子又平静地过下去。微笑似乎没离开过她。这老人正做着一个天真的梦。就这样差不多过了一年的时间。中间我还在家里住了一个暑假，每天黄昏时候，躺在院子里的竹床上，数着天上的蝙蝠。夜来香每天照例一闪便开了。我们欣赏着花的香，王妈更起劲地像煞有介事似的数着每天开过的花。但在暑假过了以后，当我再每星期日从学校里走回家来的时候，我看到空气似乎有点儿不同。从王妈那里我又常听到叹息了。她又找着我说话，她告诉我，儿子常生病，又聋。虽然每天拼命挑水，在有点儿近于接受别人恩惠的情形下接了别人的钱，却连肚皮也填不饱。这使他只有更拼命；然而结果，在已经有了的病以外，又添了其他可能的新病。儿媳妇也学上了许多新的譬如喝酒抽烟之类的毛病。她丈夫自然不能满足她，凭了自己的机警，公然在她丈夫面前同别人调情，而且又进一步姘居起来了。这老人早起晚睡侍候别人颜色挣来的钱，以前是被严谨地锁在一个箱子里的，现在也慢慢地流出来，换成面包，填充她儿子的肚皮了。她为儿子的病焦灼，又生媳妇的气，却没办法。这有一颗简单的心的老人只好叹息了。

儿子病的次数加多起来，而且也厉害起来。在很短的期间，这叹息就又转成眼泪了。以前是因为有幻想和希望而不能捉到才流泪；现在眼看着幻想和希望要在自己手里破碎，这泪当然更沉痛了。我虽然不常在家里，但常听人们说到，每次她从儿子那里回来的时候，总带回来惊人多的叹息和眼泪。问起来，她就说到儿子怎样病，几天不能挑水，柴米没有，媳妇也不知道跑到什么地方去了。于是在静寂的中夜里，就又常听到她低咽的暗泣。她现在再也没有心绪谈到她的秀才丈夫，夸耀自己年轻时的美德，处处都表示出衰老的样子。流泪成了日常的工作，泪也终于流不完。并没延长了多久，她有了病，眼也给一层白膜障上了。她说，她不想死。真的，随处都表示出，她并不想死。她请医生，供神水，喝符，用大葱叶包起七个活着的蜘蛛生生吞下去，以及一切的偏方正方。为了自己的身子，她几乎忘掉了一切。大约有几个月以后吧，身子好了，却只剩下了一只眼。

她更显得衰老了。腰佝偻着，剩下的一只眼似乎也没有什么大用。走路的时候，只是用手摸索着走上去。每次我看她拿重一点儿的东西而曲着背用力的时候，看到她从儿子那里回来含着泪慢慢地踱进自己的幽暗的小屋里去的时候，我真想哭。虽然失掉一只眼睛，但并没有失掉了固有的性情，她仍然倔强，仍然不会买好，不会在应当转圈的时候转圈；也就仍然常常碰到点儿小不痛快，流两次无所谓的眼泪。她同以前一样，有着一颗简单又纯朴的心。

四年前，为了一个近于荒诞的理想，我从故乡来到这辽远的故都。我看到的自然是另一个新的世界，但这世界却不能吸引着我，我时常想到王妈，想到她数夜来香的神情，想到她红萝卜似的开了鲜红裂口的手。第一年寒假回家的时候，迎着我的是她的欢迎的微笑。只有我了解她这笑是怎样勉强做出来的。前年的冬天，我又回家去。照例一阵微微的晕眩以后，我发现家里少了一个人，以前笑着欢迎我的王妈到哪里去了呢？问起来，才知道这老人已经回老家去了。在短短的半年里，她又遭遇到许多不如意的事情。因为看到放在儿子身上的希望和幻想渐渐渺茫起来，又因为自己委实有点儿老了，于是就用勉强存起来的一点儿钱在老家托人买了一口棺材。这老人已经看透了自己一生决定了不过是这么回事。趁着没死的时候，预备点儿东西，过一个痛快的死后的生活吧。但这口棺材却毫无理由地被她一个先死去的亲戚占去了。从年轻时候守节受苦，到垂老的暮年出来佣工，辛苦了一生，老把自己的希望和幻想拴在儿子身上，结果是幻灭；好容易自己又制造了一个死后的美丽的梦，现在又给打碎了。她不懂怎样去诉苦，也没人可诉。这颗经了七十年痛创的简单又纯朴的心能容得下这些破损吗？她终于病倒了。

正要带着儿子和媳妇回老家去养病的时候，儿子竟然经不起病的摧折死去了。我不忍去想象，悲哀怎样啮着这老人的心。她终于回了家。我们家里派了一个人去送她。临走的时候，她还带着恳乞的神气说："只要病好了，我还回来。"生命的火还在她心里燃烧着，她不想死的。在严冬的大风雪里，在灰暗的长天下，坐在一辆独轮小车上，一个垂老的人，带了自己独子的棺材，带了一个艰苦地追求了一辈子而终于得到的大空虚，带了一颗碎了的心，回到自己的故乡里去，把一切希望和幻想都抛到后面，人们大概总能想象到这老人的心情吧！我知道会有种种的幻影在她眼前浮掠，她会想到过去自己离开家时的情景，然而现在眼前明显摆着的却是一个不可避免的黑洞，一切就都归到这洞里去。车走上一个小木桥的时候，忽然翻下河去，这老人也被倾到水里。被人捞上来的时候，浑身都结了冰。她自己哭了，别人也都哭起来。人生到这样一个地步，还有什么话可以说呢？这纯朴的老人也不能不咒骂自己的命运了。

我不忍去想象，她怎样在那穷僻的小村里活着的情形。听人说，剩下的一只眼睛也哭得失了明。自己的房子已经卖给别人，只好借住在亲戚家里。一闭眼，我就仿佛能看到她怎样躺到床上呻吟，但没有人去理会她；她怎样起来沿着墙摸索着走，她怎样呼喊着老天。她的红萝卜似的开了裂口流着红血的手在我眼前颤动……以前存的钱一个也没能剩下，她一定会回忆到自己困顿的一生，受尽人们的唾弃，老年也还免不了早起晚睡侍候别人的颜色；到死却连自己一点儿无论怎样不能成为希望和幻想的希望和幻想都一个不剩地破碎了去。过去的黑影沉重地压在她心头。人到欲哭无泪的地步，还有什么话可说呢？我听不到她的消息，我只有单纯地有点儿近于痴妄地希望着，她能好起来，再回到我们家里去。

但这岂是可能的呢？第二年暑假我回家的时候，就听人说，王妈死了。我哭都没哭，我的眼泪都堆在心里，永远地。现在我的眼前更亮，我认识了怎样叫人生，怎样叫命运。——小小的院子里仍然挤满了夜来香。黄昏里我仍然坐在院子里的竹床上，悲哀沉重地压住了我的心。我没有心绪再数蝙蝠了。在沉寂里，夜来香自己一闪一闪地开放着，却没有人再去数它们。半夜里，当我再从飘忽的梦境里转来的时候，看不到窗上的微微的白光，也再听不到嗡嗡的纺车的声音，自然更看不到照在四面墙上的黑而大的影子在合着历乱的枝影晃动。一切都死样的沉寂。我的心寂寞得像古潭。第二天早晨起来的时候，整夜散放着幽香的夜来香的伞似的黄花枝枝都枯萎了。没了王妈，夜来香哪能不感到寂寞呢？

1935 年

留在德国的中国人

战争结束了，"座上客"当上了，苦难到头了，回国有望了，好像阴暗的天空里突然露出来了几缕阳光。

我们在哥廷根的中国留学生，商议了一下，决定到瑞士去，然后从那里回国。当时这是唯一的一条通向祖国的道路。

哥廷根是一座小城，中国留学生人数从来没有多过。有一段时间，好像只有我一个人，置身日耳曼人中间，连自己的黄皮肤都忘记了。战争爆发以后，那些大城被轰炸得很厉害，陆续有几个中国学生来到这里，实际上是来避难的。各人学的科目不同，兴趣爱好不同，合得来的就来往，不然就各扫门前雪，间或一聚而已。在这些人中，我同张维、陆士嘉夫妇，以及刘先志、滕菀君夫妇，最合得来，来往最多。商议一同到瑞士去的也就是我们几个人。

留下的几位中国学生，我同他们都不是很熟。有姓黄的学物理的两兄弟，是江西老表。还有姓程的也是学自然科学的两兄弟，好像是四川人。此外还有一个我在上面提到过的那个姓张的神秘人物。此人从来也不是什么念书的人，我们都没有到他家里去过，不知道每天他的日子是怎样打发的。这几个人为什么还留下不走，我们从来也没有打听过。反正各有各的主意，各有各的想法，局外人是无须过问的。我们总之是要走了。我把我汉文讲师的位置让给了姓黄的哥哥。从此以后，同留在哥廷根的中国人再没有任何联系，"明日隔山岳，世事两茫茫"了。

我在这里又想到了哥廷根城以外的那些中国人，不是留学生，而是一些小商贩，统称之为"青田商人"。顾名思义，就可以知道，他们是浙江青田人。浙江青田人怎样来到德国、来到欧洲的呢？我没有研究过他们的历史，只听说他们背后有一段苦难的历程。他们是刘伯温的老乡，可惜这位上知天文下知地理神机妙算的半仙之人，没有想到青田这地方的风水竟是如此不佳。在旧社会的水深火热中土地所出养不活这里的人，人们被迫外出逃荒，背上一袋青田石雕刻的什么东西，沿途叫卖，有的竟横穿中国大地，经过中亚，走到西亚，然后转入欧洲。行程数万里，历经无数国家。当年这样来的华人，是要靠"重译"的。我们的青田老乡走这一条路，不知要吃多少苦头，经多少磨难。我实在说不出，甚至也想象不出。有的走海路，为了节省船费，让商人把自己锁在货箱里，再买通点关节，在大海中航行时，夜里偷偷打开，送点水和干粮，解解大小便，然后再锁起来。到了欧洲的马赛或什么地方登岸时，打开箱子，有的已经变成一具尸体。这是多么可怕可悲的情景！这些幸存者到了目的地，就沿街叫卖，卖一些小东西，如领带之类，诡称是中国丝绸制成的。他们靠我们祖先能织绸的威名，糊口度日，虽然领带上明明写着欧洲厂家的名字。他们一无护照，二无人保护，转徙欧洲各国，弄到什么护照，就叫护照上写的名字。所以他们往往是今天姓张，明天姓王，居无定处，行无定名。这护照是世袭的，一个人走了或者死了，另一个人就继承。在欧洲穿越国境时，也不走海关，随便找一条小路穿过，据说也有被边防兵开枪打死的。这样辛辛苦苦，积攒下一点钱，想方设法，带回青田老家。这些人誓死不忘故国，在欧洲同吉卜赛人并驾齐驱。

我原来并不认识青田商人，只是常常听人谈到而已。可是有一天，我忽然接到附近一座较大的城市卡塞尔地方法院的一个通知，命令我于某月某日某时，到法院里出庭当翻译。不去，则课以罚款一百马克；去，则奖以翻译费五十马克。我啼笑皆非。然而我知道，德国人是很认真守法的，只好遵命前往。到了才知道，被告就是青田商人。在法庭上，也须"重译"才行。被告不但不会说德国话，连中国普通话也不会说。于是又从他们中选出了一位能说普通话的，形成了一个翻译班子。审问才得以顺利进行。其实也没有什么了不起的事。这位被告沿街叫卖，违反了德国规定。在货色和价钱方面又做了些手脚，一些德国爱管闲事的太太向法院告了状。有几个原告出了庭，指明了时间和地点，并且一致认为是那个人干的。那个人矢口否认，振振有词，说在德国人眼里，中国人长得都一样，有什么证据说一定是他呢？几个法官大眼瞪小眼，无词以对，扯了几句淡，就宣布退庭。一位警察告诉我说："你们这些老乡真让我们伤脑筋，我们真拿他们没有办法。我们是睁一只眼闭一只眼，没有人来告，我们就听之任之了，反正没有什么了不起的事。"我同他开玩笑，劝他两只眼都闭上。他听了大笑，同我握手而别。

我口袋里揣上了五十马克，被一群青田商人簇拥着到了他们的住处。这是一间大房子，七八个人住在里面，基本都是地铺，谈不到什么设备，卫生条件更说不上，生活是非常简陋的。中国留学生一般都瞧不起他们，大使馆他们更视为一个衙门，除非万不得已，决不沾边。今天竟然有我这样一个留学生，而且还是大学里的讲师，忽然光临。他们简直像捧到一个金凤凰，热情招待我吃饭，我推辞了几次，想走，但是为他们的热情感动，只好留下。他们拿出了面包和酒，还有不知从哪里弄来的猪蹄子，用中国办法煨得稀烂，香气四溢。我已经几个月不知肉味了，开怀饱餐了一顿。他们绝口不谈法庭上的事。我偶一问到，他们说，这都是家常便饭，小事一端。同他们德国人还能说实话吗？我听了，心里不知是什么滋味。这批青田商人背乡离井，在异域奔波，不知道有多少危险，有多少困难，辛辛苦苦弄点钱寄回家去。不少人客死异乡，即使幸存下来，也是十年八年甚至几十年回不了家。他们基本上都不识字，我没有办法同他们交流感情。看了他们木然又欣然的情景，我直想流泪。

这样见过一次面，真如萍水相逢，他们却把我当成了朋友。

我回到哥廷根以后，常常接到他们寄来的东西。有一年，大概是在圣诞节前，他们从汉堡给我寄来了五十条高级领带。这玩意儿容易处理：分送师友。又有一年，仍然是在圣诞节前，他们给我寄来了一大桶豆腐。在德国，只有汉堡有华人做豆腐。对欧洲人来说，豆腐是极为新奇的东西，嗜之者以为天下之绝，陌生者以为稀奇古怪。这一大桶豆腐落在我手里，真让我犯了难。一个人吃不了，而且我基本上不会烹调；送给别人，还需先做长篇大论的宣传鼓动工作，否则他们硬是不敢吃。处理的细节，我现在已经忘记了。总之，我对我这些淳朴温良又有点天真幼稚的青田朋友是非常感激的。

我上面已经说过，这些人的姓名是糊里糊涂的。我认识的几个人，我都不知道他们的真实姓名。姓名的更改完全以手中的那份颇有问题的护照为转移。如今我要离开德国了，要离开他们了，不知道有多少老师好友需要我去回忆，我的记忆里塞得满满的，简直无法再容下什么人。然而我偏偏要想到这些流落异域受苦受难的炎黄子孙，我的一群不知姓名的朋友。第二次世界大战我不知道他们是怎样度过的。他们现在还到处飘泊吗？今生今世，我恐怕再也无法听到他们的消息了。我遥望西天，内心在剧烈地颤抖。

女房东

我的女房东欧朴尔太太，我不能不谈她。

我们共同生活了整整十年，共过安乐，也共过患难。在这漫长的时间内，她为我操了不知多少心；她确实像我自己的母亲一样。回忆起她来，就像回忆一个甜美的梦。

她是一个平平常常的德国妇女。我初到的时候，她大概已有五十岁了，比我大二十五六岁。她没有多少惹人注意的特点，相貌平平常常，衣着平平常常，谈吐平平常常，爱好平平常常，总之是一个非常平常的人。

然而，同她相处的时间越久，便越觉得她在平常中有不平常的地方：她老实，她诚恳，她善良，她和蔼，她不会吹嘘，她不会撒谎。她也有一些小小的偏见与固执，但这些也都是平平常常的，没有什么越轨的地方；这只能增加她的人情味，而绝不能相反。同她相处，不必费心机，设提防，一切都自自然然，使人如处和暖的春风中。

她的生活是十分单调的，平凡的。她的天地实际上就只有她的家庭。中国有一句话说：妇女围着锅台转。德国没有什么锅台，只有煤气灶或电气灶。我的女房东也就是围着这样的灶转。每天一起床，先做早点，给她丈夫一份，给我一份。然后就是无尽无休地擦地板，擦楼道，擦大门外面马路旁边的人行道。地板和楼道天天打蜡，打磨得油光锃亮。楼门外的人行道，不光是扫，而且是用肥皂水洗。德国人爱清洁，闻名全球。德文里面有一个词儿 Putzteufel，指打扫房间的洁癖，或有这种洁癖的女人。Teufel 的意思是"魔鬼"，Putz 的意思是"打扫"。别的语言中好像没有完全相当的字。我看，我的女房东，同许多德国妇女一样，就是一个不折不扣的"清扫魔鬼"。

我在生活方面所有的需要，她一手包下来了。德国人的生活习惯同中国人不同。早晨起床后，吃早点，然后去上班；十一点左右，吃自己带去的一片黄油夹香肠或奶酪的面包；下午一点左右吃午饭。这是一天的主餐，吃的都是热汤热菜，主食是土豆。下午四点左右，喝一次茶，吃点饼干之类的东西。晚上七时左右吃晚饭，泡一壶茶或者咖啡，吃凉面包、香肠、火腿、干奶酪等。我是一个年轻的穷学生，一无时间，二无钱来摆这个谱。我还是中国的老习惯，一日三餐。早点在家里吃，一壶茶，两片面包。午饭在外面馆子里或学生食堂里吃，都是热东西。晚上回家，女房东把她们中午吃的热餐给我留下一份。因此，我的晚餐也都是热汤热菜，同德国人不一样。这基本上是中国的办法。这都是女房东在了解了中国人的吃饭习惯之后精心安排的。我每天在研究所里工作了一整天之后，回到家来，能够吃上一顿热乎乎的晚饭，心里当然是美滋滋的。对女房东这番情意，我是由衷感激的。

晚饭以后，我就在家里工作。到了晚上十点左右，女房东进屋来，把我的被子铺好，把被罩拿下来，放到沙发上。这工作其实是非常简单的，我自己尽可以做，但是，女房东却非做不可，当年她儿子住这间屋子时，她就是天天这样做的。铺好床以后，她就站在那里，同我闲聊。她把一天的经历，原原本本，详详细细，都向我"汇报"。她见了什么人，买了什么东西，碰到了什么事情，到过什么地方，一一细说，有时还绘声绘形，说得眉飞色舞。我无话可答，只能洗耳恭听。她的一些婆婆妈妈的事情，我并不感兴趣。但是，我初到德国时，听说德语的能力都不强。每天晚上上半小时的"听力课"，对我大有帮助。我的女房东实际上成了我的不收费的义务教员。这一点我从来没有对她说，她也永远不会懂的。"汇报"完了以后，照例说一句："夜安！祝你愉快地安眠！"我也说同样的话，然后她退出，回到自己的房间里。我把皮鞋放在门外，明天早晨，她把鞋擦亮。我这一天的活动就算结束了，上床睡觉。

其余许多杂活，比如说洗衣服，洗床单，准备洗澡水等，无不由女房东去干。德国被子是鸭绒的，鸭绒没有被固定起来，在被套里面享有绝对的自由活动的权利。我初到德国时，很不习惯，睡下以后，在梦中翻两次身，鸭绒就都活动到被套的一边去，这里绒毛堆积如山，而另一边则只剩下两层薄布，当然就不能御寒，我往往被冻醒。我向女房东一讲，她笑得眼睛里直流泪。她于是细心教我使用鸭绒被的方法。我就像一个小孩子一样，在她的照顾下愉快地生活。

她的家庭看来是非常和睦的，丈夫忠厚老实，一个独生子不在家，老夫妇俩对儿子爱如掌上明珠。我记得，有一段时间，老头月月购买哥廷根的面包和香肠，打起包裹，送到邮局，寄给在达姆施塔特（Darmstadt）高工念书的儿子。老头腿有点儿毛病，走路一瘸一拐，很不灵便；虽然拿着手杖，仍然非常吃力。可他不辞辛苦，月月如此。后来老夫妇俩出去度假，顺便去看儿子。到儿子的住处大学生宿舍里去，一瞥间，他们看到老头千辛万苦寄来的面包和香肠，却发了霉，干瘪瘪地躺在桌子下面。老头怎样想，不得而知。老太太回家后，在晚上向我"汇报"时，絮絮叨叨地讲到这件事，说她大为吃惊。但是，奇怪的是，老头还是照样拖着两条沉重的腿，把面包和香肠寄走。我不禁想到，"可怜天下父母心"，古今中外之所同。然而儿女对待父母的态度，东西方却不大相同了。章太太的男房东可以为证。我并不提倡愚忠愚孝，但是，即使把父母与子女之间的关系化为一般人与人之间的关系，像房东儿子的做法不也是有点儿过分了吗？

女房东心里也是有不平的。

儿子结了婚，住在外城，生了一个小孙女。有一次，全家回家来探望父母，儿媳长得非常漂亮，衣着也十分摩登。但是，女房东对她好像并不热情，对小孙女也并不宠爱。儿媳是年轻人，对好多事情有点儿马大哈，从中也可以看出德国两代人之间的"代沟"。有一天，儿媳使用手纸过多，把马桶给堵塞了。老太太非常不满意，拉着我到卫生间指给我看，脸上露出了许多怪物相，有愤怒，有轻蔑，有不满，有憎怨。此事她当然不能对儿子讲，连丈夫大概也没有敢讲，茫茫宇宙间她只有对我一个人诉说不平了。

女房东也是有偏见的。

关于戴帽子的偏见，我在上面已经谈过了，这里不再重复。她的偏见不只限于这一点，而且最突出的也不是这一件事。最突出的是宗教偏见。她自己信奉的是耶稣教，对天主教怀有莫名其妙的刻骨的仇恨。世界各地区各民族都毫无例外地有宗教偏见。这种偏见比任何其他偏见都更偏见。欧洲耶稣基督教新旧两派之间的偏见，也是异常突出的。我的女房东没有很高的文化，她的偏见也因而更固执。但她偏偏碰到一个天主教的好人。女房东每个月要雇人洗一次衣服、床单等，承担这项工作的是一个天主教的老处女，年纪比女房东还要大，总有六十多岁了。她没有财产，没有职业，就靠帮人洗衣服为生，人非常老实，一天说不了几句话。她是一个十分虔诚的信徒，每月的收入，除了维持极其简朴的生活以外，全都交给教堂。她大概希望百年之后能够在虚无缥缈的天堂里占一个角落吧。女房东经常对我说："特雷莎（Therese）忠诚得像黄金一样。"特雷莎是她的名字。但是，忠诚归忠诚，一提到宗教，女房东就愤愤不平，晚上向我"汇报"时，对她也时有微词，具体的例子却从来没有听说过。

我的女房东就是这样一个有不平，有偏见，有自己的与宇宙大局世界大局和国家大局无关的小忧愁小烦恼，有这样那样特点的平平常常的人，但也是一个心地善良、厚道，不会玩弄任何花招的平常人。

她的一生也是颇为坎坷的，走的并非都是阳关大道。据她自己说，第一次世界大战前，德国人家里普遍都有金子，她家里也一样。大战一结束，德国发了疯似的通货膨胀，把她那一点点黄金都膨胀光了，成了"无金阶级"。到了第二次世界大战，她只是靠工资过日子。她对政治不感兴趣。她从来不赞扬希特勒，当然更不懂去反对他。由于种族偏见，犹太人她是反对的，但也说不上是"积极分子"，只是随大溜儿而已。她在乡下没有关系户，食品同我一样短缺。在大战中间，她丈夫饿得从一个大胖子变成了一个瘦子，终于离开了人世。老两口儿一生和睦相处。我从来没有听到他们俩拌过嘴，吵过架。老头一死，只剩下她孤零零一人。儿子极少回来，屋子里空荡荡的。她心里是什么滋味，我不知道。从表面上来看，她只能同我这个异邦的青年相依为命了。

战争到了接近尾声的时候，日子越来越难过。不但食品短缺，连燃料也无法弄到。哥廷根市政府俯顺民情，决定让居民到山上去砍伐树木。在这里也可以看到德国人办事之细致、之有条不紊、之遵守法纪。政府工作人员在茫茫的林海中划出了一个可以砍伐的地区，把区内的树逐一检查，可以砍伐者画上红圈。砍伐没有红圈的树，要受到处罚。女房东家里没有劳动力，我自然当仁不让，陪她上山，砍了一天树，运下山来，运到一个木匠家里，用机器截成短段，然后运回家来，贮存在地下室里，供取暖之用。由于那个木匠态度非常坏，我看不下去，同他吵了一架。他过后到我家来，表示歉意。我觉得，这不过是小事一端，一笑置之而已。

我的女房东是一个平常人，当然不能免俗。当年德国社会中非常重视学衔，说话必须称呼对方的头衔。对方是教授，必须呼之为"教授先生"；对方是博士，必须呼之为"博士先生"。不这样，就显得有点儿不礼貌。女房东当然不会例外。我通过了博士口试以后，当天晚上"汇报"时，她突然笑着问我："我从今以后是不是要叫你'博士先生'？"我真是大吃一惊。这是我万万没有想到的。我连忙说："完全没有必要！"她也不再坚持，仍然照旧叫我"季先生"！我称她为"欧朴尔太太"！相安无事。

一想到我的母亲般的女房东，我就回忆联翩。在漫长的十年中，我们晨夕相处，从来没有任何矛盾。值得回忆的事情实在太多太多了；即使回忆困难时期的情景，这回忆也仍然是甜蜜的。这些回忆是写不完的。因此我也就不再写下去了。

离开德国以后，在瑞士停留期间，我曾给女房东写过几次信。回国以后，在北平，我费了千辛万苦，弄到了一罐美国咖啡，大喜若狂。我知道，她同许多德国人一样，嗜咖啡若命。我连忙跑到邮局，把邮包寄走，期望它能越过千山万水，送到老太太手中，让她在孤苦伶仃的生活中获得一点儿喜悦。我不记得收到了她的回信。到了 20 世纪 50 年代，"海外关系"成了十分危险的东西。

我再也不敢写信给她，从此便云天渺茫，互不相闻，正如杜甫所说的"明日隔山岳，世事两茫茫"了。

1983年，在离开哥廷根将近四十年之后，我又回到了我的第二故乡。我特意挤出时间，到我的故居去看了看。房子整洁如故，四十年漫长岁月的痕迹一点儿也看不出来。我走上三楼，我的住房门外的铜牌上已经换了名字。我也无从打听女房东的下落，她恐怕早已离开了人世，同她丈夫一起，静卧在公墓的一个角落里。我回首前尘，百感交集。人生本来就是这样，我有什么办法呢？我只有虔心祷祝她那在天之灵——如果有的话——永远安息。

章用一家

我上面屡次提到章用，对他的家世也做了一点简要的介绍，现在集中谈他的一家。

章士钊下台以后，夫妇俩带着三个儿子，到欧洲来留学，就定居在哥廷根。后来章士钊先回国，大儿子章可转赴意大利去就学，三儿子章因到英国去念书，只有二儿子章用留在哥廷根，陪伴母亲。我到哥廷根的时候，情况就是这样，母子在这里已经住了几年了。

他们租了一层楼，是在一座小洋楼的顶层，下面两层德国房东自己住。男房东一脸横肉，从来不见笑容，是一个令人见而生厌的人。他有一个退休的老母亲，看样子有七八十岁了，老态龙钟，路都走不全，孤身一人，住在二楼的一间小房子里。母子不在一起吃饭。我拜访章用时，有时候看到她的卧室门外地上摆着一份极其粗粝的饭菜，一点儿热气都没有。用中国话说就是"连狗都不吃的"。男房东确实养着一条大狼狗。他这条狗不但不吃这样的饭，据说非吃牛肉不行。牛肉吃多了，患了胃病，还要请狗大夫会诊。有一次，老太太病了，我到章家去，一连几天，看到同一份饭摆在房门口，清冷，寂寞，在等候着老太太享用。可惜这时候她大概连床都起不来了。

这是顺便提到的闲话，还是谈主题吧。

章老太太（我同龙丕炎管她叫"章伯母"）是英国留学生，英文蛮好的。她当孙中山的秘书，据说就是管英文的。她崇拜英国，到了五体投地的程度。英国人的傲慢与偏见，她样样俱全。对英文的崇拜，也绝不下于英国人。英国人常以英文自傲。他们认为，口叼雪茄烟而能运用自如的语言，大千世界中只有英文。因此，在西方国家中，最不肯学外国语言的人，就是英国人。而其他国家的人则必须以学习英文为神圣职责。在这方面，章伯母是一个地地道道的英国人。她来德国几年，连一句德语"早安""晚安"都不会说。她每天必须出去买东西。无论有多大本领，多少偏见，她反正无法让德国店员都履行自己的神圣职责。她就手持一本英德文小字典，想买什么东西，先找出英文，下面跟着就是德文，只需用手指头一指，店员就明白了。要买三个或者三斤，再伸出三个手指头。于是这个买卖活动立即完成，不费吹灰之力，皆大欢喜。

她不肯说德国话，当然更不肯认德国字，德国的花体字母更成了她的眼中钉。这种字母与英法德等国通用的拉丁字母不同，认起来比较麻烦。法西斯锐意提倡花体字，以表示自己德意志超于一切的爱国主义。街名牌子多半改用了这种字母。因此，章伯母就遇到了更大的麻烦。再加上，她辨别方向、记忆街名的能力低到惊人的水平，在哥廷根住了几年，依然不辨东西南北。有几次出门，走路比较远了一点，结果是找不回家来。

章伯母就是这样一个人。她虽然已年逾花甲，但是却幼稚而单纯，似乎有点儿不失其赤子之心。在别的方面也有同样的表现，她出身名门大族，自己是留英学生，做过孙中山的秘书，嫁的丈夫又是北洋政府的总长，很自然地养成一种恶性发展的门第优越感。别人也许有这种优越感，但总是想方设法掩蔽起来，也许还做出一点谦恭下士的伪装。章伯母不懂这一套，她认为自己是"官家"，我们都是"民家"，官民悬隔，有如天壤，泾渭分明，不容混淆，她一开口就是："我们官家如何如何，你们民家又如何如何。"态度坦率泰然，毫不忸怩。我们听了，最初是吃一大惊，继之是觉得可笑。有时候也来点恶作剧，故意提高了声音说："你们官家也是用筷子吃饭，用茶杯喝茶吗?"她丝毫也觉察不出我们的用心，继续"官家""民家"嚷嚷不休。在这方面，她已修炼得超凡入圣，我辈凡人实在是束手无策。

她儿子章用是很聪明的人，对自己母亲这种举动当然是看不惯的。他是一个沉默寡言的人，又是一个很孝顺的人。他从不打断母亲的话。但是从他那紧蹙的眉头来看，他是很不愉快的。他经常好像是在考虑什么问题，也许是数学问题，也许是什么别的东西。平日家居，大概不大同母亲闲聊。老太太独处危楼，举目无亲，没有任何德国朋友，没有人可以说话，一定是寂寞得难以忍耐。所以一见我们这些"民家"，便喜笑颜开，嘴里连连说着："我告诉你一件大事！"连气都喘不上来。她所说的"大事"，都是屁大的小事。她喋喋不休，话总说不完。但是她一不读书，二不看报，可谈的话题实在有限。往往是三句话过后，就谈章士钊，谈章士钊同她结婚时的情景。章士钊当了大官，但是对待妻子，总以西方礼节为准。上汽车给她开车门，走路挽着她的胳臂，而且满嘴喊 Darling（亲爱的）不止。她自己如坐云端，认为自己是普天之下最幸福的妇女。但是，天有不测风云，有一天，她忽然发现真实情况完全不是这个样子。于是立刻从九天之上的云端坠了下来。适逢章士钊也下了台，于是夫妇同儿子们来到了哥廷根。

她谈的有关章士钊的情况，远远不止这一点。为了为贤者讳，我在这里就讲这一些。在将近两年的时间内，她讲丈夫的故事，不知讲了多少遍，有时候绘形绘声，讲得琐细生动之至。这对章用当然更是刺激。他虽然照常是沉默不语，然而眉头却蹙得更加厉害了。

就这样，章伯母欢迎我们到她家去，我自己也愿意去看一看这位简单天真的老人。我的目的主要是去找章用，听他谈一些问题。他母亲说，我一去，章用就好像变了一个人，脸上有了笑容，话也多了起来。这时，老太太显然也高兴了起来，立刻拿点心，沏龙井茶，还多半要留我吃饭，嘴里一方面讲章士钊，一方面忙前忙后，忙得不可开交。我同章用谈论什么问题，也谈得兴致正浓。有几次，在这样谈话的间隙中，忽然听到楼外雷声如擂鼓。

从楼顶上的小玻璃窗子里看出去，天空阴云翻滚，东面山上的丛林被乱云封住，迷蒙成一片，颇感到大自然的威力。但是，我们谈兴不减，稍一注意，就听到大雨敲窗的声音。

这样美好的时光并不很长，可能只有1936年一个夏天。一转到1937年，章家的国内经济来源出了问题，无力供给在德、英、意三个国家的孩子读书和生活。他们决定，章用先回国去探听探听。章用走了以后，老太太孤身一人，留在哥廷根，等候儿子的消息。此时，我同龙丕炎就承担了照看老太太的责任。我们三个人每天在饭馆里一起吃午饭。每天见面时，老太太照例气喘吁吁地说："我告诉你一件大事！"我们知道，绝没有什么大事。吃过午饭，送老太太回家，天天如此。后来，章用从国内来了信：经济问题无法解决，章用不能回来了，要老太太也立刻回国。我们于是又帮她退房子，收拾东西，办护照，买车船票，忙成一团。就在这样的非常时期，老太太还并没有忘记了自己的"官家"身份。她照了相，要我们帮她挑选"标准像"，回国后好送给新闻记者。

老太太终于走了，章用一家在哥廷根长达六七年的生活也终于结束了。章用在德国苦读了六七年，最终也没有能再回德国来，没有能取得博士学位。从此以后，我同他们母子都没有能再见面。章用先在浙江大学教书。抗战军兴，到处播迁，在颠沛流离之中，他没有忘记我，也没有忘记写诗。时常有信给我，有时附上自己的诗。我现在还能记住一些他的诗，比如"常歌建德非吾土，岂意祁门来看山"，等等。不记得是在哪一年了，他把自己生平写的不算太多的诗全部寄给了我。我不知道，他是怎样考虑的。难道他已经预感到自己肺病缠身，将不久于人世，因而尽早把自己心血的结晶寄给可靠的朋友，传之其人吗？他的预感是正确的，不久他就在流离播迁中离开人世，只剩下我这个受他重托的人还活在人间。综观章用一生，他是一个寂寞的人，一个孤傲的人，一个落落寡合的人，一个短命的才人。他是把我这个同他仅仅有一年多交谊的人，看作自己唯一的知己的。此境可悲，此情可感！现在茫茫人世，芸芸众生，知道章用、想到章用的人，恐怕只有我一个了。我愈来愈感到，我也失去了一位难得的知己。然而人天悬隔，欲哭无泪，"上穷碧落下黄泉，两处茫茫皆不见"，恐怕我要抱恨终天了。悲夫！

怀念西府海棠

暮春三月，风和日丽。我偶尔走过办公楼前面。在盘龙石阶的两旁，一边站着一棵翠柏，浑身碧绿，扑入眉宇，仿佛是从地心深处涌出来的两股青色的力量，喷薄腾越，顶端直刺蔚蓝色的晴空，其气势虽然比不上杜甫当年在孔明祠堂前看到的那些古柏："苍皮溜雨四十围，黛色参天二千尺。"然而看到它，自己也似乎受到了感染，内心里溢满了力量。我顾而乐之，流连不忍离去。

然而，我的眼前蓦地一闪，就在这两棵翠柏站立的地方出现了两棵西府海棠，正开着满树繁花，已经绽开的花朵呈粉红色，没有绽开的骨朵呈鲜红色，粉红与鲜红，纷纭交刬，宛如半天的粉红色彩云。成群的蜜蜂飞舞在花朵丛中，嗡嗡的叫声有如春天的催眠曲。我立刻被这色彩和声音吸引住，沉醉于其中了。眼前再一闪，翠柏与海棠同时站立在同一个地方，两者的影子重叠起来，翠绿与鲜红纷纭交错起来了。

这是怎么一回事呢？

我一时有点茫然、懵然；然而不需要半秒钟，我立刻就意识到，眼前的翠柏与海棠都是现实，翠柏是眼前的现实，海棠则是过去的现实，它确曾在这个地方站立过，而今这两个现实又重叠起来，可是过去的现实早已化为灰烬，随风飘零了。

事情就发生在"十年浩劫"期间。一时忽然传说：养花是修正主义，最低的罪名也是玩物丧志。于是"四人帮"一伙就在海内名园——燕园大肆"斗私、批修"，先批人，后批花木，几十年上百年的老丁香花树砍伐殆尽，屡见于清代笔记中的几架古藤萝也被斩草除根，几座楼房外面墙上爬满了的爬山虎统统拔掉，办公楼前的两棵枝干繁茂绿叶葳蕤的西府海棠也在劫难逃。总之，一切美好的花木，也像某些人一样，被打翻在地，身上踏上了一千只脚，永世不得翻身了。

这两棵西府海棠在老北京是颇有一点名气的。据说某个文人的笔记中还专门讲到过它。熟悉北京掌故的人，比如邓拓同志等，生前每到春天都要来园中探望一番。我自己不敢说对北京掌故多么熟悉，但是，每当西府海棠开花时，也常常自命风雅，到树下流连徘徊，欣赏花色之美，听一听蜜蜂的鸣声，顿时觉得人间毕竟是非常可爱的，生活毕竟是非常美好的，胸中的干劲陡然腾涌起来，我的身体好像成了一个蓄电瓶，看到了西府海棠，便仿佛蓄满了电，能够在自己所从事的工作中精神抖擞地驰骋一气了。

中国古代的诗人中，喜爱海棠者颇不乏人。大家欣赏海棠之美，但颇以海棠无香为憾，在古代文人的笔记和诗话中，有很多地方谈到这个问题，可见文人墨客对海棠的关心。宋代著名的爱国大诗人陆游有几首《花时遍游诸家园》的诗，其中之一是讲海棠的：

> 为爱名花抵死狂，
>
> 只愁风日损红芳。
>
> 绿章夜奏通明殿，
>
> 乞借春阴护海棠。

陆游喜爱海棠达到了何等疯狂的地步啊！稍有理智的人都应当知道，海棠与人无争，与世无忤，绝不会伤害任何人的；它只能给人间增添美丽，给人们带来喜悦，能让人们热爱自然，热爱祖国。然而，就连这样天真无邪的海棠也难逃"四人帮"的毒手。燕园内的两棵西府海棠现在已经不知道消逝到什么地方去了，这也算是一种"含冤逝世"吧。代替它站在这里的是两棵翠柏。翠柏也是我所喜爱的，它也能给人们带来美感享受，我毫无贬低翠柏的意思。但是，以燕园之大，竟不能给海棠留一点立足之地，一定要铲除海棠，栽上翠柏，一定要争这方尺之地，翠柏而有知，自己挤占了海棠的地方，也会感到对不起海棠吧！

"四人帮"要篡党夺权，有一些事情容易理解，但是砍伐花木，铲除海棠，仿佛这些花木真能抓住他们那罪恶的黑手，令人百思不得其解。宋代苏洵在《辨奸论》中说："凡事之不近人情者，鲜不为大奸慝。"砍伐西府海棠之不近人情，一望而知。爱好美好的东西是人类的天性，任何人都有权利爱好美好的东西，花木当然也包括在里面。然而"四人帮"却偏要违反人性，必欲把一切美好的东西铲除净尽而后快。他们这伙人是大奸憝，已经丝毫无可怀疑了。

事情已经过去了将近二十年，为什么西府海棠的影子今天又忽然展现在我的眼前呢？难道说是名花有灵，今天向我"显圣"来了吗？难道说它是向我告状来了吗？可惜我一非包文正，二非海青天，更没有如来佛起死回生的神通，我所有的能耐至多也只能一洒同情之泪，我还有什么话可说呢？

我从来不相信什么神话，但是现在我真想相信起来，我真希望有一个天国。可是我知道，须弥山已经为印度人所独占，他们把自己的天国乐园安放在那里。昆仑山又为中国人所垄断，王母娘娘就被安顿在那里。我现在只能希望在辽阔无垠的宇宙中间还能有那么一块干净的地方，能容得下一个阆苑乐土。那里有四时不谢之花、八节长春之草，大地上一切花草的魂魄都永恒地住在那里，随时、随地都是花团锦簇，五彩缤纷。我们燕园中被无端砍伐了的西府海棠的魂灵也遨游其间。我相信，它绝不会忘记自己待了多年的美丽的燕园，每当三春繁花盛开之际，它一定会来到人间，驾临燕园，风前月下，凭吊一番。"环珮空归月下魂"，明妃之魂归来，还有环珮之声。西府海棠之魂归来时，能有什么迹象呢？我说不出，我只能时时来到办公楼前，在翠柏影中，等候倩魂。我是多么想为海棠招魂啊！结果恐怕只能是"上穷碧落下黄泉，两处茫茫皆不见"了。奈何，奈何！

在这风和日丽的三月，我站在这里，浮想联翩，怅望晴空，眼睛里流满了泪水。

1987 年 3 月 18 日

遥远的怀念

华东师范大学出版社编辑部出了这样一个绝妙的题目，实在是先得我心。我十分愉快地接受了写这篇文章的任务。唐代的韩愈说："古之学者必有师。师者，所以传道授业解惑也。"今之学者亦然。各行各业都必须有老师。"师傅领进门，修行在个人。"虽然修行要靠自己，没有领进门的师傅，也是不行的。

我这一生，在过去的六十多年中，曾有过很多领我进门的师傅。现在虽已年逾古稀，自己也早已成为"人之患"（"人之患，在患为人师"），但是我却越来越多地回忆起过去的老师来。感激之情，在内心深处油然而生。我今天的这一点点知识，在哪一样不归功于我的老师呢？从我上小学起，经过了初中、高中、大学，一直到出国留学，我那些老师的面影依次浮现到我眼前来，我仿佛又受了一次他们的教诲。

关于国内的一些老师。我曾断断续续地写过一些怀念的文章。我现在想选一位外国老师，这就是德国的瓦尔德施米特教授。

我于1934年从清华大学西洋文学系毕业，在故乡济南省立高中当了一年国文教员。1935 年深秋，我到了德国，在哥廷根大学学习。从 1936 年春天起，我从瓦尔德施米特教授学习梵文和巴利文，我在清华大学读书时曾旁听过陈寅恪先生的"佛经翻译文学"。我当时就对梵文产生了兴趣。但那时在国内没有人开梵文课，只好画饼充饥，徒唤奈何。到了哥廷根以后，终于有了学习的机会，我简直是如鱼得水，乐不可支。教授也似乎非常高兴。他当时年纪还很轻，看上去比他的实际年龄更年轻，他刚在哥廷根大学得到一个正教授的讲座。他是研究印度佛教史的专家，专门研究新疆出土的梵文贝叶经残卷。除了梵文和巴利文外，还懂汉文和藏文，对他的研究工作来说，这都是不可缺少的。我一个中国人为什么学习梵文和巴利文，他完全理解。因此，他从来也没有问过我学习的动机和理由。第一学期上梵文课时，班上只有三个学生：一个乡村牧师，一个历史系的学生，第三个就是我。梵文在德国也是冷门，三人成众，有三个学生，教授就似乎很满意了。

　　教授的教学方法是典型的德国式的。关于德国教外语的方法我曾在几篇文章里都谈到过，我口头对人"宣传"的次数就更多。我为什么对它如此的偏爱呢？理由很简单：它行之有效。我先讲一讲具体的情况。同其他外语课一样，第一年梵文（正式名称是：为初学者开设的梵文）每周两次，每次两小时。德国大学假期特长特多。每学期上课时间大约只有二十周，梵文上课时间共约八十小时，应该说是很少的。但是，我们第一学期就学完了全部梵文语法，还念了几百句练习。在世界上已知的语言中，梵文

238

恐怕是语法变化最复杂、最烦琐，词汇量最大的语言。语法规律之细致、之别扭，哪一种语言也比不上。能在短短的八十个小时内学完全部语法，是很难想象的。这同德国的外语教学法是分不开的。

第一次上课时，教授领我们念了念字母。我顺便说一句，梵文字母也是非常啰嗦的，绝对不像英文字母这样简明。无论如何，第一堂我觉得颇为舒服，没感到有多大压力。我心里满以为这会这样舒服下去的。第二次上课就给我了当头一棒。教授对梵文非常复杂的连声规律根本不加讲解。教科书上的阳性名词变化规律他也不讲。一下子就读起书后面附上的练习来。这些练习都是一句句的话，是从印度梵文典籍中选出来的。梵文基本上是一种死文字。不像学习现代语言那样一开始先学习一些同生活有关的简单的句子：什么"我吃饭""我睡觉"，等等。梵文练习题里面的句子多少都脱离现代实际，理解起来颇不容易。教授要我读练习句子，字母有些还面生可疑，语法概念更是一点也没有。读得结结巴巴，译得莫名其妙，急得头上冒汗，心中发火。下了课以后，就拼命预习。一句只有五六个字的练习，要查连声、查语法，往往要做一两个小时。准备两小时的课，往往要用上一两天的时间。我自己觉得，个人的主观能动性真正是充分调动起来了。过了一段时间，自己也逐渐适应了这种学习方法。头上的汗越出越少了，心里的火越发越小了。我尝到了甜头。

除了梵文和巴利文以外，我在德国还开始学习了几种别的外语。教学方法都是这个样子。相传19世纪德国一位语言学家说过这样的话："拿学游泳来打个比方，我教外语就是把学生带到游泳池旁，一下子把他们推下水去。如果他们淹不死，游泳就学会了。"这只是一个比方，但是也可以看出其中的道理。虽然有点夸大，但道理不能说是没有的。在"文化大革命"中，我自己跳出来，成了某一派"革命"群众的眼中钉、肉中刺，被"打翻在地，踏上了一千只脚"，批判得淋漓尽致。我宣传过德国的外语教学法，成为大罪状之首，说是宣传德国法西斯思想。当时一些"革命小将"的批判发言，百分之九十九点九是胡说八道，他们根本不知道，这种教学法兴起时，连希特勒的爸爸都还没有出世哩！我是"死不改悔"的顽固分子，今天我仍然觉得这种教学法能充分调动学生的积极性，尽早独立自主地"亲口尝一尝梨子"，是行之有效的。

这就是瓦尔德施米特教授留给我的第一个也是最深的一个印象。从那以后，一直到第二次世界大战爆发，他被征从军为止，我每一学期都必选教授的课。我在课堂上（高年级的课叫作习弥那尔）读过印度古代的史诗、剧本，读过巴利文，解读过中国新疆出土的梵文贝叶经残卷。他要求学生极为严格，梵文语法中那些古里古怪的规律都必须认真掌握，决不允许有半点马虎和粗心大意，连一个字母他也决不放过。学习近代语言、语法没有那样繁复，有时候用不着死记，只要多读一些书，慢慢地也就学通了。但是梵文却绝对不行。梵文语法规律有时候近似数学，必须细心地认真对付。教授在这一方面是十分认真的，后来我自己教学生了，我完全以教授为榜样，对学生要求严格。等到我的学生当上了老师的时候，他们也没有丢掉这套谨严细致的教学方法。教授的教泽真可谓无远弗届，流到中国来，还流了几代。我也总算对得起我的老师了。

瓦尔德施米特教授的专门研究范围是新疆出土的梵文贝叶经。在这方面，他是蜚声世界的权威。他的老师是德国的梵文大家吕德斯教授，也是以学风谨严著称的。教授的博士论文以及取得在大学教授课资格的论文，都是关于新疆贝叶经的。这两本厚厚的大书，里面的材料异常丰富，处理材料的方式极端细致谨严。一张张的图表，一行行的统计数字，看上去令人眼花缭乱，令人头脑昏眩。我一向虽然不能算是一个马大哈，但是也从没有想到写科学研究论文竟然必须这样琐细。两部大书好几百页，竟然没有一个错字，连标点符号，还有那些稀奇古怪的特写字母或符号，也都是各个确实无误，这实在不能不令人感到吃惊。德国人一向以彻底性自诩。我的教授忠诚地保留了德国的优良传统。留给我的印象让我终生难忘，终生受用不尽。

但是给我教育最大的还是我写博士论文的过程。按德国规定，一个想获得博士学位的学生必须念三个系：一个主系和两个副系。我的主系是梵文和巴利文，两个副系是斯拉夫语文系和英国语文系。指导博士论文的教授，德国学生戏称之为"博士父亲"。怎样才能找到博士父亲呢？这要由教授和学生两个方面来决定。学生往往经过在几个大学中获得的实践经验，最后决定留在某一个大学跟某一个教授做博士论文。德国教授在大学里至高无上，他说了算，往往有很大的架子，不大肯收博士生，害怕学生将来出息不大，辱没了自己的名声。越是名教授，收徒弟的条件越高。往往经过几个学期的习弥那尔，教授真正觉得孺子可教，他才点头收徒，并给他博士论文题目。

对我来讲，我好像是没有经过那样漫长而复杂的过程。第四学期念完，教授就主动问我要不要一个论文题目。我听了当然是受宠若惊，立刻表示愿意。他说，他早就有了一个题目《〈大事〉伽陀中限定动词的变化》，问我接受不接受。我那时候对梵文所知极少，根本没有选择题目的能力，便满口答应。题目就这样定了下来。佛典《大事》是用所谓"混合梵文"写成的，既非梵文，也非巴利文，更非一般的俗语，是一种乱七八糟杂凑起来的语言。这种语言对研究印度佛教史、印度语言发展史等都是很重要的。我一生对这种语言感兴趣，其基础就是当时打下的。

题目定下来以后，我一方面继续参加教授的习弥那尔，听英文系和斯拉夫语文系的课，另一方面就开始读法国学者塞那校订的《大事》，一共厚厚的三大本，我真是争分夺秒，"开电灯以继晷，恒兀兀以穷年"。我把每一个动词形式都做成卡片，还要查看大量的图书杂志，忙得不可开交。此时国际环境和生活环境越来越恶劣，吃的东西越来越少，不但黄油和面包都掺了假，吃下肚去，咕咕直叫。德国人是非常讲究礼貌的，但在当时，在电影院里，屁声相应，习以为常。天上还有英美的飞机，天天飞越哥廷根上空。谁也不知道，什么时候会有炸弹落下，心里终日危惧不安。在自己的祖国，日本军国主义者奸淫掳掠，杀人如麻。"烽火连三年，家书抵亿金。"我是根本收不到家书的。家里的妻子老小，生死不知。我在这种内外交迫下，天天晚上失眠。偶尔睡上一点，也是噩梦迷离。有时候梦到在祖国吃花生米。可见我当时对吃的要求已低到什么程度。几粒花生米，连龙肝凤髓也无法比得上了。

我的论文就是在这种情况下慢慢地写下去的。我想，应当在分析限定动词变化之前写上一篇有分量的长的绪论，说明"混合梵语"的来龙去脉以及《大事》的一些情况。我觉得，只有这样，论文才显得有气派。我翻看了大量用各种语言写成的论文，做笔记，写提纲。这个工作用做卡片同时并举，经过了大约一年多的时间，终于写成了一篇绪论，相当长。自己确实是费了一番心血的。"文章是自己的好"，我自我感觉良好，觉得文章分析源流，标列条目，洋洋洒洒，颇有神来之笔，值得满意的。我相信，这一举一定会给教授留下深刻印象，说不定还要把自己夸上一番。当时欧战方殷，教授从军回来短期休假。我就怀着这样的美梦，把绪论送给了他。美梦照旧做了下去。隔了大约一个星期，教授在研究所内把文章退还给我，脸上含有笑意，最初并没有说话。我心里咯噔一下，直觉感到情势有点不妙。我打开稿子一看，没有任何改动。只是在第一行第一个字前面画上了一个前括号，在最后一行最后一个字后面画上了一个后括号。整篇文章就让一个括号括了起来，意思就是说，全不存在了。这真是"坚决、彻底、干净、全部"消灭掉了。我仿佛当头挨了一棒，茫然、懵然，不知所措。这时候教授才慢慢地开了口："你的文章费劲很大，引书不少。但是都是别人的意见，根本没有你自己的创见。看上去面面俱到，实际上毫无价值。你重复别人的话，又不完全准确。如果有人对你的文章进行挑剔，从任何地方都能对你加以抨击，而且我相信你根本无力还手。因此，我建议，把绪论统统删掉。在对限定动词进行分析以前，只写上几句说明就行了。"一席话说得我哑口无言，我无法反驳。这引起了我激烈的思想斗争，心潮滚滚，冲得我头晕眼花。过了好一阵子，我的脑筋才清醒过来，仿佛做了黄粱一梦。我由衷地承认，教授的话是完全合情合理的。我由此体会到：写论文就应该是这个样子。

这是我一生第一次写规模比较大的学术论文，也是我第一次受到剧烈的打击。然而我感激这次打击，它使我终生头脑能够比较清醒。没有创见，不要写文章，否则就是浪费纸张。有了创见写论文，也不要下笔千言，离题万里。空洞的废话少说不说为宜。我现在也早就有了学生了，我也把我从瓦尔德施米特教授那里接来的衣钵传给了他们。

我的回忆就写到这里为止。这样一个好题目，我本来希望能写出一篇像样的东西，但是却是事与愿违，文章不怎么样。差幸我没有虚构，全是大实话，这对青年们也许还不无意义吧。

1987 年 3 月 18 日晨

悼念沈从文先生

去年有一天，老友肖离打电话告诉我，从文先生病危，已经准备好了后事。我听了大吃一惊，悲从中来。一时心血来潮，提笔写了一篇悼念文章，自诩为倚马可待，情文并茂。然而，过了几天，肖离又告诉我说，从文先生已经脱险回家。我心里一块石头落了地，又窃笑自己太性急，人还没去，就写悼文，实在非常可笑。我把那篇"杰作"往旁边一丢，从心头抹去了那一件事，稿子也沉入书山稿海之中，从此"云深不知处"了。

到了今年，从文先生真正去世了。我本应该写点什么的。可是，由于有了上述一段公案，懒于再动笔，一直拖到今天。同时我注意到，像沈先生这样一个人，悼念文章竟如此之少，有点不太正常，我也有点不平。考虑再三，还是自己披挂上马吧。

我认识沈先生已经五十多年了。当我还是一个大学生的时候，我就喜欢读他的作品。我觉得，在所有的并世的作家中，文章有独立风格的人并不多见。除了鲁迅先生之外，就是从文先生。他的作品，只要读了几行，立刻就能辨认出来，绝不含糊。他出身湘西的一个破落小官僚家庭，年轻时当过兵，没有受过多少正规的教育。他完全是自学成家。湘西那片有点神秘的土地，其怪异的风土人情，通过沈先生的笔而大白于天下。湘西如果没有像沈先生这样的大作家和像黄永玉先生这样的大画家，恐怕一直到今天还是一片充满了神秘的 terraincognita（没有人了解的土地）。

我同沈先生打交道，是通过一件不大不小的事情。丁玲的《母亲》出版以后，我读了觉得有一些意见要说，于是写了一篇书评，刊登在郑振铎、靳以主编的《文学季刊》创刊号上。刊出以后，我听说，沈先生有一些意见。我于是立即写了一封信给他，同时请郑先生在《文学季刊》创刊号再版时，把我那篇书评抽掉。也许就是由于这一个不能算是太愉快的因缘，我们就认识了。我当时是一个穷学生，沈先生是著名的作家。社会地位，虽不能说如云泥之隔，毕竟差一大截子。可是他一点名作家的架子也不摆，这使我非常感动。他同张兆和女士结婚，在北京前门外大栅栏撷英番菜馆设盛大宴席，我居然也被邀请。当时出席的名流如云。证婚人好像是胡适之先生。

从那以后，有很长的时间，我们并没有多少接触。我到欧洲去住了将近十一年。他在抗日烽火中在昆明住了很久，在西南联大任国文系教授。彼此音问断绝。他的作品我也读不到了。但是，有时候，不知是出于什么原因，我在饥肠辘辘、机声嗡嗡中，竟会想到他。我还是非常怀念这位可爱、可敬、淳朴、奇特的作家。

一直到 1946 年夏天，我回到祖国。这一年的深秋，我终于又回到了别离了十几年的北平。从文先生也于此时从云南复员来到北大，我们同在一个学校任职。当时我住在翠花胡同，他住在中老胡同，都离学校不远，因此我们也相距很近。见面的次数就多了起来。他曾请我吃过一顿相当别致、毕生难忘的饭——云南有名的汽锅鸡。锅是他从昆明带回来的，外表看上去像宜兴紫砂，上面雕刻着花卉书法，古色古香，虽系厨房用品，然却古朴高雅，简直可以成为案头清供，与商鼎周彝斗艳争辉。

就在这次吃饭时，有一件小事给我留下了深刻的印象。当时要解开一个用麻绳捆得紧紧的什么东西，只需用剪子或小刀轻轻地一剪一割，就能开开。然而从文先生却抢了过去，硬是用牙把麻绳咬断。这个小小的举动，有点粗劲儿，有点蛮劲儿，有点野劲儿，有点土劲，并不高雅，并不优美。然而，它却完全透露了沈先生的个性。在达官贵人、高等华人眼中，这简直非常可笑，非常可鄙。可是，我欣赏的却正是这种劲头。我自己也许就是这样一个"土包子"，虽然同那些只会吃西餐、穿西装、半句洋话也不会讲偏又自认为是"洋包子"的人比起来，我并不觉得低他们一等。不是有一些人也认为沈先生是"土包子"吗？

还有一件小事，也使我忆念难忘。有一次我们到什么地方去游逛，可能是中山公园之类。我们要了一壶茶，我正要拿起茶壶来倒茶，沈先生连忙抢了过去，先斟出了一杯，又倒入壶中，说只有这样才能把茶味调得均匀。这当然是一件微不足道的小事，然而在琐细中不是更能看到沈先生的精神吗？

小事过后，来了一件大事：我们共同经历了北平的解放。在这个关键时刻，我并没有听说，从文先生有逃跑的打算。他的心情也是激动的，虽然他并不故作革命状，以达到某种目的，他仍然是朴素如常。可是厄运还是降临到他头上来。一个著名的马列主义文艺理论家，在香港出版的一个进步的文艺刊物上，发表了一篇长文，题目大概是什么"文坛一瞥"之类，前面有一段相当长的修饰语。这位理论家视觉似乎特别发达，他在文坛上看出了许多颜色。他"一瞥"之下，就把沈先生"瞥"成了粉红色的小生。我没有资格对这篇文章发表意见。但是，沈先生好像是当头挨了一棒，从此被"瞥"下了文坛，销声匿迹，再也不写小说了。

一个惯于舞笔弄墨的人，一旦被剥夺了写作的权利，他心里是什么滋味，我说不清；他有什么苦恼，我也说不清。然而，沈先生并没有因此而消沉下去。文学作品不能写，还可以干别的事嘛。他是一个精力旺盛的人，他是一个闲不住的人，他转而研究起中国古代的文物来，什么古纸、古代刺绣、古代衣饰等，他都研究。凭了他那一股惊人的钻研的能力，过了没有多久，他就在新开发的领域内取得了可喜的成绩。他那本讲中国服饰史的书，出版以后，洛阳纸贵，受到国内外一致的高度的赞扬，他成了这方面权威。他自己也写章草，又成了一个书法家。

有点讽刺意味的是，正当他手中写小说的笔被"瞥"掉的时候，从国外沸沸扬扬传来了消息，说国外一些人士想推选他做诺贝尔文学奖的候选人。我在这里着重声明一句，我们国内有一些人特别迷信诺贝尔奖，迷信的劲头，非常可笑。试拿我们中国没有得奖的那几位文学巨匠同已经得奖的欧美的一些作家来比一比，其差距简直有如高山与小丘。同此辈争一日之长，有这个必要吗！推选沈先生当候选人的事是否进行过，我不得而知。沈先生怎样想，我也不得而知。我在这里提起这件事，只不过把它当作沈先生一生中一个小小的插曲而已。

我曾在几篇文章中都讲到，我有一个很大的缺点（优点？），我不喜欢拜访人。有很多可尊敬的师友，比如我的老师朱光潜先生、董秋芳先生等，我对他们非常敬佩，但在他们健在时，我很少去拜访。对沈先生也一样。偶尔在什么会上，甚至在公共汽车上相遇，我感到非常亲切，他好像也有同样的感情。他依然是那样温良、淳朴，时代的风风雨雨在他身上，似乎没有留下什么痕迹，说白了就是没有留下伤痕。一谈到中国古代科技、艺术等，他就喜形于色，眉飞色舞，娓娓而谈，如数家珍，天真得像一个大孩子。这更增加了我对他的敬意。我心里曾几次动过念头：去看一看这位可爱的老人吧！然而，我始终没有行动。现在人天隔绝，想见面再也不可能了。

有生必有死，是大自然的规律。我知道，这个规律是违抗不得的，我也从来没有想去违抗。古代许多圣君贤相，聪明一世，糊涂一时，想方设法，去与这个规律对抗，妄想什么长生不老，结果却事与愿违，空留下一场笑话。这一点很清楚。但是，生离死别，我又不能无动于衷。古人云：太上忘情。我是一个微不足道的凡人，无论如何也做不到忘情的地步，只有把自己钉在感情的十字架上了。我自谓身体尚颇硬朗，并不服老。然而，曾几何时，宛如黄粱一梦，自己已接近耄耋之年。许多可敬可爱的师友相继离我而去。此情此景，焉能忘情？现在从文先生也加入了去者的行列。他一生安贫乐道，淡泊宁静，死而无憾矣。对我来说，忧思却着实难以排遣。像他这样一个有特殊风格的人，现在很难找到了。我只觉得大地茫茫，顿生凄凉之感。我没有别的本领，只能把自己的忧思从心头移到纸上，如此而已。

1988 年 11 月 2 日写于香港中文大学会友楼

回忆陈寅恪先生

　　别人奇怪，我自己也奇怪：我写了这样多的回忆师友的文章，独独遗漏了陈寅恪先生。这究竟是为什么呢？对我来说，这是事出有因，查亦有据的。我一直到今天还经常读陈先生的文章，而且协助出版社出先生的全集。我当然会时时想到寅恪先生的。我是一个颇为喜欢舞笔弄墨的人，想写一篇回忆文章，自是意中事。但是，我对先生的回忆，我认为是异常珍贵的，超乎寻常的神圣的。我希望自己的文章不要玷污了这一点神圣性，故而迟迟不敢下笔。到了今天，北大出版社要出版我的《怀旧集》，已经到了非写不行的时候了。

　　要论我同寅恪先生的关系，应该从六十五年前的清华大学算起。我于1930年考入国立清华大学，入西洋文学系（不知道从什么时候起改名为外国语文系）。西洋文学系有一套完整的教学计划，必修课规定得有条有理，完完整整。但是给选修课留下的时间却是很富裕的。除了选修课以外，还可以旁听或者偷听。教师不以为忤，学生各得其乐。我曾旁听过朱自清、俞平伯、郑振铎等先生的课，都安然无恙，而且因此同郑振铎先生建立了终生的友谊。但也并不是一切都一帆风顺。我同一群学生去旁听冰心先生的课。她当时极年轻，而名满天下。我们是慕名而去的。冰心先生满脸庄严，不苟言笑，看到课堂上挤满了这样多学生，知道其中有"诈"，于是威仪俨然地下了"逐客令"："凡非选修此课者，下一堂不许再来！"我们悚然而听，憬然而退，从此不敢再进她讲课的教室。四十多年以后，我同冰心重逢，她已经变成了一个慈祥和蔼的老人，由怒目金刚一变而为慈眉菩萨。我向她谈起她当年"逐客"的事情，她已经完全忘记，我们相视而笑，有会于心。

就在这个时候，我旁听了寅恪先生的"佛经翻译文学"。参考书用的是《六祖坛经》，我曾到城里一个大庙里去买过此书。寅恪师讲课，同他写文章一样，先把必要的材料写在黑板上，然后再根据材料进行解释、考证、分析、综合，对地名和人名更是特别注意。他的分析细入毫发，如剥蕉叶，愈剥愈细、愈剥愈深，然而一本实事求是的精神，不武断，不夸大，不歪曲，不断章取义。他仿佛引导我们走在山阴道上，盘旋曲折，山重水复，柳暗花明，最终豁然开朗，把我们引上阳关大道。读他的文章，听他的课，简直是一种享受，无法比拟的享受。在中外众多学者中，能给我这种享受的，国外只有亨利希·吕德斯（HeinrichLü ders），在国内只有陈师一人。他被海内外学人公推考证大师，是完全应该的。这种学风，同后来滋害流毒的"以论代史"的学风，相差不可以道里计。然而，茫茫士林，难得解人，一些鼓其如簧之舌惑学人的所谓"学者"，骄纵跋扈，不禁令人浩叹矣。寅恪师这种学风，影响了我的一生。后来到德国，读了吕德斯教授的书，并且受到了他的嫡传弟子瓦尔德施米特（Waldschmidt）教授的教导和熏陶，可谓三生有幸，可惜自己的学殖瘠茫，又限于天赋，虽还不能论无所收获，然而犹如细流比沧海，空怀仰止之心，徒增效颦之恨。这只怪我自己，怪不得别人。

总之，我在清华四年，读完了西洋文学系所有的必修课程，得到了一个学士头衔。现在回想起来，说一句不客气的话：我从这些课程中收获不大。欧洲著名的作家，什么莎士比亚、歌德、塞万提斯、莫里哀、但丁等的著作都读过。连现在忽然时髦起来的《尤利西斯》和《追忆似水年华》等也都读过，然而大都是浮光掠影，并不深入。给我留下深远影响的课反而是一门旁听课和一门选修课。前者就是在上面谈到寅恪师的"佛经翻译文学"；后者是朱光潜先生的"文艺心理学"，也就是美学。关于后者，我在别的地方已经谈过，这里就不再赘述了。

在清华时，除了上课以外，同陈师的接触并不太多。我没到他家去过一次。有时候，在校内林荫道上，在熙来攘往的学生人流中，有时会见到陈师去上课。身着长袍，朴素无华，肘下夹着一个布包，里面装满了讲课时用的书籍和资料。不认识他的人，恐怕大都把他看成是琉璃厂某一个书店的到清华来送书的老板，绝不会知道，他就是名扬海内外的大学者。他同当时清华留洋归来的大多数西装革履、发光鉴人的教授迥乎不同。在这一方面，他也给我留下了毕生难忘的印象，令我受益无穷。

离开了水木清华，我同寅恪先生有一个长期的别离。我在济南教了一年国文，就到了德国哥廷根大学。到了这里，我才开始学习梵文、巴利文和吐火罗文。在我一生治学的道路上，这是一个极关重要的转折点。我从此告别了歌德和莎士比亚，同释迦牟尼和弥勒佛打起交道来。不用说，这个转变来自寅恪先生的影响。真是无巧不成书，我的德国老师瓦尔德施米特教授同寅恪先生在柏林大学是同学，同为吕德斯教授的学生。这样一来，我的中德两位老师同出一个老师的门下。有人说："名师出高徒。"我的老师和太老师们不可谓不"名"矣，可我这个徒却太不"高"了。忝列门墙，言之汗颜。但不管怎样说，这总算是一个中德学坛上的佳话吧。

我在哥廷根十年，正值二战，是我一生精神上最痛苦然而在学术上收获却是最丰富的十年。国家为外寇侵入，家人数年无消息，上有飞机轰炸，下无食品果腹。然而读书却无任何干扰。教授和学生多被征从军。偌大的两个研究所：印度学研究所和汉学研究所，都归我一个人掌管。插架数万册珍贵图书，任我翻阅。在汉学研究所深深的院落里，高大阴沉的书库中，在梵学研究所古老的研究室中，阒无一人。天上飞机的嗡嗡声与我腹中的饥肠辘辘声相应和。闭目则浮想联翩，神驰万里，看到我的国，看到我的家；张目则梵典在前，有许多疑难问题，需要我来发覆。我此时恍如遗世独立，苦欤？乐欤？我自己也回答不上来了。

254

经过了轰炸的炼狱，又经过了饥饿，到了1945年，在我来到哥廷根十年之后，我终于盼来了光明，法西斯垮台了。美国兵先攻占哥廷根，后为英国人来接管。此时，我得知寅恪先生在英国医目疾。我连忙写了一封长信，向他汇报我十年来学习的情况，并将自己在哥廷根科学院院刊及其他刊物上发表的一些论文寄呈。出乎我意料地迅速，我得了先生的复信，也是一封长信，告诉我他的近况，并说不久将回国，信中最重要的事情是说，他想向北大校长胡适、代校长傅斯年、文学院长汤用彤几位先生介绍我到北大任教。我真是喜出望外，谁听到能到最高学府去任教而会不引以为荣呢？我于是立即回信，表示同意和感谢。

这一年深秋，我终于告别了住了整整十年的哥廷根，怀着"客树回望成故乡"的心情，一步三回首地到了瑞士。在这个山明水秀的世界公园里住了几个月，1946年春天，经过法国和越南的西贡，又经过香港，回到了上海。在克家的榻榻米上住了一段时间。从上海到了南京，又睡到了长之的办公桌上。这时候，寅恪先生也已从英国回到南京。我曾谒见先生于俞大维官邸中。谈了谈阔别十多年以来的详细情况，先生十分高兴，叮嘱我到鸡鸣寺下中央研究院去拜见北大代校长傅斯年先生，特别嘱咐我带上我用德文写的论文，可见先生对我爱护之深以及用心之细。

这一年的深秋，我从南京回到上海，乘轮船到了秦皇岛，又从秦皇岛乘火车回到了阔别十二年的北京（当时叫北平）。由于战争关系，津浦路早已不通，回北京只能走海路，从那里到北京的铁路由美国少爷兵把守，所以还能通车。到了北京以后，一片"落叶满长安"的悲凉气象。我先在沙滩红楼暂住，随即拜见了汤用彤先生。按北大当时的规定，从海外得到了博士学位回国的人，只能任副教授，在清华叫作专任讲师，经过几年的时间，才能转为正教授。我当然不能例外，而且心悦诚服，没有半点非分之想。然而过了大约一周的光景，汤先生告诉我，我已被聘为正教授，兼东方语言文学系的系主任。这真是石破天惊，大大地出我意料。我这个当一周副教授的纪录，大概也可以进入吉尼斯世界纪录了吧。说自己不高兴，那是谎言，那是矫情。由此也可以看出老一辈学者对后辈的提携和爱护。

不记得是在什么时候，寅恪师也来到北京，仍然住在清华园。我立即到清华去拜见。当时从北京城到清华是要费一些周折的，宛如一次短途旅行。沿途几十里路全是农田。秋天青纱帐起，还真有绿林人士拦路抢劫的。现在的年轻人很难想象了。但是，有寅恪先生在，我绝不会惮于这样的旅行。在三年之内，我颇到清华园去过多次。我知道先生年老体弱，最喜欢当年住北京的天主教外国神父亲手酿造的栅栏红葡萄酒。我曾到今天市委党校所在地当年神父们的静修院的地下室中去买过几次栅栏红葡萄酒，又长途跋涉送到清华园，送到先生手中，心里颇觉安慰。几瓶酒在现在不算什么。但是在当时通货膨胀已经达到了钞票上每天加一个零还跟不上物价飞速提高的速度的情况下，几瓶酒已经非同小可。

有一年的春天，中山公园的藤萝开满了紫色的花朵，累累垂垂，紫气弥漫，招来了众多的游人和蜜蜂。我们一群弟子，记得有周一良、王永兴、汪篯等，知道先生爱花。现在虽患目疾，迹近失明，但据先生自己说，有些东西还能影影绰绰看到一团影子。大片藤萝花的紫光，先生或还能看到。而且在那种兵荒马乱、物价飞涨、人命微浅、朝不虑夕的情况下，我们想请先生散一散心，征询先生的意见，他怡然应允。我们真是大喜过望，在来今雨轩藤萝深处，找到一个茶桌，侍先生观赏紫藤。先生显然兴致极高。我们谈笑风生，尽欢而散。我想，这也许是先生在那样的年头里最愉快的时刻。

还有一件事，也给我留下了毕生难忘的回忆。在解放前夕，政府经济实已完全崩溃。从法币改为银圆券，又从银圆券改为金圆券，越改越乱，到了后来，到粮店买几斤粮食，携带的这币那券的重量有时要超过粮食本身。学术界的泰斗、德高望重、被著名的史学家郑天挺先生称之为"教授的教授"的陈寅恪先生也不能例外。到了冬天，他连买煤取暖的钱都没有，我把这情况告诉了已经回国的北大校长胡适之先生。胡先生最尊重最爱护确有成就的知识分子。当年他介绍王静庵先生到清华国学研究院去任教，一时传为佳话。寅恪先生在《王观堂先生挽词》中有几句诗："鲁连黄鹞绩溪胡，独为神州惜大儒。学院遂闻传绝业，园林差喜适幽居。"讲的就是这一件事。现在却轮到适之先生再一次"独为神州惜大儒"了，而这个"大儒"不是别人，竟是寅恪先生本人。适之先生想赠寅恪先生一笔数目颇大的美元。但是，寅恪先生却拒不接受。最后寅恪先生决定用卖掉藏书的办法来取得适之先生的美元。于是适之先生就派他自己的汽车——顺便说一句，当时北京汽车极为罕见，北大只有校长的一辆——让我到清华陈先生家装了一车西文关于佛教和中亚古代语言的极为珍贵的书。陈先生只收两千美元。这个数目在当时虽不算少，然而同书比起来，还是微不足道的。在这批书中，仅一部《圣彼得堡梵德大词典》市价就远远超过这个数目了。这批书实际上带有捐赠的性质。而寅恪师对于金钱的一介不取的狷介性格，由此也可见一斑了。

在这三年内，我同寅恪师往来颇频繁。我写了一篇论文：《浮屠与佛》，首先读给他听，想听听他的批评意见。不意竟得到他的赞赏。他把此文介绍给《中央研究院史语所集刊》发表。这个刊物在当时是最具权威性的刊物，简直有点"一登龙门，声价十倍"的威风。我自然感到受宠若惊。差幸我的结论并没有瞎说八道，几十年以后，我又写了一篇《再谈"浮屠"与"佛"》，用大量的新材料，重申前说，颇得到学界同行们的赞许。

在我同先生来往的几年中，我们当然会谈到很多话题。谈治学时最多，政治也并非不谈，但极少。寅恪先生绝不是一个"闭门只读圣贤书"的书呆子。他继承了中国"士"的优良传统：天下兴亡，匹夫有责。从他的著作中也可以看出，他非常关心政治。他研究隋唐史，表面上似乎是满篇考证，骨子里谈的都是成败兴衰的政治问题，可惜难得解人。我们谈到当代学术，他当然会对

258

每一个学者都有自己的看法。但是，除了对一位明史专家外，他没有对任何人说过贬低的话。对青年学人，只谈优点，一片爱护青年学者的热忱，真令人肃然起敬。就连那位由于误会而对他专门攻击，甚至说些难听的话的学者，陈师也从来没有说过半句褒贬的话。先生的盛德由此可见。鲁迅先生从来不攻击年轻人，差堪媲美。

时光如电，人世沧桑，转眼就到了 1948 年年底。解放军把北京城团团包围住。胡适校长从南京派来了专机，想接几个教授到南京去，有一个名单。名单上有名的人，大多数都没有走，陈寅恪先生走了。这又成了某些人探讨研究的题目：陈先生是否对共产党有看法？他是否对国民党留恋？根据后来出版的浦江清先生的日记，寅恪先生并不反对共产主义，他反对的仅是苏联牌的共产主义。在当时，这也许是一个怪想法，甚至是一个大逆不道的想法。然而到了今天，真相已大白于天下，难道不应该对先生的睿智表示敬佩吗？至于他对国民党的态度，最明显地表现在他对蒋介石的态度上。1940 年，他在《庚辰暮春重庆夜宴归作》这首诗中写道："食蛤那知天下事，看花愁近最高楼。"吴宓先生对此诗作注说："寅恪赴渝，出席中央研究院会议，寓俞大维妹丈宅。已而蒋公宴请中央研究院到会诸先生。寅恪于座中初次见蒋公，深觉其人不足为，有负厥职，故有此诗第六句。"按即"看花愁近最高楼"这一句。寅恪师对蒋介石，也可以说是对国民党的态度表达得不能再清楚明白了。然而，几年前，一位台湾学者偏偏寻章摘句，说寅恪先生早有意到台湾去。这真是天下一大怪事。

到了南京以后，寅恪先生又辗转到了广州，从此就留在那里没有动。他在台湾有很多亲友，动员他去台湾者，恐怕大有人在，然而他却岿然不为所动。其中详细情况，我不得而知。我们国家许多领导人，包括周恩来、陈毅、陶铸、郭沫若等，对陈师礼敬备至。他同陶铸和老革命家兼学者的杜国庠，成了私交极深的朋友。在他晚年的诗中，不能说没有欢快之情，然而更多的却是抑郁之感。现在回想起来，他这种抑郁之感能说没有根据吗？能说不是查实有据吗？我们这批老知识分子，到了今天，都已成了过来人。如果不昧良心说句真话，同陈师比较起来，只能说我们愚钝，我们麻木，此外还有什么话好说呢？

1951 年，我奉命随中国文化代表团访问印度和缅甸。在广州停留了相当长的时间，准备将所有的重要发言稿都译为英文。我当然不会放过这个机会的，我到岭南大学寅恪先生家中去拜谒。相见极欢，陈师母也殷勤招待。陈师此时目疾虽日益严重，仍能看到眼前白色的东西。有关领导，据说就是陈毅和陶铸，命人在先生楼前草地上铺成了一条白色的路，路旁全是绿草，碧绿与雪白相映照，供先生散步之用。从这件小事中，也可以看到我们国家对陈师尊敬之真诚了。陈师是极富于感情的人，他对此能无所感吗？

然而，世事如白云苍狗，变幻莫测。解放后不久，正当众多的老知识分子兴高采烈、激情未熄的时候，华盖运便临到头上。

运动一个接着一个，针对的全是知识分子。批完了《武训传》，批俞平伯，批完了俞平伯，批胡适，一路批、批、批，斗、斗、斗，最后批到了陈寅恪头上。此时，极大规模的、遍及全国的反右斗争还没有开始。老年反思，我在政治上是个蠢材。对这一系列的批和斗，我是心悦诚服的，一点没有感到其中有什么问题。我虽然没有明确地意识到，在我灵魂深处，我真认为中国老知识分子就是"原罪"的化身，批是天经地义的。但是，一旦批到了陈寅恪先生头上，我心里却感到不是味。虽然经人再三动员，我却始终没有参加到这场闹剧式的大合唱中去。我不愿意厚着面皮，充当事后的诸葛亮，我当时的认识也是十分模糊的。但是，我毕竟没有行动。现在时过境迁，在四十年之后，想到我没有出卖我的良心，差堪自慰，能够对得起老师在天之灵了。

可是，从那以后，直到老师于1969年在空前浩劫中被折磨得离开了人世，将近二十年中，我没能再见到他。现在我的年龄已经超过了他在世的年龄五年，算是寿登耄耋了。现在我时常翻读先生的诗文。每读一次，都觉得有新的收获。我明确意识到，我还未能登他的堂奥。哲人其萎，空余著述。我却是进取有心，请益无人，因此更增加了对他的怀念。我们虽非亲属，我却时有风木之悲。这恐怕也是非常自然的吧。

我已经到了望九之年，虽然看样子离开为自己的生命画句号的时候还会有一段距离，现在还不能就作总结；但是，自己毕竟已经到了日薄西山、人命危浅之际，不想到这一点也是不可能的。

我身历几个朝代，忍受过千辛万苦。现在只觉得身后的路漫长无边，眼前的路却是越来越短，已经是很有限了。我并没有倚老卖老，苟且偷安；然而我却明确地意识到，我成了一个"悲剧"人物。我的悲剧不在于我不想"不用扬鞭自奋蹄"，不想"老骥伏枥，志在千里"，而是在"老骥伏枥，志在万里"。自己现在承担的或者被迫承担的工作，头绪繁多，五花八门，纷纭复杂，有时还矛盾重重，早已远远超过了自己的负荷量，超过了自己的年龄。这里面，有外在原因，但主要是内在原因。清夜扪心自问：自己患了老来疯了吗？你眼前还有一百年的寿命吗？可是，一到了白天，一接触实际，件件事情都想推掉，但是件件事情都推不掉，真仿佛京剧中的一句话："马行在夹道内，难以回马。"此中滋味，只有自己一人能了解，实不足为外人道也。

在这样的情况下，我有时会情不自禁地回想自己的一生。自己究竟应该怎样来评价自己的一生呢？我虽遭逢过大大小小的灾难，像"十年浩劫"那样中国人民空前的愚蠢到野蛮到令人无法理解的灾难，我也不幸——也可以说是有"幸"——身逢其盛，几乎把一条老命搭上；然而我仍然觉得自己是幸运的，自己赶上了许多意外的机遇。我只举一个小例子。自从盘古开天地，不知从哪里吹来了一股神风，吹出了知识分子这个特殊的族类。知识分子有很多特点。在经济和物质方面是一个"穷"字，自古已然，于今为烈。在精神方面，是考试多如牛毛。在这里也是自古已然，于今为烈。例子俯拾即是，不必多论。我自己考了一辈子，自小学、中学、大学，一直到留学，月有月考，季有季考，还有什么全国统考，考得一塌糊涂。可是我自己在上百场国内外的考试中，从来没有名落孙山。你能说这不是机遇好吗？

但是，俗话说："一个篱笆三个桩，一个好汉三个帮。"如果没有人帮助，一个人会是一事无成的。在这方面，我也遇到了极幸运的机遇。生平帮过我的人无虑数百。要我举出人名的话，我首先要举出的，在国外有两个人，一个是我的博士论文导师瓦尔德施米特教授，另一个是教吐火罗语的老师西克教授。在国内的有四个人：一个是冯友兰先生，如果没有他同德国签订德国清华交换研究生的话，我根本到不了德国。一个是胡适之先生，一个是汤用彤先生，如果没有他们的提携的话，我根本来不到北大。最后但不是最少，是陈寅恪先生。如果没有他的影响的话，我不会走上现在走的这条治学的道路，也同样是来不了北大。至于他为什么不把我介绍给我的母校清华，而介绍给北大，我从来没有问过他，至今恐怕永远也是一个谜，我们不去谈它了。

我不是一个忘恩负义的人。我一向认为，感恩图报是做人的根本准则之一。但是，我对他们四位，以及许许多多帮助过我的师友怎样"报"呢？专就寅恪师而论，我只有努力学习他的著作，努力宣扬他的学术成就，努力帮助出版社把他的全集出全、出好。我深深地感激广州中山大学的校领导和历史系的领导，他们再三举办寅恪先生学术研讨会，包括国外学者在内，群贤毕至。中大还特别创办了陈寅恪纪念馆。所有这一切，我这个寅恪师的弟子都看在眼中，感在心中，感到很大的慰藉。国内外研究陈寅恪先生的学者日益增多，先生的道德文章必将日益发扬光大，这是毫无问题的。这是我在垂暮之年所能得到的最大的愉快。

然而，我仍然有我个人的思想问题和感情问题。我现在是"后已见来者"，然而却是"前不见古人"，再也不会见到寅恪先生了。我心中感到无限的空漠，这个空漠是无论如何也填充不起来了。掷笔长叹，不禁老泪纵横矣。

1995 年 12 月 1 日

寸草心

小引

我已至望九之年，在这漫长的生命中，亲属先我而去的，人数颇多。俗话说："死人生活在活人的记忆里。"先走的亲属当然就活在我的记忆里。越是年老，想到他们的次数越多。想得最厉害的偏偏是几位妇女。因为我是一个激烈的女权卫护者吗？不是的。那么究竟原因何在呢？我说不清。反正事实就是这样。我只能说是因缘和合了。

我在下面依次讲四位妇女。前三位属于"寸草心"的范畴，最后一位算是借了光。

大奶奶

我的上一辈，大排行，共十一位兄弟。老大、老二，我叫他们"大大爷""二大爷"，是同父同母所生。大大爷是个举人，做过一任教谕，官阶未必入流，却是我们庄最高的功名，最大的官，因此家中颇为富有。兄弟俩分家，每人还各得地五六十亩。后来被划为富农。老三、老四、老五、老六、老八、老十，我从未见过，他们父母生身情况不清楚，因家贫遭灾，闯了关东，黄鹤一去不复归矣。老七、老九、老十一，是同父同母所生，老七是我父亲。从小父母双亡，我从来没有见过我的祖父母。贫无立锥之地，十一叔送给了别人，改了姓。九叔也万般无奈被迫背井离乡，流落济南，好歹算是在那里立定了脚跟。我六岁离家，投奔的就是九叔。

所谓"大奶奶"，就是举人的妻子。大大爷生过一个儿子，也就是说，大奶奶有过一个孙子。可惜在娶妻生子后就夭亡了。我从来没有见过他。因此，在我上一辈十一人中，男孩子只有我这一个独根独苗。在旧社会"不孝有三，无后为大"的环境中，我成了家中的宝贝，自是意中事。可能还有一些别的原因，在我六岁离家之前，我就成了大奶奶的心头肉，一天不见也不行。

我们家住在村外，大奶奶住在村内。有很长一段时间，我每天早晨一睁眼，滚下土炕，一溜烟就跑到村内，一头扑到大奶奶怀里。只见她把手缩进非常宽大的袖筒里，不知从什么地方拿出半块或一整个白面馒头，递给我。当时吃白面馒头叫作吃"白的"，全村能每天吃"白的"的人，屈指可数，大奶奶是其中一个，季家全家是唯一的一个。对我这个连"黄的"（指小米面和玉米面）都吃不到，只能凑合着吃"红的"（红高粱面）的小孩子，"白的"简直就像是龙肝凤髓，是我一天望眼欲穿的最希望享受到的。

按年龄推算起来，从能跑路到离开家，大约是从三岁到六岁，是我每天必见大奶奶的时期，也是我一生最难忘怀的一段生活。我的记忆中往往闪出一株大柳树的影子。大奶奶弥勒佛似的端坐在一把奇大的椅子上。她身躯胖大，据说食量很大。有一次，家人给她炖了一锅肉。她问家里的人："肉炖好了没有？给我盛一碗拿两个馒头来，我尝尝！"食量可见一斑。可惜我现在怎么样也挖不出吃肉的回忆。我不会没吃过的。大概我的最高愿望也不过是吃点"白的"，超过这个标准，对我就如云天渺茫，连回忆都没有了。

可是我终于离开了大奶奶，以古稀或耄耋的高龄，失掉我这块心头肉，大奶奶内心的悲伤，完全可以想象。"可怜小儿女，不解忆长安。"我只有六岁，稍有点不安，转眼就忘了。等我第一次从济南回家的时候，是送大奶奶入土的。从此，我就永远失掉了大奶奶。

大奶奶会永远活在我的记忆中。

我的母亲

我是一个最爱母亲的人，却又是一个享受母爱最少的人。我六岁离开母亲，以后有两次短暂的会面，都是由于回家奔丧。最后一次是分离八年以后，又回家奔丧。这次奔的却是母亲的丧。回到老家，母亲已经躺在棺材里，连遗容都没能见上。从此，人天永隔，连回忆里母亲的面影都变得迷离模糊，连在梦中都见不到母亲的真面目了。这样的梦，我生平不知已有多少次。直到耄耋之年，我仍然频频梦到面目不清的母亲，总是老泪纵横，哭着醒来。对享受母亲的爱来说，我注定是一个永恒的悲剧人物了。奈之何哉！奈之何哉！

关于母亲，我已经写了很多，这里不想再重复。我只想写一件我决不相信其为真而又热切希望其为真的小事。

在清华大学念书时，母亲突然去世。我从北平赶回济南，又赶回清平，送母亲入土。我回到家里，看到的只是一个黑棺材，母亲的面容再也看不到了。有一天夜里，我正睡在里间的土炕上，一叔陪着我。中间隔一片枣树林的对门的宁大叔，径直走进屋内，绕过母亲的棺材，走到里屋炕前，把我叫醒，说他的老婆宁大婶"撞客"了——我们那里把鬼附人体叫作"撞客"，撞的客就是我母亲。我大吃一惊，一骨碌爬起来，跌跌撞撞，跟着宁大叔，穿过枣林，来到他家。宁大婶坐在炕上，闭着眼睛，嘴里却不停地说着话，不是她说话，而是我母亲。一见我（毋宁说是一"听到我"，因为她没有睁眼），就抓住我的手，说："儿啊！你让娘想得好苦呀！离家八年，也不回来看看我。你知道，娘心里是什么滋味呀！"如此刺刺不休，说个不停。我仿佛当头挨了一棒，懵懵懂懂，不知所措。按理说，听到母亲的声音，我应当号啕大哭。然而，我没有，我似乎又清醒过来。我在潜意识中，连声问着自己：这是可能的吗？这是真事吗？我心里酸甜苦辣，搅成了一锅酱。我对"母亲"说："娘啊！你不该来找宁大婶呀！你不该麻烦宁大婶呀！"

我自己的声音传到我自己的耳朵里，一片空虚，一片淡漠。然而，我又不能不这样，我的那一点"科学"起了支配的作用。"母亲"连声说："是啊！是啊！我要走了。"于是宁大婶睁开了眼睛，木然、愕然坐在土炕上。我回到自己家里，看到母亲的棺材，伏在土炕上，一直哭到天明。

我不能相信这是真的，但是希望它是真的。倚间望子，望了八年，终于"看"到了自己心爱的独子，对母亲来说不也是一种安慰吗？但这是多么渺茫、多么神奇的一种安慰呀！

母亲永远活在我的记忆里。

我的婶母

这里指的是我九叔续弦的夫人。第一位夫人，虽然是把我抚养大的，我应当感谢她；但是，留给我的却不都是愉快的回忆。我写不出什么文章。

这一位续弦的婶母，是在1935年夏天我离开济南以后才同叔父结婚的，我并没见过她。到了德国写家信，虽然"敬禀者"的对象中也有"婶母"这个称呼，对我来说却是一个空洞的概念，一直到1947年，也就是说十二年以后，我从北平乘飞机回济南，才把概念同真人对上了号。

婶母（后来我们家里称她为"老祖"）是绝顶聪明的人，也是一个有个性有脾气的人。我初回到家，她是斜着眼睛看我的。这也难怪。结婚十几年了，忽然凭空冒出来了一个侄子。"他是什么人呢？好人？坏人？好不好对付？"她似乎有这样多问号。这是人之常情，不能怪她。

我却对她非常尊敬，她不是个一般的人。我离家十二年，我在欧洲经历了第二次世界大战，她在国内经历了日军占领和抗日战争。我是亲老、家贫、子幼。可是鞭长莫及。有五六年，音讯不通。上有老，下有小，叔父脾气又极暴烈，甚至有点乖戾，极难侍奉。有时候，经济没有来源，全靠她一个人支持。她摆过烟摊；到小市上去卖衣服家具；在日军刺刀下去领混合面；骑着马到济南南乡里去勘查田地，充当地牙子，赚点钱供家用；靠自己幼时所学的中医知识给人看病。她以"少妻"的身份，对付难以对付的"老夫"。她的苦心至今还催我下泪。在这万分艰苦的情况下，她没让孙女和孙子失学，把他们抚养成人。总之，一句话，如果没有老祖，我们的家早就完了。我回到家里来也恐怕只能看到一座空房，妻离子散，叔父归天。

我自认还不是一个浑人。我极重感情，决不忘恩。老祖的所作所为，我看到眼里，记在心中。回北平以后，给她写了一封长信，称她为"老季家的功臣"。听说，她很高兴。见了自己的娘家人，详细通报。从此，她再也不斜着眼睛看我了，我们两人之间的关系十分融洽，互相尊重。我们全家都尊敬她，热爱她，"老祖"这个朴素简明的称号，就能代表我们全家人的心。

叔父去世以后，老祖同我的妻子彭德华从济南迁来北京。我们一起生活了将近三十年，从没有半点龃龉，总是你尊我敬。自从我六岁到济南以后，六七十年来，我们家从来没有吵过架，这是极为难得的。我看进入吉尼斯世界纪录，也不为过。老祖到我们家以后，我们能这样和睦，主要归功于她和德华两人，我在其中起的作用，微乎其微。以八十多的高龄，老祖身体健康，精神愉快，操持家务，全都靠她。我们只请了做小时工的小保姆。老祖天天背着一个大黑布包，出去采买食品菜蔬，成为朗润园的美谈。老祖是非常满意的，告诉自己的娘家人说："这一家子都是很孝顺的。"可见她晚年心情之一斑。我个人也是非常满意的，我安享了二三十年的清福。老祖以九十岁的高龄离开人世。我想她是含笑离开的。

老祖永远活在我的记忆里。

我的妻子

我在上面说过：德华不应该属于"寸草心"的范畴。她借了光。人世间借光的事情也是常有的。

我因为是季家的独根独苗，身上负有传宗接代的重大任务，所以十八岁就结了婚。父母之命，媒妁之言，自不在话下。德华长我四岁。对我们家来说，她真正做到了"毫不利己，专门利人"，一辈子勤勤恳恳，有时候还要含辛茹苦。上有公婆，下有稚子幼女，丈夫十几年不在家。公公又极难侍候，家里又穷，经济朝不保夕。在这些年，她究竟受了多少苦，她只是偶尔对我流露一点，我实在说不清楚。

德华天资不是太高，只念过小学，大概能认千八百字。当我念小学的时候，我曾偷偷地看过许多旧小说，什么《西游记》《封神演义》《彭公案》《施公案》《济公传》《七侠五义》《小五义》，等等，都看过。当时这些书对我来说是"禁书"，叔叔称之为"闲书"。看"闲书"是大罪状，是绝对不允许的。但是，不但我，连叔父的女儿秋妹都偷偷地看过不少。她把小说中常见的词儿"飞檐走壁"念成"飞腾走壁"，一时传为笑柄。可是，德华一辈子也没有看过任何一部小说，别的书更谈不上了。她没有给我写过一封信，她根本拿不起笔来。到了晚年，连早年能认的千八百字也都大半还给了老师，剩下的不太多了。因此，她对我一辈子搞的这套玩意儿根本不知道是什么东西，有什么意义。她似乎从来也没有想知道过。在这方面，我们俩毫无共同的语言。

在文化方面，她就是这个样子。然而，在道德方面，她却是超一流的。上对公婆，她真正尽上了孝道；下对子女，她真正做到了慈母应做的一切；中对丈夫，她绝对忠诚，绝对服从，绝对爱护。她是一个极为难得的孝顺媳妇，贤妻良母。她对待任何人都是忠厚诚恳，从来没有说过半句闲话。她不会撒谎，我敢保证，她一辈子没有说过半句谎话。如果中国将来要修《二十几史》，而其中又有什么"妇女列传"或"闺秀列传"的话，她应该榜上有名。

1962年，老祖同德华从济南搬到北京来，我过单身汉生活数十年，现在总算是有了一个家。这也是德华一生的黄金时期，也是我一生最幸福的时候。我们家里和睦相处，你尊我让，从来没有吵过嘴。有时候家人朋友团聚，食前方丈，杯盘满桌，烹饪往往由她们二人主厨。饭菜上桌，众人狼吞虎咽，她们俩却往往是坐在一旁，笑眯眯地看着我们吃，脸上流露出极为怡悦的表情。对这样的家庭，一切赞誉之词都是无用的，都会黯然失色的。

我活到了八十多，参透了人生真谛。人生无常，无法抗御。我在极端的快乐中，往往心头闪过一丝暗影：天下无不散的筵席。我们家这一出十分美满的戏，早晚会有煞戏的时候。果然，老祖先走了。去年德华又走了。她也已活到超过米寿，她可以瞑目了。

德华永远活在我的记忆里。

1995 年 7 月

笑着走

走者，离开这个世界之谓也。赵朴初老先生，在他生前曾对我说过一些预言式的话。比如，1986年，朴老和我奉命陪班禅大师乘空军专机赴尼泊尔公干。专机机场在大机场的后面。当我同李玉洁女士走进专机候机大厅时，朴老对他的夫人说："这两个人是一股气。"后来又听说，朴老说："别人都是哭着走，独独季羡林是笑着走。"这一句话给我留下了很深的印象。我认为，他是十分了解我的。

现在就来分析一下我对这一句话的看法。应该分两个层次来分析：逻辑分析和思想感情分析。

先谈逻辑分析。

江淹的《恨赋》最后两句是："自古皆有死，莫不饮恨而吞声。"第一句话是说，死是不可避免的。对待不可避免的事情，最聪明的办法是，以不可避视之，然后随遇而安，甚至逆来顺受，使不可避免的危害性降至最低点。如果对生死之类的不可避免性进行挑战，则必然遇大灾难。"服食求神仙，多为药所误。"秦皇、汉武、唐宗等是典型的例子。既然非走不行，哭又有什么意义呢？反不如笑着走更使自己洒脱，满意，愉快。这个道理并不深奥，一说就明白的。我想把江淹的文章改一下：既然自古皆有死，何必饮恨而吞声呢？

总之，从逻辑上来分析，达到了上面的认识，我能笑着走，是不成问题的。

但是，人不仅有逻辑，他还有思想感情。逻辑上能想得通的，思想感情未必能接受。而且思想感情的特点是变动不居。一时冲动，往往是靠不住的。因此，想在思想感情上承认自己能笑着走，必须有长期的磨炼。

在这里，我想，我必须讲几句关于赵朴老的话。不是介绍朴老这个人。"天下谁人不识君。"朴老是用不着介绍的。我想讲的是朴老的"特异功能"。很多人都知道，朴老一生吃素，不近女色，他有特异功能，是理所当然的。他是虔诚的佛教徒，一生不妄言。他说我会笑着走，我是深信不疑的。

我虽然已经九十五岁，但自觉现在讨论走的问题，为时尚早。再过十年，庶几近之。

2006 年 3 月 19 日